지
옥
만
세

VIVE L'ENFER
by Christophe BATAILLE
ⓒ by Edition Grasset & Fasquelle, 1999
Korean translation copyrights ⓒ MUNHAKDONGNE Publishing Co., Ltd., 2003

국립중앙도서관 출판시도서목록(CIP)

지옥 만세 / 크리스토프 바타이유 지음 ; 이상해 옮김. — 서울 : 문학동네, 2003   p. ; cm 원서명: Vive l'enfer 원저자명: Bataille, Christophe ISBN 89-8281-762-X 03860 : ₩8800 863-KDC4 843.914-DDC21   CIP2003001485

지옥 만세

크리스토프 바타이유 장편소설 ― 이상해 옮김

문학동네

마글론에게

차례

1부

일곱 살이었을 때, 예수는 아버지와 함께 걷고 있었다. 그런데 한 어린아이가 뛰어오다가 그의 어깨에 부딪히고 말았다. 그러자 예수가 말했다. "너는 네 길을 계속 가지 못할 것이다." 그러자 아이는 그 자리에 쓰러져 죽고 말았다. 이 광경을 지켜본 사람들이 소리쳤다. "말하는 모든 것이 이루어지니 저 예수란 아이는 도대체 어디서 온 것일까?"

토마가 쓴 어린 시절 복음서라 일컬어지는
예수의 어린 시절 이야기, 4장 1~2절

갑자기 어둠.

트럭 운전사의 아들, 나 조슬랭 시마르는 가발을 쓴 채 앞으로 나아간다. 아이고, 뒤꿈치야! 지난 위대한 세기의 비단 스타킹 때문에 화끈거리는 다리, 팻기 없는 목, 나는 장막을 걷는다. 무대다.

들판의 민들레와 깨진 턱뼈를 기념하여 엄마가 당 드 리옹*이라고 부르는 나 조슬랭 시마르는 쇠막대를 들고 꽝! 바닥을 힘껏 내리친다.

얼굴이 얼마나 화끈거리는지! 난 조명에 눈이 먼다. 막대가 펄쩍 뛰었다가는 다시 꽝! 객석을 향한 두번째 알림, 이번에는 심각하다. 긴장된 얼굴과 움츠러드는 목들이 희미하게 보인다. 맙소사, 여기서 바라보면 여자들이 어찌 그리 예쁜지, 뭘 보여드릴까요, 숙녀분들? 나 열다섯이에요, 그래요! 여기서 기침 소리, 저기서 의자 삐걱거리는 소리……

나 조슬랭 시마르는 신들과 맞선다. 마룻바닥을 마지막으로 힘껏 내리친다. 나의 임무는 끝났다. 얼굴들의 물결, 나는 바보처럼, 발에

---

* 원어 dent-de-lion은 여기서 '민들레'라는 사전적인 의미와 단어 하나하나를 직역한 '사자 이빨'이라는 이중적인 의미를 지닌다.

맞지 않는 신발 때문에 절뚝이며 무대 뒤로 물러난다. 다 해진 진홍색 장막이 열리고 온통 박수 소리로 요란하다. 루이 몇 세인지 뭔지 하는 사람처럼 나도 먼지투성이 가발을 벗는다. 이렇게 모든 것이 시작된다.

이제 내 안에 있는 모든 것이 입을 다문다. 나는 텅 빈 객석이다. 나지막하고 멍청하게 생겨먹은 걸상에 앉아 양손으로 머리를 감싼 채 귀를 기울인다. 목소리들은 뒤섞이기도 하고 서로 답하기도 한다. 하느님만은 알고 계신다, 내 머리가 왜 이리 지끈거리는지. 빌린 신발 속의 내 발은 피를 흘리고 있다. 내가 왜 그것에 익숙해져야 하지? 나는 신발끈을 푼다. 창백한 발이 드러난다. 한 손에는 신발을, 다른 손에는 쇠막대를 든 채 일어선다. 지긋지긋해. 나는 앞으로 나아간다. 전기 계량기와 커피머신에서 지지직거리는 소리가 난다. 극장에선 언제나 그렇듯 난 심심하다……

환한 조명 아래 배우들이 움직이고 있다. 들뜬 예쁜 엉덩이들이 서로 다투고 있다. 제기랄 멀기도 하지. 오필리아 역을 맡은 한 계집애가 무대로 나간다. 나는 그 아이가 나를 향해, 그들을 향해 미소짓는 것을 본다. 아이는 무대로 나서자마자 공연히 비틀거리다가 쓰러져 무릎을 꿇고 눈물을 흘린다.

주여, 어찌해야 하나요?

여름이다. 나는 강철 같은 팔로 청소년 연극제의 시작을 알린다. 몰리에르와 발레리나들이 모두 몰려든다. 엄청난 행렬! 부모들도 딸들과 함께 순탄치 못한 사랑, 배신, 범죄 등등에 대해 왈가왈부하기 위해 문전성시를 이룬다. 훌륭한 본보기올시다, 신사숙녀 여러분.

하지만 우리 엄마 아버지는 오지 않았다. 난 최고의 배역을 맡았다. 대포와 포탄의 대장, 개시를 알리는 역이다. 진짜 삶이 시작되기도 전에 나는 이미 세 발의 포탄을 쏘았다.

아이들이 서로 스치며 춤을 춘다. 가루설탕 병들과 금박을 입힌 가방들의 발레다. 스카팽*이 말을 더듬거리고, 라퐁텐**은 사자에게 잡아먹힌다. 우리 배우들은 모두 열다섯 살 남짓 됐다. 그들은 얼간이처럼 웃고, 눈 깜짝할 사이에 입을 맞추고, 애송이처럼 횡설수설한다.

나는 정말 사랑한다, 내 역할을, 공포에 앞선 그 침묵을! 나는 사람들을 피해 무대 뒤편 위층으로 올라간다. 철판으로 된 계단이 흔들거린다. 이제 아무 소리도 들리지 않는다. 어슴푸레한 빛 속에서 나는 왠지 불안해진다. 갑자기 어떤 얼굴이 뛰어나오는 것은 아닐까? 나는 검을 겨눈다.

긴 복도로 이루어진 위층에 이르자, 저 아래의 세계는 사라진다. 징을 뺀 신발을 신고 나는 살금살금 미끄러지듯 나아간다. 빌렌에서 기념촬영을 한 연출가들이 사진틀을 박차고 뛰쳐나올 것만 같다. 벽들이 서로 불러댄다.

얘야? 너 일하고 있니? 네가 할 대사는 알고 있는 게냐?

나는 소스라치게 놀란다. 눈을 휘둥그레 뜨고는 빨갛고 노랗고 파랗게 알록달록한 문 손잡이들을 살펴본다. 아니, 내가 무슨 생각을……

만약 오늘 저녁 아버지가 아들을 찬미하러 지옥으로 왔다면? 만약 그가 광대들, 긴 코의 피노키오, 스가나렐*** 등을 보러 왔다면? 나는

---

* Scapin, 몰리에르의 희극에 등장하는 교활한 하인.
** La Fontaine(1621~1695), 프랑스의 작가, 우화로 유명함.
*** Sganarelle, 몰리에르의 희극에서 오쟁이진 남편 역을 하는 등장인물.

야만인처럼 바닥을 두들겼을 것이다.

나는 닫혀 있는 분장실들 앞을 지나간다. 나 자신도 무엇인지 모르는 것을 찾고 있다. 발이 칼에 찔린 듯하다. 샌들공장 주인이여, 날 위해 기도해주소서. 나는 창문을 가리고 있는 내벽의 배경막으로 살그머니 다가간다. 나를 질겁하게 할 얼굴은 이제 없다. 대신 도시가 펼쳐진다.

갑자기 누군가의 목소리, 이게 분장실인가요? 나는 아무것도, 아무도 보지 못했다. 말소리를 듣기는 했지만 그게 무슨 언어인지 알지 못한다. 나는 돌아선다. 일 미터쯤 떨어진 곳에 문 하나가 반쯤 열려 있다. 어떻게 물러설 수 있을 것인가? 나는 사물을 보아야 알듯 말도 보아야 이해한다. 한 발짝만 움직이면 내 시선은 보라색 손잡이, 3번 분장실 안에 있게 된다. 그 분장실은 프시케*가 있는 방이다.

틀에 박힌 축을 중심으로 앞뒤로 돌아가는, ─하지만 떨고 있는 것은 바로 나다─ 분장하는 여자가 머리끝에서 발끝까지 모두 비추어 볼 수 있는 커다란 거울. 그렇다. 프시케 안에는 그녀밖에 없다. 나는 더이상 아무것도 아니다. 나는 거울 뒷면에 남아 있는 검은 흠집들이다. 나는 거울의 틀, 그 축이다.

사방에 교회용 촛대가 하나씩, 그리고 향들, 동정녀 마리아, 호랑가시나무향, 상글리에 향. 나는 정교하게 다듬어진 청동상, 그녀는 불안한 살덩어리.

나를 쳐다봐, 로렐라이! 안쪽 벽 선반 위에는 책더미가, 문 위에는

---

* 앞뒤로 굽힐 수 있어 몸 전체를 볼 수 있는 커다란 거울.

편물이 하나 걸려 있다. 마엘은 무용수용 걸상에 앉아 있다. 그녀는 다리를 껴안고 무릎을 턱에 받치고 있다.

안녕, 마엘! 안녕! 나는 기사장(騎士長)이야. 나는 마마무치*야.

아니, 내가 어찌 감히. 걸상 아래로 흘러내리는 너의 금빛 머리카락에 대고 뭐라 말하겠니? 나는 바깥을 힐끗 살핀다. 아무도 없다. 우리 둘뿐이야, 마엘. 너는 너의 거울을 사랑하니? 너는 금덩어리야, 마술이야! 너의 다리와 팔 그리고 사방의 물건들이 얼마나 멋지게 어우러져 펼쳐져 있는지!

검고 긴 두 팔이 하늘을 향해 너의 머리카락을 당기고 있어. 손바닥으로 얼굴을 비벼 윤기를 내는구나. 너의 머리카락이 다시 흘러내려.

짧은 모직치마를 입은 마엘이 일어선다. 어둠 속에 빨갛게 달아오르는 점 하나. 뭐야, 열다섯의 그녀가 담배를 피운단 말야? 조르주의 아들, 만사에 통달한 나, 조슬랭 시마르는 콜록거리기만 하는데?

한 손으로 턱을 괴고 마엘이 미소짓는다. 그리고 읊는다.

어떤 악마가 내 마음을 봉해버린 것일까? 나는 그녀의 말을 전혀 알아들을 수가 없다. 나는 귀를 기울인다. 나는 분칠한 멍청한 가발, 신발 그리고 쇠막대를 복도에 던져버린다.

거의 벌거벗은 채 나는 빛을 기다린다.

그녀의 모습이 정말 이상하다. 프시케에 비친 모습일까? 내 사랑 마엘은 발뒤꿈치로 담배꽁초를 짓이긴다. 그녀가 머리를 묶는다.

그 다음에는 모든 것이 느릿느릿 이루어진다. 심장이 멈춰버릴 것

---

* mamamouchi, 몰리에르의 희극 〈평민귀족Bourgeois Gentilhomme〉에 등장하는 벼슬 이름.

만 같다. 사람의 것 같지 않은 그녀의 양손이 목덜미를 타고 천천히 내려와, 아 목이 탄다, 가슴을 움켜쥔다. 나 죽어, 마엘.

너의 손은 다시 무릎께로 내려와 그것을 활짝 벌린다. 너는 살며시 웃는다, 로렐라이! 나는 네가 금요일의 엄마처럼 회색 스타킹과 이 세상의 것이 아닌 순백의 삶을 지니고 있다는 것을 안다.

나는 더듬어 가발을 찾는다. 잡히는 건 내 손밖에 없다. 마엘은 얼굴에 분을 바르고, 휘파람을 불고, 허리를 가볍게 두드리고, 자리에서 일어난다. 나는 벌렁 자빠진다.

아, 내 삶 속으로 들어와버린 도무지 이해할 수 없는 그 이름! 바보, 조슬랭 시마르, 백번 천번 바보!

극장에서 우르릉 하는 소리가 밀려올라온다. 저 아래에서 사람들이 박수를 치며 발을 굴러댄다. 마룻바닥이 갈라진다. 대향연! 마엘이 촛대를 하나 집어든다. 다른 하나는 불어 끈다. 됐어, 그녀는 중얼거리며 복도로 사라진다……

오 우아하여라! 오 가벼워라! 밤의 드레스, 희미한 색깔, 입으로는 주문을 외며, 몸으로 미소를 짓고, 내 머리카락에 자신의 머리카락을 엮으며 그녀는 무대로 나간다. 잘해, 마엘. 잊지 마. 나는 사라진다! 나는 사라진다!

엄마가 거울 앞에 앉아 스타킹을 문질러 윤을 내는 매일 밤들처럼, 평소와는 달리 활기차고 사근사근한 엄마와 함께 일주일 내내 흔들려 너덜거리는 팔을 늘어뜨리고 꾀죄죄한 모습으로 돌아오는 아버지를 기다리는 그 저녁들처럼, 나는 바깥을 살핀다.

마엘이 빛을 발하며 내게 왔을 때, 도대체 무슨 말을 해야 할지 알 수 없었다. 난 벌거벗은 천사를 보았고 눈물을 흘렸다. 널 불러내려면 어떻게 해야 하지? 어느 바닥에다 대고 내 쇠막대를 두들겨야 하지?

다른 계집애들이라면 확실할 텐데. 나는 애송이들의 무대에서 영광을 차지할 것이다. 시를 읊을 것이다! 그녀는 노예 한 명을 죽어가게 했다. 쇠는 그녀가 내 손에 쥐여준 그 새로운 독만큼 신속하게 한 생명을 끝장내지 못한다! 나는 내 고귀한 엉덩이를 계단에 깔고 퍼질러 앉아 울고 있다.

내려갈까? 그녀가 읊조리는 대사를 들으러? 나는 무대에 선 그녀를 상상해본다. 기계장치와 배경막들을 헤집고 너는 그림자처럼 무대 뒤를 가로질러 간 거니? 기도하듯 손을 모으고 머리를 숙인 채 잠시 기다렸니? 친구들에게 입맞춰주었니?

사람들에게는 그녀의 금빛 얼굴과 다리밖에 보이지 않는다. 막이 열린다. 마엘은 천천히 앞으로 나선다. 그녀는 앞으로 나아가는 살덩이이다. 한 걸음. 또 한 걸음. 그녀의 구두굽이 따각따각 소리를 낸다. 그녀는 얼굴들 바로 앞에 멈추어 선다.

그녀는 사람들이 이해하지 못할 몸짓을 한다. 그녀는 촛대를 놓고 양팔을 몸에 붙인 채 서 있다, 말없이. 그래, 친구들, 조용히 해. 그녀가 시작하려고 하잖아. 그래, 그녀가 시작하려고 해. 알지 마엘, 우린 널 기다렸어.

나 조슬랭은 할망구들을 저 세상으로 보내는 총 세 발이다. 난 위대한 침묵이다.

그럼 고성소(古聖所)*여 안녕! 나는 계단에 가발을 내팽개친다. 더 이상 못 참아. 나는 무대 뒤로 내려온다. 야심만만한 한 녀석이 대본을 다시 읽고 있다. 나는 그를 밀치고 기계장치 아래로 미끄러져 내려간다…… 자, 오늘 저녁 나는 그 거리를 택했다. 하늘을 본다. 가로등 하나, 아무도 없다. 나는 걸어간다. 내 꿈속을 뒤진다. 난 몽상에 빠진 미치광이다. 빌렌은 쏘다니기엔 그만인데!

여기는 진열창. 여기는 시장. 사방에 쓰레기통. 곧 매몰되어버릴 고철과 낡은 천뭉치들. 나는 자신의 이름을 딴 광장에 서 있는 조각 가상(像) 주변에 사각형으로 조성된 풀숲에 앉는다. 경찰이 날 체포하지 않은 지는 이미 오래됐다.

---

* 예수의 탄생 전에 죽은 착한 사람이나 세례를 받지 않은 어린이의 영혼이 머무르는 천국과 지옥 사이의 장소.

나는 시마르 2세다.

시마르 2세? 귀여운 녀석! 밖에서 뭐 하니? 자, 어서 집에 가서 잠이나 자!

금요일이야, 친구들. 사랑의 밤이지. 마틸드의 밤이기도 하고. 그녀의 남자가 동쪽에서 돌아오거든. 그러면 독수공방은 끝이야.

나는 도시를 돌아다닌다. 아버지와 그의 트럭, 그의 마누라와 나 자신은 잊어버린다. 조각가의 망치 아래에 누워 ─신이여, 그의 팔을 잘 붙들어주소서─ 마엘을 생각한다. 너는 정말 많은 것에 대해 내게 말해주었지! 그런데 어떤 언어로! 뭐야, 호텐토트어? 카프라리아어? 수단어?* 내가 네 마음속을 꿰뚫어본 거야. 네 다리와 모직치마는 정말 잘 어울렸어.

보라, 부모가 사랑을 나누는 날 아침, 머리에 쓸 변변한 관 하나 없는 나 조슬랭은 고철 더미 속에서 벌겋게 물든 채, 양발 사이에 못 하나를 끼고 하늘에 대고 주먹질해대며 그들의 사랑이 끝나기를 기다린다.

그 다음날, 촌구석 빌렌에서 나는 깨닫는다. 내가 잤나? 울었나? 나 몰래 시간이 흘러가버렸다.

갑자기 일요일이다. 없다, 마엘 자르조가! 사라져버렸다! 너는 어느 프시케를 통해 나를 보니? 어느 지옥에서? 나는 식탁을 차렸다. 흰색과 파란색 접시 그리고 옛 문양이 새겨진 자기들을 골랐다. 부엌을 깔아뭉갤 것 같은 찬장 속에서 나는 가정의 질서를 공부한다. 언

---

* 모두 아프리카 토속언어들.

제까지나 깨끗해야 할 전시용 접시, 커다란 접시들, 아티초크가 잠들어 있는 작은 잔.

엄마, 아버지가 일어난다. 나는 서둘러 식사 준비를 마친다. 물병, 잔…… 우리는 기 삼촌을 기다린다.

괴짜 노총각! 비쩍 마른데다 입만 열면 불평이고, 도무지 뭔지 모를 것들을 모아대며 비교(秘敎)와 그것에 연관된 뭔가에 빠져 있는 삼촌은 과거에 대해서라면 모르는 것이 없다. 1971년 12월 14일 날씨가 어땠지? 아폴로 13호가 어느 혹성을 갔다 왔지? 그는 날씨와 거대한 공포를 수집한다. 끔찍한 브로셀리앙드* 숲의 콘크리트를 두려워한다. 나는 그가 이 빌딩숲 속 어딘가에서 밤마다 들려오는 여자들의 비명 소리와 자동차 소리에 소스라치게 놀라 깨어난다는 걸 알고 있다.

피골이 상접한 성(聖) 요한 상(像) 때문에 벌벌 떨며 예배를 본 후에 기는 입가에 희미한 미소를 달고 우리집으로 온다. 엄마 아버지는 흐뭇해한다. 그들은 일 얘기를 하는 기의 말에 귀를 기울인다.

수수께끼 중의 수수께끼, 삼촌은 주중에 대체 무슨 일을 하는 걸까? 짧막한 회색 바지를 입고, 신문 뭉치를 팔에 낀 채, 그는 도시를 돌아다닌다. 그는 코니스**와 고미다락방을 찾아다닌다. 한가로이 거닌다는 말이다. 대학에 있는 그의 사무실은 정말 비좁다. 사람들은 그에게 고문서가 담긴 상자들을 가져다준다. 그러고 나면 시작이다. 기는 찾아보고, 생각해보고, 분류한다. 삼촌은 무엇이든 삼켜버리는 사람이다. 잉크로 얼룩진 천, 유령, 이런 것들이 그의 전공이다! 서

* 원탁의 기사 이야기의 요술사 메를랭과 요정 비비안이 살던 숲. 여기서는 현대의 빌딩숲을 가리킨다.
** 벽, 가구 따위의 돋을장식.

랍, 분류철, 색인카드들, 그는 오랜 세월을 바쳐 자신의 시스템을 세웠다. 무엇을 위한 시스템?

가끔씩 전화벨이 울린다. 기는 화들짝 놀란다. 허공을 향해 팔을 쭉 뻗는다. 심호흡을 한 번 크게 한다. 그런 다음 수화기를 든다. 얼마나 별난 사람인가!

전화는 어디에 쓰이는 거지? 언젠가 그는 그것도 분류할 것이다. 다른 모든 것들, 학생, 제목, 걸상, 흉측스러운 교실들과 마찬가지로.

모두 웃음을 띠고 앉아 있다. 기가 이야기를 하고 있다, 내 부모님도. 하지만 난 극장에 가 있다. 나는 그 끔찍한 계단들을 수천 번이나 오르내린다. 마엘! 마엘! 그 입술, 그 살. 마엘이 담배를 물고 거기에 있다. 그녀가 속삭인다.

아니, 그건 기다! 나는 소스라치게 놀란다. 기가 일어나 있다, 자기 몫의 넓적다리 고기와 강낭콩을 그대로 남긴 채. 그가 숨을 한 번 들이쉬고는 읊기 시작한다.

> Ich weiss nicht was soll es bedeuten,
> Dass ich so traurig bin,[*]

잘 들어봐요!

> Ein Märchen aus alten Zeiten,

---

[*] 난 정말 모르겠네,
  내가 이리도 슬픈 이유를.

Das kommt mir nicht aus dem Sinn.[*]

어색한 침묵. 기가 앉는다. 그는 아직도 떨리고 있는 자기 다리 위에 소심한 냅킨을 올려놓는다.

네 생각은 어떠냐, 조슬랭? 독일어가 아름답지 않냐? 이 부드러움……

그가 입술을 내민다. Ich weiss nicht, 그래 맞아, 마엘이 읊조리던 바로 그 텍스트야! 나는 이번 일요일에 대해 더이상 아무것도 알지 못한다. 이번에는 아버지가 일어났다는 것밖에. 그는 그리 큰 편이 아니다. 그가 식탁을 쾅 내리친다. 야 신난다!

잘 들어, 기, 네 노래들, 그래 그건 정말 멋있구나. 하지만 너의 그 로렐라이는 엿이나 먹으라고 해. 독일어가 감미로운 언어라고? 만약 네가 아버지처럼 독일놈들이 호출하고 고함지르고 명령하는 소리를 들었더라면 아마 입 닥치고 있었을 게다. 부드러움 좋아하네, 잘났다!

그는 앉아서 양치기 개 같은 눈초리로 뚫어져라 기를 쳐다본다. 내손이 떨린다. 그 가사들, 기가 옳다, 그것들은 감미롭다. 기가 고개를 떨군다. 기에게는 아무런 애정도, 어떠한 프시케도, 육체도 없다. 하지만 넓적다리 고기를 게걸스레 먹어치우는 자, 깨진 턱을 가진 사나이, 나 조슬랭 시마르는 맹세할 수 있어요, 기, 당신의 그 로렐라이를 진심으로 사랑해요.

나는 바닥에 촛대를 내려놓는다. 손을 가슴에 모으고 앞으로 나아

---

[*] 예부터 전해오는 동화 하나.
난 잊을 수가 없네.

24

간다. 당신들은 모두 내 발치에 있다. 당신들의 시선이 내 다리에 머문다. 나는 정말 볼에 분을 바른 마엘인가?

8, 500명 남짓의 주민들이 사는 동부의 추운 도시 빌렌에서 그녀는 이렇게 로렐라이를 읊었다.

마엘, 월요일에 내가 얼마나 허겁지겁 도서관으로 뛰어갔는지 아니? 다들 정신없어하는 날 놀려댔어. 조슬랭, 웬일이냐? 만화책? 준비해야 할 발표라도 있니? 못에 대해서겠지, 아마? 단어 실력이 모자라는 게지?

나는 더듬더듬 말한다. 아, 못이라고? 나쁜 년들, 언젠가는 발바닥에다 하나씩 박아줄 테다! 너희 공장들을 모조리 해체시켜버릴 테다! 아무것도 남지 않을 거야! 철판, 나사, 사슬도 죄다 끝장이야! 그 여자들은 날 놀려댄다, 언제나 그렇듯.

'로렐라이' 라는 독일 책을 빌리러 왔는데요.

경악. 막달라 마리아께서 네 다리를 붙들고 눈물이라도 흘리신 게냐? 그래, 로렐라이 말이야, 이 무식한 년들아! 기가 날 속였다. 그 시(詩)는 거물 하이네의 『노래집』에 수록되어 있다.

부인, 여기 도서관에 그런 종류의 책들이 있나요? 잠시 후, 뭔지 모를 책들이 내 이름으로 뒤덮인다. 조슬랭 시마트리퀼*은 정히 7일 동안 『다스 부흐 데어 리더**』를 빌립니다. 그래, 그가 하이네에 닻을 내리는 거야! 철기시대는 끝났어.

나는 웃으며 돌아선다. 아, 할머니들, 의심할 여지가 없어. 그들은 부활한 자를 본 거야.

---

* Simatricule, 주인공의 성(姓) 시마르(Simarre)와 등록번호라는 뜻의 프랑스어 immatricule의 합성어.

** *Das Buch der Lieder*, 노래집.

알겠니, 마엘, 아버지는 정말 이상한 사람이야. 아주 오래 전부터 그는 동쪽을 향한 대경주에 참가하고 있어. 매주 월요일 냉혹한 얼굴로 몇 톤씩이나 되는 쇠붙이를 트럭에 퍼올리는 그를 보면 자신의 짐승을 도살하는 마부들이 떠오르지.

따분해서 견디기 힘들어도 나는 프시케가 좋아. 가발을 쓰고 땀흘린 다음 이 도시를 싸돌아다니는 게 난 좋아.

실어나르는 게 아버지의 직업이야. 가진 건 별로 없어. 빌렌에 엄청나게 쌓인 고철에 위협받는 집 한 채, 어떻게 장만했는지 알 수 없는 트럭 한 대 그리고 동쪽에 사는 괴물 한 마리.

월요일, 새벽이다. 잠에서 깨어난 엄마는 소리 죽여 울고 있다. 나는 기다린다. 아버지가 두 손을 비비고는 일어난다. 주중에 늘 입고 다니는 작업복을 벌써 꿰어입었다. 그가 콧수염을 매만진다. 웃으면서 내 목을 비튼다. 물론, 그는 떠나게 되어 기분이 좋다. 말없이 운전석에 앉아 그가 바라봐주기를 기다리고 있는 마틸드를 당분간 보지 못할 것이다. 하지만 못 견디겠어, 저기 동쪽이 있고 싱싱 달릴 수 있는 길이 있고, 아무튼 움직여야 하잖아!

아버지는 가만히 있질 못한다. 열쇠 꾸러미를 빙빙 돌린다. 집 안엔 철걱거리는 열쇠 소리밖에 들리지 않는 것 같다. 비가 내리고 있다. 아버지는 건성으로 우리를 안아준다. 그는 아무것도 먹지 않았다. 하지만 생활이 그를 기다리고 있다. 운전석에 앉아 조그만 애정의 표시로 집을 한번 쓰윽 훑어본 후, 자, 국경을 향해 출발.

나는 매 주말, 마차, 수레, 철판, 그리고 태양을 향해 달려가는 저 트럭을 본다. 저 너머에는 뭐가 있지? 초원? 햇빛을 받아 수정처럼 반짝이는 바다?

나는 손을 들어보이려고 애쓴다. 백미러를 살핀다. 하지만 우리의 팔은 납처럼 무겁다. 파자마를 입은 숫자의 여왕, 엄마와 트럭 운전사의 아들, 나 조슬랭, 빌렌의 우리 두 멍청이는 나란히 서 있다. 사람들은 우리를 비웃는다. 창고에 살면서 어떻게 친구를 사귀지? 도(道)의 모든 쇠는 우리집을 거쳐 간다. 너나 할 것 없이 녹슨 철제 옷장이나 용수철이 튀어나온 매트를 들고 우리집으로 온다. 그러면 나는 뼈를 발라낸다. 그래, 난 살육을 저지른다. 그리고 엄마는 부품, 나사, 주철로 된 튜브, 녹슨 못들을 센다. 하나도 빼먹지 않는다. 우리는 살인자의 손을 하고 있다, 당연히. 하루에 금속판이 몇 개? 너트가 몇 개? 나에게는 세는 것이 부수는 것이다. 개수 따윈 상관없다.

우리 둘은 뭔가를 해체하기를 꿈꾼다. 인공위성? 폭탄? 하지만 항상 그게 그거다. 나는 경찰이 넘겨준 불타버린 자동차에 미친 듯이 달려든다. 선반, 드릴, 금형기…… 빌렌에서 벌어지는 계급투쟁.

아버지는 떠나고 없다. 마틸드는 치마와 스타킹들을 치운다. 그녀는 오렌지색 겉옷을 입고 내려온다. 그러고는 여느 월요일과 다름없이 여전사처럼 이렇게 외친다.

애들아, 해치우자!

나는 그녀가 뭘 말하려는지 모른다. 마틸드는 주먹으로 손바닥을 팡팡 친다. 그리고 나는 그녀를 위해 내 사슬을 푼다.

저기, 동쪽에는 뭐가 있지? 어떤 땅들이 우리 쇠붙이들을 맞아들이는 거지?

마틸드조차도 독일의 길들을 모른다. 하노버? 멕클렌부르크? 단치히 아니면 바르샤바? 어떤 제국으로 향하는 거지?

나는 밀매자의 아들이다. 내가 그걸 아버지에게 말한 날, 그는 내턱을 부수어놓았다. 그렇게 해서 민들레가 태어났다. 나는 빌렌의 민들레다. 나의 학창 시절은 짧았다. 열세 살에 이미 나는 고리, 낡은 집게, 탄피, 못들을 끝없이 셌다. 죽어라 그것들을 셌다. 그리고 지금 나는 비단을 기다린다. 어디서나 천을 살핀다. 내 몸을 던질 물결무늬 천과 속치마들을. 나는 쓰레기장에서 작은 양산과 코르셋들을 주워온다. 손가락으로 레이스와 직물을 푼다. 나는 무작정 파괴한다.

나 역시 동쪽을 향해 질주한다. 꿈속에서 빌렌은 멀다. 아버지는 운전석에 뻣뻣하게 앉아 있다. 그는 기름 냄새가 물씬 풍기는 푸른 작업복 위에 구질구질한 윗도리를 걸치고 있다.

그는 금속이다. 자기 짐승을 다루느라 단련된 팔을 가지고 있고, 여자를 소홀히 하기 일쑤인데다 날쌔게 쥐어박는 금속. 마틸드와는 어떻게 하지? 난 모른다. 팔을 뻣뻣하게 뻗은 채 등을 대고 누워 있는 걸까? 집에서만이라도 편하게 누워 그녀와 그녀의 속치마 그리고 그 지옥 같은 부드러움에 몸을 내맡기는 것일까?

하루 종일 — 계량원을 속일 때에는 밤에도, 거기서는 흔한 일이니까 — 그의 손은 긴장해 있다. 덜컹거릴 때마다 허리가 욱신거린다. 운전석, 그건 고통이다. 스무 해가 지나도 변한 것은 없다. 윗도리 주머니에 꽂혀 있는 계산기, 두통에 대비한 방향제, 굽이 달린 신발, 결국 아무것도.

그의 시선은 아스팔트에 고정되어 있다. 길이 바뀐다. 하지만 당황할 필요는 없다. 회색이건 검은색이건, 그건 동쪽, 정신나간 방향으로 뻗어 있으니까. 나는 그의 머릿속에서 스쳐 지나가는 방호벽과 노역수들이 자리를 지키고 있는 톨게이트들, 그리고 다른 운전사들, 특히 운전대를 잡고 졸거나, 손 흔드는 아가씨들을 차에 태우거나, 죽음에 대해 명상하느라 사고를 내고 죽어가는 사람들을 본다.

아버지도 그런 것들을 많이 보았다. 떠도는 수없이 많은 이야기들! 얼마나 많은 머리들이 깨졌는가! 그리고 어둠 속에서 번득이는 불빛과 사이렌 소리들. 가끔 그도 눈물을 보인다. 오래 전부터 그는 그 불빛, 헛되이 차 문을 뜯어내려 애쓰는 헬멧 쓴 사람들의 환영을 본다.

빌렌에서는 그 따위 것에는 신경도 쓰지 않는다. 우리는 안전하다고 믿는다. 동쪽은 머니까!

아버지는 친구가 별로 없다. 들리는 말로는 트럭을 모는 사람들끼리는 모두 친구란다. 하지만 아버지는 아니다. 그는 길가의 한적한 식당에서 혼자 식사를 한다. 그는 돼지고기, 생수, 과자는 가끔씩, 사과파이 한 조각을 고른다. 끝으로 짐승을 살펴보고는 그 앞에서 담배 한 대. 그러곤 다시 출발. 날이 저물기 전에 3백 킬로미터를 달려야 한다.

꽁지에 고철 12톤을 달고 다닐 때는 자기 일을 의심하지 말아야 해요, 그래봤자 무슨 소용 있어요? 이건 마틸드의 말이다. 아버지는 절대 대답하지 않는다. 이를 악물 뿐이다.

트럭 운전사들의 소식, 그는 들은 척도 하지 않는다. 라디오에 나오는 게임, 그건 집에 처박혀 지내는 할머니들의 소일거리다. 정말! 그건 그를 위한 것이 아니다. 아버지에게는 비밀이 하나 있다. 그는 독일어를 배우고 있다. 아침 일찍, 그리고 짬짬이 녹음 테이프를 듣는다. 그는 대화들을 한없이 반복한다. 길을 달리면서 더듬더듬 떠들어댄다. 그래 이젠 됐어. 독일 식당에 들를 때면 어쩔 수 없이 해야 했던 그 우스꽝스러운 몸짓들도 이젠 끝이야! 필요한 야채나 타이어를 손가락으로 가리켜야만 했던 시절도 이젠 땡이야!

새벽, 지금 그는 웃음을 머금은 채 테이프를 따라 말하고 있다. 나는 어린애 같은 그의 목소리를 듣는다.

롤프, 내 파이프가 어디 있지?
아버지 파이프요?
그래, 내 파이프. 난 파이프를 찾고 있단다.
전 아버지 파이프가 어디 있는지 몰라요. 거실에 있지 않을까요, 아마도?
내 파이프가 거실에 있을 것 같니?
아! 엄마가 왔구나! 기젤라, 난 파이프를 찾고 있소.
당신 파이프요?

바퀴는 쉬지 않고 돌아간다. 말까지 더듬는 그가 어떻게 친구를 사귈 수 있겠는가? 콧수염을 어루만지며, 롤프와 기젤라 사이에서 뒤죽박죽이 된 그가 거기에 있다. 눈물이 핑 돈다. 물론 로렐라이는 불가능한 과(科), 아마도 661과쯤 될 것이다. 시에 도착하려면 얼마나 먼 길을 달려야 할까? 바위 위에 앉아 있는 금발의 소녀에 가 닿으려면?

그럼 기 삼촌과 그의 여성적인 태도는? 자리에서 일어나 낭만적인 라인 강을 읊조리는 기, 제기랄, 그가 동쪽에 대해 도대체 뭘 알고 있다구?

바르샤바에 도착하면 아버지는 언제나 어떤 트레일러 앞에 트럭을 세운다. 멀리서 보면 그 음침한 변두리는 직사각형과 정사각형으로 장난질을 해놓은 것 같다. 공간 속의 기하학, 우리의 건축가들은 동그라미는 모조리 잃어버린 것일까?

아버지는 일명 롤라라고 불리는 베티나 빌더에게 독일어로 인사한다. 수수께끼 같은 여자다. 도대체 이곳에서 뭘 하는 거지? 스무 살에 이름이 베티나라! 아버지는 윗도리와 작업복을 벗는다. 그는 거울에 비친 자신의 모습이 바보 같다고 생각한다. 팔은 열에 들떠 있고 지저분하기 그지없다. 롤라가 다가온다. 분명히 그녀는 그를 씻겨줄 것이다. 그에게서는 기름 냄새가 나니까.

여기서 난 감히 믿는다. 언젠가 Lektion sechshunderteinund-sechzig*를 마친 그가 팔을 벌리고, 공손한 롤라가 그의 발치에서 스타킹을 벗고 있는 동안, 부드러운 로렐라이를 한 자 한 자 읊어주리라는 것을.

---

* '제661과'라는 뜻의 독일어.

일주일 내내 마틸드와 나는 완전히 진이 빠진다. 철판 때문에 엉망진창이 된 발 그리고 손, 이럴 수가. 감히 씻거나 문지를 엄두가 나지 않는다. 아무것도 느껴지지 않는다. 하도 베이고 긁히다 보니 뻣뻣한 살가죽이 우리에게 덧씌워져 있는 것 같다.

아버지가 떠나면, 우리는 집 뒤에 있는 차양 아래로 의자를 옮긴다. 우리 앞에는 고철이 산더미처럼 쌓여 있다. 다리를 벌리고 쪼그려 앉아 우리는 하나하나 검사한다. 왼쪽에는 쓸모 없는 것들, 바늘, 녹슨 철사 타래, 잡동사니, 수상쩍은 놋쇠. 오른쪽에는, 예쁘기도 하지, 표지판, 쇠막대, 함석판, 쇳덩어리. 이 모든 것이 우리 가랑이 사이를 지나간다. 등에 양모를 걸친 마틸드는 허연 허벅지를 드러낸 채 내 쪽을 향해 앉아 지난 세기를 낱낱이 훑어본다. 도대체 그녀는 여기서 뭘 하고 있는 걸까? 열두시에 우리는 부엌에서, 내가 그토록 좋아하는 정사각형 식탁에 앉아 점심을 먹는다. 우리는 서두른다. 말은 거의 하지 않는다. 뜨거운 수프, 이에 으깨지는 연한 살. 그러고는 다시 시작.

겨울에는 모포를 여러 장 두르고 꾸역꾸역 안개를 마셔가며 이 넘쳐흐르는 고철 더미들 앞에 쪼그리고 앉아 일한다. 나는 대지진이라도 일어나 이 철판때기들을 심연 속으로 삼켜버리기를 꿈꾼다. 하지만 그런 일은 절대 일어나지 않는다. 지진 대신 트럭 한 대가 우리집 앞에 멈춘다. 친구 베베르다. 그는 늘 그렇듯 즐겁다는 듯이 반 톤의 고철을 쏟아놓는다. 스위치를 살짝 누르면 짐칸이 기울고, 제기랄, 또다시 처음부터 시작이다. 안녕하슈! 그가 외친다. 그만이 아니다. 우리 지역 사람들은 모두 우리를 알고 있다. 우리는 금속을 부수는 것이 아니다. 그걸로 조각을 하는 것도 아니다. 우리는 그것을 변형시킨다. 완전히 해체되면 자동차들은 안개에 가려진 다른 세상으로 실려간다. 나는 그들이 그걸로 무엇을 하는지 모른다. 하지만 밀매꾼인 아버지는 달러로 주머니를 가득 채워 돌아온다.

가끔 우리집 초인종이 울리기도 한다. 한 젊은 여자가 낡아빠진 유모차를 가져왔다. 엄마는 일어나 숄을 고쳐 걸친다. 말 한마디 않고 시체를 건네받는다. 밝은색 치마를 입은 그 예쁜 여자에게 인사를 하고는 내게로 온다. 가버렸어! 엄마가 나를 보고 가만히 웃는다.
결혼한 여자야. 신경 꺼.
나는 우물거린다. 결혼했다고? 그러면 나는 언제쯤에나 모든 여자들과 그들의 유모차를 사랑할 수 있는 거지? 나, 납으로 된 인간, 짧은 팔 조슬랭이 그들의 손을 감히 잡을 수나 있을까?

하루하루가 지나간다. 난 쉬이 잠들지 못한다. 발레다. 못들이 행진한다. 자기들 수를 센다. 키득거린다. 나는 로렐라이를 배운다.

금요일은 휴식이다. 마틸드는 자기 몸과 전쟁을 벌인다. 우선 손부터 시작한다. 비누를 푼 미지근한 물에 오랫동안 불려서 목용용 돌로 빡빡 문질러댄다. 뽀얀 손가락들이 드러난다.

엄마는 한 시간쯤 뜨거운 물로 목욕을 한 다음 새우처럼 빨개져서 나온다. 벌거벗은 엄마는 참 낯설다. 이때쯤 되면 그녀는 이미 나의 것이 아니다. 나는 그녀의 목덜미를 꿈꾼다. 하지만 어쩔 수 없다. 아버지가 이제 곧 돌아올 것이기 때문이다. 마틸드는 침실에 처박혀 콧노래를 흥얼거린다. 오락가락하며 발성연습을 해본다.

시간이 엿가락처럼 늘어난다. 마틸드는 이리저리 몸을 굽혀본다. 온몸에 크림을 바른다. 그녀는 정말 말끔해진다. 숄과 오렌지색 외투는 고통의 상자 속으로 사라진다. 마틸드는 치마와 뜨개질한 옷들을 끝없이 바꿔 입어본다.

드디어 조금은 변장한 듯한 모습으로 나의 여왕님께서 모습을 드러낸다. 나는 그녀의 손이 부드러운지, 베일들이 제자리에 있는지 점검해본다. 오 살로메, 무엇을 기다리느라 이 땅을 떠나지 못하십니까? 무슨 말인지 모르겠어요? 당신의 남자 역시 손들에 의해 조각되고, 손들에 의해 씻겨, 말쑥해져서 당신에게 돌아올 거예요. 하지만 그 손들은 당신이 아니랍니다.

나는 거의 울 뻔한다. 마틸드는 웃으면서 치마를 걷어올린다.

자, 네 엄마가 어떠냐?

난 가발을 쓰지 않은 채 앞으로 나아간다. 내 차례다. 팔을 벌리고, 고개를 세운 채 나는 읊조린다.

Ich weiss nicht soll es bedeuten,

Dass ich so traurig bin……

하얀 대리석 기둥 같은 다리 위로 다시 치마가 툭 떨어진다. 엄마가 손을 치켜든다. 그러고는 꽝, 조슬랭 시마르의 머리는 동네북! 자 알 됐다.

이게 절 사랑하는 방식이에요? 난 더이상 소리치지도 않는다. 로렐라이를 배우려고 얼마나 많은 못을 집어삼켰던가? 아 마엘, 너도 이렇게 얻어맞고 사니?

그 시는 입 밖에도 꺼내지 마! 아버지가 싫어하셔. 게다가 난 그놈의 독일 말이라면 지긋지긋해!

엄마는 울고불고 난리다. 하지만 그건 이 말이나 다름없다.

자, 조슬랭, 이제 밖으로 나가거라! 금요일 밤이야, 그럼 잘 자고 내일 보자!

엄마는 나를 밖으로 내쫓는다, 잔인하게. 내 볼에 입을 맞춘다. 다른 쪽 볼도 마저. 하지만 문이 쾅 닫힌다.

아버지가 선물해준 노란 윗도리를 걸친 채, 나는 북부지방에서 흔히 볼 수 있는 벽돌로 지은 막사 같은 집 앞에 앉는다. 어둠 속에 앉아 있는 마술사처럼 나는 기다린다. 빌렌은 잠들어 있다. 아버지는 거의 아무 소리도 내지 않고 트럭을 세운다. 차에서 내려 삐걱거리는 문을 열고는 유리창 앞에 서서 우리가 쌓아놓은 못과 나사들을 가늠해본다. 투덜거리는 것 같기도 하다. 마틸드가 어깨에 숄을 걸치고 나온다. 아버지가 그 소리를 듣는다, 고철을 내려놓고, 윗도리를 떨어뜨리고, 엄마에게로 다가가, 한 손으로 그녀의 구두를, 그녀의 발이 아니라 뾰족한 검은 구두굽을 어루만진다, 그러고는 내가 월요일 그리고 화요일, 수요일, 목요일 그리고 금요일에도 본 장딴지로 올라온다, 그리고 그 너머, 거슬러 거슬러 올라가 얼음처럼 차가운 그녀의 입술에 입을 맞춘다. 누가 봤다면 그가 어둠 속을 헤매고 있는 줄 알았을 것이다. 그가 마틸드를 한참 바라보다가 웃는다. 드디어 그가 돌아선다. 나에게 손을 흔들어 인사를 한다. 1972년 빌렌에서 태어나, 오랜 세월이 흐른 후 런던에서 자취를 감추는 마엘 자르조를 알고 있는 나는 그가 바깥세상의 무대 위에서 맞을 나의 밤을 축복하고 있다는 것을 알고 있다.

마엘, 너에 대해서도 그렇지만 난 아버지가 어떤 사람인지 잘 몰라. 그는 동쪽과 그곳의 추잡한 공장들만 좋아해. 그의 삶, 그건 차를 세우는 아가씨들, 그 여자들의 능숙한 손이야. 그의 꿈? 말끔히 씻긴 몸, 잠시 보는 얼굴들, 그들의 목소리 그리고 아침이면 또 달리는 거지.

아버지의 밤들은 어떤 것일까? 헝클어진 머리의 운전사는 오른손을 변속기에 올려놓은 채 아직도 생각에 잠겨 있을까? 그는 이곳에서 태어나 금방 죽어버린 지혜로운 얼굴을, 진짜 삶을 꿈꾼다. 롤라만이 그를 맞이한다.

엄마와 함께 마당을 깨끗하게 비워버리는 날 밤이면 나는 쉬이 잠들지 못한다. 마틸드는 나에게 소상히 이야기해준다. 십육 년 전 빌렌에서 아버지와 어떻게 해서 만나게 되었는지를.

엄마는 한 잡화점에서 점원으로 일하며 실패, 실꾸리, 단추, 지퍼 등을 팔고 있었다. 온갖 구식 잡동사니들. 하지만 얼마나 멋진 장면인가, 안 그래요? 나는 사람들이 넋을 잃고 바라보는 가게의 진열창과 가게 밖에서 서성이는 아버지를 상상한다. 결국 아버지는 얼굴이 빨개져서 가게에 들어와 지퍼들을 뒤적거리다가 예비용 단추 열 개,

그리고 멋진 스타킹 두 켤레를 산다.

용기를 내, 이 친구야! 몹쓸 아가씨는 아닌 것 같으이, 자네도 보면 알잖아. 아직 어리다는 게 마음에 걸리고 두툼한 스웨터를 뒤집어쓴 게 멍청해 보이잖아, 스타킹으로 치면 저 아이도 세 켤레는 족히 신었겠는걸! 겁먹지 마, 운전사 양반……

맞다, 오늘은 월요일 아침, 우리는 '마리 잡화점'에 와 있다. 아버지는 동쪽으로 떠날 것이다. 그는 트럭을 보도에 주차시켜놓았다. 그는 기쁨이 떠다니는 성수반(聖水盤) 모양으로 손을 모으고 앞으로 나아간다. 스타킹 때문에 부끄럽다. 하지만 포기할 수는 없는 일이지?

아가씨가 그를 처다본다. 손이 살짝 닿는다. 그녀가 액세서리들을 움켜쥔다. 그리고 큰 소리로 말한다.

안녕하세요! 가게에서 남자 손님을 보게 되니 기쁘네요, 남자 손님은 흔치 않거든요. 일찍 일어나시나봐요! 자 그럼, 뭘 고르셨나? 단추가 하나, 둘 셋 아홉 열 개라…… 단추 열 개니까 12프랑이에요.

아버지는 금속으로 된 짙은 회색 금전 등록기, 뜻밖에 위험해 보이는 두 손이 왔다갔다하는 커다란 계산대를 그제야 발견한 듯 유심히 바라본다.

그리고 스타킹 두 켤레. 치수가…… 봅시다…… 1호. 죄송하지만 혹시 잘못 아신 게 아니신지?

모…… 모르겠어요.

왜냐하면 1호는 정말 작거든요. 그러니까…… 제가 말이 너무 많았네요.

이 여자 정말 괴짤세! 가격, 치수 그리고 이번엔 또 뭐야? 사내는 망설인다. 그냥 가버릴까?

그게 그러니까 그 여잘 잘 모르거든요. 큰 편인데, 아니 그쪽하고 키가 비슷해요…… 그래요, 그쪽 키가 어떻게 되죠?

마틸드는 떨리는 손으로 흘러내린 머리카락을 매만진다. 미친놈. 막돼먹은 미친놈. 게다가 스타킹을 사다니! 트럭에 창녀들을 태우고 다니는 게 틀림없어. 여기서 이런 꼴을 보기는 처음이야!

아니면 빌렌에 사는 여자를 사랑하고 있는 거야. 여선생, 예를 들 자면 말이지. 그래 그 여자! 그가 '마리 잡화점'에서 여점원들의 옷 을 벗긴다면? 마틸드는 잡화점 점원의 목소리로 말한다. 후에 아버 지는 생선장수 아줌마의 고함 소리 같았다고 말할 것이다. 사실 그 둘은 비슷하다.

사려고 하시던 게 1호죠, 됐네요, 자그마한 여자를 좋아하시나보 죠?

이 여자가 감히! 지금 생각해보면 이건 정말 말도 안 되는 이야기 같다. 하지만 나는 아버지가 주머니에서 돈을 꺼내서는 아무 말 없이 계산했다는 걸 알고 있다. 마틸드가 미소짓는다. 개시 손님이니까.

그후로 아버지는 월요일마다 놀라운 사이즈의 스타킹들을 사가지 곤 동쪽을 향해 달려간다. 그는 크라쿠프*를, 그다니스크**를, 전세계 를, 마틸드가 대충 알고 있는 이름도 육체도 없는 그 모든 여자에게 입힌다.

어느 날 아침, 마틸드는 벌거벗은 채 안겨 있는 자신을 본다. 엄마 는 곧 '마리' 아틀리에에서 만든 면사포를 쓰게 된다. 때가 되면 체 념할 줄도 알아야 하는 법이다. 아, 조슬랭, 네가 우리를 보았더라

---

* 폴란드 남부의 도시.
** 폴란드의 항구도시.

면! 트럭 운전사에게 키스하는 잡화점 여점원, 참 이상한 느낌이 들었단다.

마틸드나 아버지나 공부와는 거리가 멀었다. 공부는 해서 뭐하게? 빌렌에는 역사가 존재하지 않는다. 그리고 그 나머지, 수학, 철학, 법학…… 아니, 그것들은 정말 그들의 것이 아니었다.

어린 마틸드는 신경을 곤두세우는 그 부드러움에서, 몸을 옥죄는 그 조그마한 잡동사니들에서 벗어나기를 꿈꾼다. 핀, 후크, 단추들은 그녀를 숨막히게 한다. 아버지는 꿈을 꾸지 않는다. 고아인 그는 메스*의 부대에서 운전을 배운다. 의무교육만 받고는 열여덟 살 때부터 트럭을 몰기 시작한다. 그에게는 오직 하나의 직업밖에 없다. 떠나는 것.

아버지는 어느 월요일 마틸드에게 키스를 하고는 그대로 트럭에 태워 동쪽으로 달려갔다. 그럼 '마리 잡화점'은? 오! 각반단추 하나 없어진 것 말고는 아무 일도…… 금요일 저녁까지 계산대는 그대로 있었다. 금전 등록기, 상품 더미들도. 실망스러운 일이다. 궁둥이집게나 나일론 팬티를 슬쩍하러 오는 꼬마 하나 없다면, 우리에겐 과연 무엇이 남아 있는 걸까?

미친 듯한 일주일이었다. 스무 살의 아버지는 전직(轉職)한 공수대원처럼 차를 몰았다. 스물네 시간 이상을 멈추지 않고, 시선을 고정시킨 채, 전장(戰場)에 나가는 사람처럼. 마틸드는 그를 살피기도 하고, 말을 시키기도 하고, 팔짱을 낀 채 졸기도 했다. 나흘이 지나자 그녀는 너무 많이 자서, 너무 많은 꿈을 꾸어서 기진맥진한다. 소리

---

* 프랑스 로렌 주(州) 모젤현의 주도(主都).

때문에, 흔들림 때문에, 그녀 앞으로 불쑥 몸을 내밀었다가는 곧 핸들을 잡는 아버지 때문에 완전히 녹초가 되고 만다. 그녀가 발견한 동쪽은 메마른 아침, 콘크리트 방호벽, 가시 철조망, 시체들이 너브러져 있는 길들이었다.

그주 금요일부터 그녀는 고물장수가 되었다. 아버지는 그녀를 자기 집으로 데리고 갔다. 얼음처럼 차가운 잔해들이 널려 있는 낡은 벽돌집으로. 토요일 내내 그들은 바닥과 벽들을 청소했다. 몇 달 후 마틸드는 인근 병원에서 나를 낳았다. 결국 그들은 결혼했다. 그리고 쇠의 왈츠가 시작되었다.

엄마는 담배를 꼬나물고 이 모든 것을 이야기한다. 아버지가 언젠가 가지고 온 크렘린의 성냥개비들을 쌓으면서.
늘 그렇긴 하지만 오늘 밤 극장에서 내가 할 일은 없다. '마리 잡화점'은 분명히 없어졌다. 아버지는 베티나의 트레일러 앞에 차를 세웠다. 이제 곧 밤이 길어지리라는 걸 나는 알고 있다. 그들은 방에서 나오지 않을 것이고, 나는 존재하지 않는 것이나 다름없을 것이다. 놀라운가요, 독자 여러분? 마틸드는 그녀의 감옥에, 나는 극장에 이미 익숙해져 있다.
엄마는 자러 가고, 나는 내 막대기를 닦는다. 거울을 흘긋 쳐다본다. 어때 조슬랭, 여전히 한가닥 하셔? 계집아이들을 킥킥거리게 만드는 그 깨진 주둥아리는 여전하셔?
다듬자! 그래, 다듬자! 멋진 물건이야. 노예들을 두들겨팰, 양끝이 동그란 타이탄의 막대기. 그리고 한없이 이어지는 시간, 나는 갈아댄다, 쇳가루가 날린다. 너에게 보여주려고, 마엘, 내일 봐!

나는 이 분장실 저 분장실 분주히 뛰어다닌다. 이쪽 저쪽에 대고 히죽거린다. 여배우들 그리고 성장(盛裝)을 한 여자들이 나에게 입을 맞춰 인사해준다. 뭐든지 하는 꼬마, 조슬랭 시마르는 이곳에서 인기가 좋다. 나는 지퍼를 올려주거나 무대장치들을 옮길 준비가 되어 있다. 나는 잡일의 왕자다.

매주 금요일은 언제나 똑같다. 아버지가 돌아오면 나는 고함 소리에 쫓겨 달아난다. 대로를 따라, 내 발소리가 울려 퍼지는 골목길을 따라 걷는다. 줄지어선 느릅나무들 아래로 처량하게 도시를 가로지른다. 화강암 계단에 걸려 넘어질 뻔한다. 그래도 계속 걷는다. 처칠 도 아라고 가(街)와 볼테르 가 사이에서 길을 잃은 적이 있다. 그 이유는 아무도 모른다.

몇 분 후, 내 앞에 극장이 우뚝 서 있다. 지난 세기의 모조 저택, 모조 루이 14세, 회랑, 왕자, 정원도 없는 축소형 베르사유 궁전. 극장 사람들은 모두 나를 알고 있다. 매표원 아줌마가 "꼬맹이! 꼬맹이!" 라고 소리치며 인사를 한다. 저게 편집병이라는 것이다. 지배인은 언제나 고개를 숙여 정중하게 인사한다.

1945년의 폭탄 투하로 지붕이 박살나서, 새로운 스타일의 유리창으로 교체했는데, 가히 걸작이었다. 그래서 길 쪽으로 나 있는 원형 지붕의 로비에 들어서면 우리는 창백해 보인다. 나는 얼기설기 세워놓은 나무들로 지탱시킨 무대 뒤로 뛰어간다. 들보들을 살펴볼 때마다 언제 무너질지 조마조마하다. 고치려면 적어도 몇 달 동안은 휴관해야 할 것이다. 하지만 어찌 되더라도 상관없다, 유언장은 이미 써놓았으니까. 마엘, 너에게 내 불운을 물려주노라.

　　분장실 안쪽, 나는 무대의상들이 꿈을 꾸며 잠들어 있는 트렁크들 가운데 하나, 하나밖에 없는 나의 트렁크를 연다. 한 번 쓰윽 훑어보고는 쥐스토코르,* 때문은 흰색 스타킹, 가슴에 장식을 단 셔츠를 입는다. 정말 바보 같구나, 조슬랭! 뭐 하자는 수작이야? 야유가 뒤통수를 때린다. 모두 키득거린다. 나는 들은 척도 않는다.

　　오늘 저녁에는 〈그녀가 창녀라서 안됐네요〉를 공연한다. 오빠와 근친상간을 하는 누이 역을 며칠 동안 밤을 새워가며 연습했기 때문에 나는 오빠 역이 어떤 것인지 잘 알고 있다. 나는 결정적인 순간에 그 끔찍함을 표현해줄 소도구들을 준비한다. 촛대, 빨랫줄, 검, 단검 그리고 검에 꿰인 여자의 심장, 피 주머니. 대향연이 벌어지는 제단 아래 숨어 있다가, 드디어 창녀가 죽음을 맞이하는 순간, 나는 이로 주머니를 물어뜯어, 짠, 피가 앞줄을 향해 줄줄 흘러가도록 만든다. 사람들은 비명을 지르기도 하고 모피를 걷어올리기도 한다. 울지 마세요, 숙녀분들, 장난이니까요! 피를 흘리는 사람은 아무도 없어요,

---

* 17세기경에 유행한, 몸에 꼭 붙게 만든 남자 옷.

저 나쁜 년조차도요! 여러분들 아래쪽에서 이 민들레가 솜씨 좀 부린 것뿐이랍니다! 피가 줄줄 흐르게 말이에요! 안됐네요, 그녀가 창녀라서 정말 안됐네요!

오늘 저녁의 여주인공이 나에게 인사한다. 어때 조슬랭, 악몽을 꿀 각오가 되어 있어? 그녀는 하얀 튜닉차림이다. 너무 비치는 옷은 안 돼요, 성녀님! 이리 와 깨물어줄게! 우리는 농담을 주고받는다.

나는 화랑을 가로질러 계속 나아간다. 여기저기 문을 열고 미소를, 농담을 던진다. 나는 교살자의 손을 가진 조슬랭이다, 무섭지. 내 가발이 춤춘다. 나는 분통을 빌려 내 머리 위에 뿌린다. 나는 단번에 늙은이가 된다. 나는 극장 안이 웅성거리는 동안 광대들이 벌이는 비밀스러운 원무(圓舞)를 좋아한다. 자, 친구들 서로 가벼운 키스를 나누세요. 축제를 선포하는 바입니다.

사방에서 분장을 하고 있다. 늘 그렇듯 내 차례는 맨 마지막이다. 얼굴들이 변한다. 허풍쟁이와 새침데기, 사이비 성직자와 하녀들. 우아한 손이 한 번 스치면 시선들은 기지개를 켠다. 미소는 더욱 환해지고 손들은 창백해진다. 무대 위에서는 어떻게 서로를 알아보지? 향이 타고 있는 곳이 주인의 저택이야.

이번에는 내 차례다. 언제나 한결같은 질문. 민들레, 네 아버지가 널 도대체 어떻게 한 거야? 주둥아리는 왜 얻어맞았어?

난 대답하지 않는다. 거울 속에 돌처럼 굳은 내 얼굴과 깨진 턱이 비친다. 여자 같은 분장사가 머리를 들이민다.

어때 조슬랭, 이쁜이로 만들어줘?

붓, 루주, 온갖 것들이 내 뺨을 간질인다. 엄마와 아버지, 멍청하게도 현실에만 얽매여 사는 그들이 내 모습을 본다면! 노예를 사자에게 던져줄 때에는 화장부터 시키는 법이다……

다 됐다. 기진맥진한 나는 다른 사람이 되어 일어난다. 그래, 나도
알아! 나는 등을 돌린다. 한숨 소리들이 들려온다. 눈물을 보이는 치
들도 있을 것이다.

불쌍한 아이! 아무것도 모르는 것 같아…… 너 정말 그 꼴로 남들
앞에 나설 거야?

아니면 늘 하는 소리.

산다는 게 뭔지! 글쎄 금요일 저녁이면 쟤 엄마가 쟬 밖으로 쫓아
낸대. 자바! 자바! 그 원시림 속에서 마틸드와 조르주는 밤새 그 짓
을 한대요……

사방에서 날 불러댄다. 시간이 되었다. 네 차례야, 조슬랭! 나는 욕
을 해대며 신발을 신는다. 비단으로 만든 누더기를 걸친 세례자, 나
는 불벼락으로 아이들을 깨울 것이다. 그들은 나를 잊지 못하리라.

막이 오른다. 나는 밝은 조명 속으로 나아간다. 무대를 살피고 있
던 관객들의 웅성거림이 들려온다.

보셨어요? 조슬랭 시마르예요. 고물상 집 아들, 극장에서는 루이
19세! 내 타이탄 막대기가 펄쩍 뛰어오르더니 내 팔을 비튼다. 어때
요 내 팬들, 정신이 좀 드세요?

창녀와 그녀의 기둥서방에게 자리를 내주고, 나는 가면을 벗는다.
하얀 뺨 위로 하염없이 눈물이 흘렀다.

자정을 알리는 종소리가 울리면, 수위 아저씨는 나에게 열쇠 꾸러
미를 넘겨준다. 부르주아의 대저택에는 나 홀로 남는다. 담배연기와
웃음들이 연한 보랏빛을 띠고 떠다닌다. 빌렌은 몇 해 전부터 잠들어

있다. 앙시앵 레짐* 이래로 난 분장실과 마엘의 프시케를 방문해왔다. 나는 피로 얼룩진 무대를 닦았다.

분장실로 돌아간다. 무엇 하나 제자리에 있는 것이 없다. 완전히 난장판이군, 친구들. 달빛이 비친다. 늦은 시각이다. 나는 분장을 지우고 모포로 몸을 감싼다. 펄쩍, 옷들 속으로, 물결무늬 천으로 된 내 관 속으로 뛰어든다. 사르락사르락 옷들이 스치는 소리 속에서 유영한다. 아, 향긋한 냄새, 연기를 펼치는 그 모습, 그 팔, 그 다리들. 나는 콜롱빈**의 집에서, 레이디 맥베스의 집에서 목욕을 한다. 그 모든 여자들이 나와 함께 잠든다, 아마 마엘도, 밤을 마주하며.

---

* 프랑스 대혁명 이전의 구체제.
** 프랑스 고전희극에 자주 등장하는 하녀의 이름.

동쪽에 도착하면 아버지는 고물들을 트럭 아래로 부린다. 누렇게 변색된 짐칸에 기어올라 거기서 지옥에서나 볼 수 있을 법한 것들을 끄집어낸다. 그는 정원사 장갑을 끼고 있다. 쇠막대나 볼 베어링들을 집어서는 힘도 별로 들이지 않고 땅에 집어던진다.

우리가 힘들게 보낸 많은 시간들이 그렇게 추락한다.

나는 마틸드에게 들어서 일주일에 걸친 그의 행로가 조직적으로 짜여 있다는 걸 안다. 우선 독일에서 집시들을 만나 벌겋게 녹이 슬어 표면이 비늘처럼 벗겨지는 고철을 산다. 한 손엔 술잔을, 다른 한 손에는 아이의 손을 잡고, 숲속 공터에 늘어선 트레일러들 사이에서 담판을 짓는다. 옆에서는 치마를 걸친 아낙네들이 손뼉을 치며 깔깔거리다가 꼬맹이들을 쥐어박기도 한다. 그리고 들판의 황금을 죄다 술로 탕진해버리는 시커먼 털이 난 남자들! 어두워지기 전에 작별을 하고 다시 출발, 아버지는 또 먼길을 달린다.

가끔, 거쳐가는 도르트문트나 튀링겐 같은 도시까지 집시 계집아이를 태워다줄 때도 있다. 아이는 변두리에서 내린다. 이렇듯 내 아버지 트럭 운전사는 생각이 없다. 열여섯밖에 안 된 아이가 샌들 바람으로 어디로 도망치고 있는지 그가 알 바 아니다. 여기저기 길거리를 방황하며 구걸을 하든지, 벌거벗은 남자들이 폼을 잡고 있는 잡지들을 훔치든지, 할머니들한테서 푼돈을 뺏든지, 깡패들의 손아귀 안에 잡혀 꿈꾸며 살든지, 끝내는 더러운 짐승처럼 웅크린 채 잠긴 문에 기대 밤을 지새든지, 그가 알 바 아니다.

아버지는 계속 달린다. 아버지가 독일에 인접해 있는 광활한 폐차장 앞에서 차를 세운다는 것 역시 마틸드가 말해준다.

아버지가 크레인들 사이에 있는 한 가건물에서 희귀한 부품들을 놓고 흥정을 벌이는 동안 지칠 대로 지친 엄마는 조금 거닐어본다. 엄마는 두터운 타이츠와 목이 접히고 몸에 꽉 끼는 스웨터를 입고 있다. 해가 뜬다. 엄마는 금속과 고물들의 정글 속을 걸어간다. 어디선가 두 녀석이 엄마에게 다가와 폴란드어로 말을 건다. 곧 그녀를 둘러싼다. 마틸드는 웃어보인다. 그중 구질구질한 녀석이 장갑 낀 손을 그녀에게 뻗친다. 부드럽게 그녀를 더듬는다. 마틸드는 말한다. 낮은 목소리로 말한다. 갑자기 두 녀석이 다가서자 그녀는 사태를 파악한다. 소리를 지른다. 눈을 질끈 감고 또다시 비명을 지른다. 주저앉아 땅 위에 무릎을 꿇는다. 그러자 아버지가 달려온다. 아버지는 쇠파이프로 두 녀석을 때려눕힌다.

아버지는 마틸드를 안아 독일어 카세트테이프와 달력이 있는 운전석에 데려다놓는다. 말 한마디 없이 짐칸을 올려 피를 흘리고 있는 놈들 위로 고철을 쏟아붓는다. 고철 더미가 모든 걸 지워버린다. 그 후로 그곳 사람들은 아내를 위해 주먹질을 마다 않는 프랑스 친구를 존중한다.

상상해봐, 조슬랭! 쇠, 알루미늄, 구리, 그리고 가끔은 놋쇠들이 한

48

없이 쌓여 있는 그 광활한 벌판을. 온갖 환상적인 물건들, 도금한 은, 금, 온갖 종류의 부품, 램프, 열쇠, 또는 시계들! 그 모든 것이 해체되고 찌그러져 쌓여 있는 거야. 그리고 이건 꼭 말해줘야겠는데, 어떻게 말해야 할지 모르겠어. 마틸드와 아버지는 말없이 앉아 있다. 벌판 저 너머, 사람들은 그 고철들을 가지고 무언가를 만든다. 그것들을 조립한다. 정확히 무엇을 하는 벌판인가? 산업 폐기물들의 묘지, 검은 토템들이 하늘을 향해 우뚝 솟아 있는 벌판.

밤이 무너져내리는 그 들판, 묘하기 짝이 없는 묘지! 그리고 이름 없는 그 형상들! 마틸드는 그것들을 잘 묘사할 수 없다. 그녀가 바람에 삐걱거리고 눈이 쌓여 휘어진 교수대를 무서워한다는 걸 나는 잘 알고 있다.

그녀는 남자들에 대한 이야기도 하지 않는다. 하지만 그들 지배자들은 그곳에 있다. 그들은 해체하고, 팔고, 서로 죽인다. 흔히 있는 일이다. 그들은 아버지처럼 새벽에 도착한다, 입에 담배를 물고. 그들은 변두리를 가로질러온다. 말없이 헬멧을 쓰고는 부수고 무장해제시킨다.

슐레지엔의 용광로. 아버지는 예외적으로 통제구역 안으로까지 들어간다. 바로 너머에 각지에서 온 고철을 녹이는 화로들이 있다는 걸 짐작할 수 있다. 트럭 운전사들은 어떤 언어로 의사소통을 하지? 영어? 독일어? 프랑스어 약간? 그들은 그들만의 언어로 말한다. 그리고 그 언어는 서로 통한다. 동유럽 지도 한 장, 엄마 사진 한 장, 그렇고 그런 잡지 한 권, 담배, 이것들이면 된다.

여름 겨울 할 것 없이 땅에 고정된 호스에서 물이 뿜어져나와 벽을 적신다. 이곳에 오면 아버지는 분류하지 않는다. 1005도는 족히 될 거라고 공장 사람들이 장담하는 용암이 무엇이든 가리지 않고 삼켜버린다는 걸 그는 알고 있다. 조슬랭, 거기서 1킬로미터만 더 가면 시베리아로 보낼, 얼어도 깨지지 않는 레일을 생산하는 공장이 있어.

엄청난 발전이지! 어떻게 해서 사람들은 이 모든 걸 까맣게 모르고 있을까? 도대체 학교가 무슨 소용이야? 이런 메커니즘들을 지칭할 낱말들이 우리에겐 없어.

빌렌에 오면 아버지는 세상의 부드러움에 놀란다. 아들은 극장에 가서 여자 흉내를 내느라 그를 귀찮게 하지 않는다. 그럼 마틸드는? 힘들고 거친 일주일을 보낸 그가 아스팔트, 불결함, 고함 소리 따위를 잊을 수 있도록 해주어야 한다는 걸 그녀는 알고 있다. 그래서 그녀는 백작부인이 된다. 머리와 손톱을 손질하고 꿈속에서처럼 달콤하게 군다.

일요일, 우리는 미사를 보러 간다. 아버지는 그리 달가워하지 않지만 마틸드가 '마리 잡화점' 시절 이래로 끌고 가다시피 해왔다. 당시 그는 그녀를 위해서라면 뭐든지 할 준비가 되어 있었다. 기도를 올릴 때는 횡설수설하기도 했다. 하지만 그건 죄악이 아니다. 지금 와서는 가기 싫다고 말할 용기가 없다. 그는 '사도신경'은 우물거리지만 마지막 찬송가는 힘차게 부른다. 묵은 때가 새까맣게 낀 그리스도상(像)과 신자들을 굽어보고 있는 성인상(聖人像)들을 둘러보기도 한다. 여기서는 모두 죄인이다.

그와 나는 대화하는 법이 없다. 그가 주중에 무얼 하는지 나는 전혀 알 수 없다. 일요일, 내 눈에 비친 그는 먼 곳에 가 있는 듯 소원하다. 그는 롤라 생각에 빠져 있다. 하나이신 주님을 믿나이다, 나의 여신, 내 너를 위해 기도해, 남자들 때문에 건강을 망치지는 말아, 내 곧 그리로 가리다. 봉헌 시간이다, 그렇게들 서두르지 마세요, 세례자 요한이 그리스도의 복음을 전한다.

미사가 끝나면 우리는 밖으로 나와 평상시대로 엄마 친구들에게 하나씩 돌아가며 인사를 한다. 내일이면 그는 동쪽으로 달려갈 것이다. 산책, 장보기, 억지 미소, 기도, 그 소용돌이로부터 멀리 벗어나게 될 것이다. 안녕하세요 부인, 당신께 영광을, 부활하신 주님! 안녕하세요, 안녕하세요! 그래요 동쪽의 조르주!

안녕하세요! 입 닥쳐, 조슬랭! 입 닥쳐!

하지만 그들은 모두 이미 알고 있다. 아버지는 바르샤바의 교회에서 졸고 있다. 이제 그는 부인처럼 분장한 롤라에게 기댄 채 졸고 있다. 오늘은 일요일이다. 그는 그녀의 담배색 스타킹을 바라본다. 이제 그는 그녀의 트레일러 속에서 무릎을 꿇고 있다. 롤라는 거의 벌거벗은 모습이다. 내 사랑, 내가 어찌해야겠소, 말해주오! 오랜 세월이 흐르고 고철을 싣고 그렇게 먼 길을 달려온 후에야, 가식 없는 접촉을 한 후에야, 아버지는 마침내 성스러운 말을 한다. 그는 신을 발견했다.

아주 오래 전부터 롤라는 그 트레일러에서 산다. 바람이 불면 흔들리는, 하얗게 칠한 나무 오두막이다. 벽돌 더미 위에 세워진 봉 막대기가 승용차가 오기를 속절없이 기다리고 있다. 하지만 이곳에서 지체하는 승용차는 단 한 대도 없다. 지칠 대로 지친 트럭 운전사들만이 옆 공터에 그들이 타고 다니는 괴물을 주차시킨다. 겨울이면 눈이 무릎까지 쌓인다. 그들은 눈에 묻힌 녹슨 계단에 걸려 넘어지기도 한다. 화창한 날이면 바르샤바의 잿빛 아파트들과 '문화궁전'이 희미하게 눈에 들어온다. 아버지는 절대로 그곳에 들르는 법이 없다. 그는 불결함을 피해 도시를 우회한다.

붉은 깃발? 사용 가(可). 롤라 혼자 있다는 뜻이다. 하얀 깃발이 걸려 있으면 아버지는 운전석에 앉아 독일어 카세트테이프를 반복해 들으면서 담배를 피운다. 롤라는 독일 말을 한다.

잠시 후 한 사내가 문을 열고 나와 밖에서 옷을 입는다. 몇 분 후면 롤라는 화장을 고치고 새사람이 되어 있을 것이다. 아버지는 담배를 끈다. 트럭에서 내려 주머니에 손을 넣은 채, 천천히 걷는다. 자, 이제 그의 차례다.

언제나 마찬가지다. 아버지는 아무 말 없이 트레일러 안으로 들어간다. 그는 젖은 신발과 외투를 벗는다. 롤라가 다가와 그를 껴안는다. 그녀는 아주 단순하고 깨끗한 목욕가운을 입고 있다. 금방이라도 머리를 묶고 장화를 신은 다음 언 땅에 잡초를 뽑으러 나갈 기색이다. 아냐, 멍청이! 그녀는 아버지를 안는다. 둘 다 벌거벗고 있다. 그들은 냄비와 침대 사이에서 뒹군다.

가끔 누군가 밖에서 문을 두드릴 때도 있다. 바쁜 친구다. 그 안에 무슨 일이야? 깃발은? 빨간색이잖아? 뭐야 이거! 시마르는 운전석에 앉아 다시 한 시간을 기다린다. 그러고는 입가에 미소를 띠고 돌아온다. 길은 아무나 지나가라고 있는 것이란 걸 그는 알고 있다.

아버지가 늦게, 저녁이 다 되어 도착하면, 그들은 바르샤바 쪽으로 산책을 나간다. 주위에는 아무도 없다. 멀리 밤과 노랗게 물든 스모그가 도시 위에 펼쳐져 있다.

종종 그는 무슨 말인지 모를 대화들을 늘어놓는다. 그는 롤프, 그녀는 기젤라, 우리는 흙을 구워 만든 파이프를 찾고 있는 거야. 맙소사, 그의 목소리가 떨린다. 그가 정말로 그녀에게 말할 수 있는 날이 언젠가는 올 것이다.

롤라는 아침에는 혼자다. 그녀는 늦게까지 잔다, 마침내 평온하게. 깨어나서는 그토록 많은 사랑을 나눈 손을 씻는다. 날이 좋으면 철삿줄에 옷들을 말린다. 비단옷이 바람에 펄럭인다. 바지에 장화 차림의 롤라는 분주하다. 트레일러를 환기시키고 벽걸이 천과 시트를 내다 턴다. 가끔 페인트 통을 손에 들고 녹슨 판자들을 칠하기도 하고, 남자 없는 땅에 몸을 숙여 트레일러 바퀴들을 뒤덮는 잡초들을 뽑기도 한다. 언젠가 그녀는 원시림 속에서 사랑을 나눌 것이다.

정오가 되면 라디오를 들으면서 식사를 한다. 그녀를 찾는 트럭 운전사들이 하나같이 뭔가를, 치즈, 과일, 빵 같은 것들을 놓고 가기에 그녀는 그것들을 먹는다. 그리고 다시 그들을 기다린다. 잠시 후 트럭 한 대가 공터로 들어온다.

롤라는 아버지를 사랑한다. 누가 그걸 의심하겠는가? 그녀는 줄줄이 늘어선 얼굴들 중에 아버지의 얼굴을 찾는다. 그는 화대를 지불한 적이 없다. 다른 이들은 수다스럽다. 그들은 그녀를 품고 행복한 표정을 지으며, 자기 자랑을 늘어놓는다. 아버지는 그런 치들과는 거리가 멀다.

어느 날, 승용차 한 대가 트레일러 앞에 멈춘다. 아버지는 트럭을 메스에 두고 거기서 기차를 타고 왔다. 수없이 많은 마을들을 거쳐서 왔다. 롤라는 무릎을 꿇고 눈물을 흘린다, 아버지가 침대 위에 내려놓은 수천 달러가 든 가방을 앞에 두고. 그가 이번에는 돈을 낸 것이다. 롤라는 그 침묵을 살 수 있어 행복하다. 그녀는 깃발을 내리고 문에 게시판을 붙인다. 스물두 살에 그 고함 소리들은 끝이다. 그녀는 이제 은퇴한 것이다. 그들은 고철을 팔아 벌어들인 금으로 장만한 둘째 트레일러를 첫째 트레일러에 연결시킨다. 폴란드의 시골에 마련한 그 함석집은 온통 그들만의 세상이다.

가끔 아버지는 악몽을 꾼다. 그는 바르샤바를 향해 걸어가고 있다. 눈이 내린다. 하얀 장막이 그를 덮친다. 그를 숨막히게 하는 비단이다. 그는 롤라를 찾는다. 그녀는 보이지 않고 황량한 벌판만 펼쳐져 있다.

그들의 나날은 텅 비어 있고 행복하다. 그들은 몸을 혹사했다. 그래서 이제 그들은 햇빛을 즐기고, 영토를 돌보고, 봄에는 낚시를 가고, 산책을 하고, 매주 일요일에는 미사를 보러 간다.

몇 달 후, 아버지는 베티나의 부모를 만나러 독일로 간다. 그녀의 아버지는 건축가이고 어머니는 문학을 가르친다. 빌더 씨는 이제 거의 일하지 않는다. 주문이 없기 때문이다. 날이 갈수록, 음침한 대리석과 높고 경직된 형상(形狀), 그가 동구(東歐)에 수없이 지어놓은 호화로운 벙커를 좋아하는 사람들을 만나기가 어렵다. 과중(過中)함의 시대는 갔다! 사람들은 여유로운 공간을, 신선한 공기를 원한다. 거리로 나서면 꼬맹이들이 그를 졸졸 따라다니며 놀려댄다.

미라도르*씨! 미라도르 씨!

그것은 그가 유명하기 때문이다. 빌더는 묘한 표정으로 뒤돌아본다. 그는 아이들의 얼굴에서 뭔가를 찾는다. 아니다, 아무것도 없다.

그는 눈물을 글썽이며 이 모든 것을 아버지에게 이야기한다. 지난날의 영광, 사랑스런 그의 벙커, 카르파토 산맥** 등반, 훈장들. 결정적으로 그는 술을 너무 많이 마신다. 아버지는 도대체 무슨 말을 해야 할지 난감하기만 하다. 그가 아는 것은 오로지 길뿐이다. 미라도르 씨와 세대도 다르니, 뭘 함께 나누겠는가? 게다가 그 건축가는 딸 베티나를 아버지가 어떻게 만났는지 알기나 하는가?

그들의 딸과 함께 사는 프랑스인으로만 남고 싶지는 않아서 아버지는 '로렐라이'를 읊는다. 시를 아는구먼! 정말 놀랍군!

미라도르 씨가 이야기를 하나 해준다. 권력을 잡고 있을 당시, 아돌프 히틀러는 하인리히 하이네의 작품을 모조리 없애버리려고 했

---

* 망루, 감시탑과 같은 높고 경직된 건축물. 여기서는 나치 독일의 유물을 암시한다.
** 슬로바키아, 폴란드, 헝가리, 루마니아, 우크라이나에 걸쳐 있는 초승달 모양의 산맥.

어. 하이네는 유대인이었거든. 하지만 로렐라이를 지워버리는 일은 불가능했어. 히틀러조차도 그 첫 소절을 외우고 있었으니 말이야! 내 마음, 내 마음은 슬프다…… 학창 시절의 유산이었지! 그래서 그걸 익명의 작가가 쓴 시로 문학 교과서에 싣기로 결정한 거야. 익명으로, 베티나가 따라한다.

어색한 식사가 끝나자 그들은 폴란드로 떠난다. 아버지가 차를 몬다. 그는 수염이 자라는 대로 내버려두었다. 미라도르 양, 베티나는 짧은 치마를 입고 있다. 해가 바뀌면서 그녀는 수호천사를 바꾸었다.

죽을 때까지 아버지는 롤라와 함께 산다. 죽을 때까지 그들은 서로 사랑한다. 웃으며 따스한 천 안에 몸을 숨긴다. 그들은 진정한 삶의 나날을 하루하루 셈하며 살아간다. 그리고 나는 안다. 어느 추운 겨울날 저녁, 도저히 설명할 수 없는 그곳의 어느 날 저녁, 그들이 커튼을 내리고 손에 손을 잡은 채, 길 쪽으로 놓은 그 침대에 몸을 누인다는 것을. 아마 그들도 내일에 대하여, 멍청이 민들레에 대하여 생각하고 있으리라는 것을. 쇠처럼 차가운 몸을 누인 채 밤을 기다리고 있으리라는 것을.

금요일의 기쁨 뒤에는 끔찍한 나날들이 기다리고 있다. 마틸드는 아무 말 없이 자동차 부속과 못을 센다. 두터운 스웨터를 입었는데도 그녀는 덜덜 떨고 있다. 그녀의 손이 부들부들 떨린다. 벌떡 일어나 영문 모를 소리를 빽 지르고는 쇠막대를 집어 자기 가슴을 푹 찌를 것만 같다. 하지만 천만에, 말 한마디 없이 조용하기만 하다. 기껏해야 치마에 눈물을 떨굴 뿐이다.

제기랄, 도대체 왜 그들은 연극을 좋아하지 않는 거지? 왜 아버지는 셰익스피어나 플로티노스* 앞에서 잠들어버리는 거지? 정말! 그들은 추한 세상을 잊지 않으려는 건가?

그러기는커녕 그들은 놀려댄다. 그렇다, 일요일 우리 이웃에 사는 아줌마들 주위에 계집아이들이 모여 킥킥거린다. 분장실 쥐새끼 조슬랭, 배우 조슬랭, 민들레는 깨진 주둥아리 때문에 운대요. 고것들은 좋아라 그렇게 놀려댄다, 나쁜 년들!

나한테도 좋은 시절이 있었다고? 굳이 아니라고 말하지는 않겠다.

---

* Plotinos(205~269?), 그리스의 철학자, 신비사상가.

모르시겠지만 나도 한때는 빌렌의 창녀들깨나 알고 있었다. 다들 예쁜 여자들이었다, 의상만 뺀다면!

마틸드가 고철을 세다 눈물 흘리는 걸 보고 나는 무슨 일일까 생각해본다. 싸웠을까? 당신 손에 딱딱하게 못이 박혔네! 폴란드 여자처럼 입었네? 유행이야? 나는 거기에 없다. 그 잔인한 저녁들. 그들은 나를 쫓아낸다. 나는 극장으로 간다.

즐거운 날도 있다. 마틸드가 말이 많아지는 날이다. 이 일 저 일, 아무것도 아닌 일에 대해 수다를 떤다. 엄마가 나를 꾸짖는다. 마엘은 잊어버려! 꿈 깨! 너도 잘 알잖아, 조슬랭, 내가 누누이 말했지, 여배우란 것들 다 뻔할 뻔자야! 그런데도 쫓아다니겠다는 거냐?

하루 종일 꿀밤 세례다. 그래도 난 행복하다. 저녁 무렵, 아직 기가 꺾이지 않은 나는 살로메를 묘사해보려 한다. 그녀는 우리 사이에서 춤춘다. 집시인 그녀는 북쪽과 서쪽, 동쪽을 노래한다. 사랑하는 이여, 그대는 상상을 초월하는 말〔言〕들에 대해 어떻게 생각하는가?

마틸드는 무릎을 꿇고 기도를 올리고 있는 조슬랭 시마르를 발견한다.

너 내 말을 못 알아들었구나, 조슬랭…… 못이나 세! 그녀는 웃으면서 나에게 못을 던진다.

후딱 지나가버리는 광기의 나날들. 이런 날 우리는 고철 따윈 거의 잊고 지낸다. 아버지는 여전히 동쪽에 있다. 엄마는 하루를 정해 몸을 돌본다. 그녀는 나, 무대의 쥐새끼에게 그녀의 몸을 씻고 손의 묵은 때를 벗기고 하얗고 둥근 등을 밀게 한다. 나는 좋아 어쩔 줄을 모른다. 그녀는 가만히 웃는다. 뭐야, 조슬랭, 너 직업은 안 가질 거야? 고철 세는 것, 그건 일도 아니야! 극장, 그래, 예쁜 여자들이야 실컷 보겠지. 하지만 나중에는? 너한테는 직업이 필요해. 아주 견실한 걸로.

그녀는 내가 왜 학교를 때려치웠는지 알기나 하는가? 그것도 열셋에. 친구들! 그것이 금지되어 있다는 걸 당신들도 알고 있지? 하지만 여기선 법이……

그녀의 침실, 입을 옷을 고르며 그녀는 또다시 '마리 잡화점' 시절 이야기를 한다. 정말 가관이었어, 그 점잖은 여편네들이 코르셋이나 속치마를 놓고 옥신각신하는 꼬락서니라니!

그리고 말이야, 조슬랭, 탈의실에서 그치들이 하는 꼴을 보면 미사 보러 가서 덜 지루할 거야…… 거의 벌거벗고 비스듬히 서서는, 어때 마틸드, 그가 좋아할까? 그가 좋아할 거라고 생각해? 이 슬립은 좀 길지 않아? 그리고 스타킹은? 빨간 스타킹이 남자들을 흥분시킨다며?

엄마는 단추와 지퍼 가게라는 아주 진지한 고해실을 열어놓고 있었다. 그것 말고도 나는 많은 것을 알게 된다. 빌렌의 시문(市門)에 있었지만 불이 나 몽땅 타버린 직물공장, 아버지가 훔친 트럭들, 그가 고철 속에 묻어버린 두 폴란드 녀석…… 마틸드가 빙그르르 돈다. 입을 옷을 찾은 것이다. 파란색, 분위기가 확 달라 보이지, 안 그래?

미친 듯 욕망이 들끓는 저녁, 방 안에 온갖 종류의 잡동사니들을 다 늘어놓은 다음에야, 마틸드는 광주리 하나를 내 쪽으로 슬며시 내민다. 나는 뚜껑을 연다.

어때 조슬랭! 놀랐지? 달러야. 수천 달러. 빈털터리가 된 건 아냐.

나는 손을 뻗어 그 금을 만져본다. 우리가 일한 대가다. 그녀의 말이 맞다. 엄청난 돈이다! 마틸드는 나를 보며 가만히 웃는다. 우리의 숨은 재산을 일깨우는 그녀의 목소리는 신비스럽기까지 하다. 그래서 뭐! 이걸로 뭘 할 건데? 그녀는 움찔하더니 내 뺨을 어루만진다. 나에게 50달러를 내민다. 자 조슬랭, 네 마음대로 쓰렴!

바로 그날 저녁, 나는 극단주에게 내 새 가발과 엉뚱하게 생긴 챙 없는 모직모자를 자랑스레 보여준다. 마리 앙투아네트를 무덤으로! 나는 요란을 떨며 앞으로 나서서는 이를 보이며 씩 웃는다. 사실, 내 새 가발이 엉뚱하다는 건 나도 잘 알고 있다. 그래도 난 왕자처럼 바닥을 힘껏 내리친다.

여러분들은 우리 둘이 따분할 거라고 생각하시겠죠? 사실 그렇지도 않아요, 그럼요! 물론 등이 뻣뻣해질 정도로 힘은 들지만 일주일 내내 엄마 친구들이 줄줄이 찾아와 심심하지는 않다. 엄마는 그들에게 근사한 말투로 말한다. 아버지는 그런 엄마가 생선장수 같다고 했다. 베베르 앞에서 마틸드가 목청을 높인다.

베베르! 어떻게 지내?

베베르는 사연이 많은 사람이다. 매주 화요일, 그는 싣고 온 고철을 무더기로 쏟아놓는다. 죽음의 비가 내리는 것 같다. 얼마나 많은 몸체들을 으스러뜨렸을까? 사기를 북돋우기 위해 베베르는 칼바도스를 들고 다니며 마신다. 그는 자신의 진짜 이름—힐더베르트—을 숨긴다. 그의 부모는 사형집행 일을 했다. 열다섯 살에 그는 르동 군(郡)의 신학교에 들어간다. 펠트 수사복을 입은 불쌍한 아이, 그의 모습을 상상할 수 있다. 멍청해 보이는 모자—가발 말고—를 쓴. 신부들이 그의 학비를 댄다. 그는 거칠고 쾌활한 수사가 될 것이다. 하지만 힐더베르트는 빗나가기 시작한다. 술 마시고 노름을 하느라 서원은 까맣게 잊고 만다.

매주 일요일, 사람들은 그에게 손가락질을 해댄다. 하느님이 직접 나타나 그를 질책한다. 너 힐더베르트야! 이번 주에도 죄를 지었구나! 여기 모인 형제들 좀 보아라! 그들이 너의 죄를 용서해주느냐? 어딜 보나 다들 널 비웃지 않느냐…… 그들은 너의 구원을 위해 기도하고 있다! 악마를 경계하여라!

뒷자리에 앉은 녀석이 우리의 순교자를 흔들어 깨운다. 우리의 씩씩한 용사는 뒤로 휙 돌아, 빵, 녀석의 면상에 주먹을 날린다! 싸움이다. 예루살렘! 예루살렘! 사방에서 치고박고 난리다. 베베르와 마르크는 기도대 사이로, 의자들 사이로, 굳어버린 기도들 사이로 뒤엉켜 뒹군다. 신부들이 달려온다. 난투극에서 빠져나온 베베르는 모세 의자 위에 서서 두 손을 하늘을 향해 벌리고 계속 미사를 올린다. 성부와 성자와 성령의 이름으로 아멘.

스물네 살에 마침내 사제가 된 베베르는 얼마 전 자신이 직접 혼례를 집전한 한 여자를 미친 듯이 사랑한다. 뭘 원하세요, 천사님들! 그녀는 신을 섬기는 사람을 위해 남편을 떠난다. 그들은 가난하게 산다. 양철 세면기 하나, 소박한 2인용 침대 하나, 성경책 한 권이 전부다. 베베르는 숭고한 삶을 산다. 비가 많이 오는 도시, 르동의 견디기 힘든 밤에 대해 그는 얼마나 자주 우리에게 이야기해주었던가! 잔은 자신의 영혼을 숨기기라도 하려는 듯, 벽과 침대 사이에서 몸을 웅크린다. 그가 키스라도 할라치면 미친 듯이 딸꾹질을 해댄다.

어느 날 아침, 베베르는 아내와 아이를 데리고 신부님을 찾아간다.

잔이에요, 신부님. 기억하시죠? 제가 집전한 첫 결혼식. 그때 해준 설교를 아직도 줄줄 외울 수 있어요. 신부님도 읽어보셨죠? 교리에 어긋나지는 않았나요? 그리고 이놈이 제 아들이에요. 신부님 제가 죄를 지었으니 용서해주세요. 이놈을 제가 직접 세례 주었거든요. 처음이자 마지막, 이해하시겠죠? 잔과 제가 파리로 떠나거든요. 그래서 신부님께서 축복을 해주셨으면 해서……

신부는 한숨을 쉰다. 의자를 뒤로 밀고 일어나서는, 잔—이런 나쁜 년!—과 아버지를 닮아 갈색 머리인 아이를 안아준 다음, 그들 한 사람 한 사람의 가슴에 성호(聖號)를 그어준다. 수없이 낭독한 시편들, 수없이 올린 의식들! 수없이 불을 붙인 초들! 그리고 성당들! 납골당들, 오 성(聖) 트로핌이시여! 십 년 공부가 이렇게 막을 내린다. 무슨 소용이야? 공부하느라 얼마나 시간을 보냈는데? 약속된 땅에는 몇 발짝이나 더 다가갔어?

희망에 부푼 세 사람이 프랑스를 가로지르는 동안, 병든 신부는 성자들을 연도(連禱)한다. 성 야곱, 성 로렌조, 성 조르주, 성녀 블랑딘, 그래 여자들도, 여자들은 빼먹는 경우가 너무 많아, 성녀 마르타 그리고 선량하신 동정녀, 성녀 라파엘라, 성녀 헬레나, 성녀 히아친타, 인자하신 성녀님들 우릴 위해 기도해주세요!

베베르는 자기 이야기를 할 때면 언제나 눈물을 흘린다. 잔이 어떻게 되었는지는 절대 밝히지 않는다. 그냥 휙 사라졌단다! 아들 세르뱅 역시 트럭 운전사다. 그는 고속도로 여기저기서 아버지와 마주친다. 각자 짐을 싣고. 마틸드와 나는 고철을 세며 말없이 듣고만 있는다. 우리는 그의 이야기를 이미 훤히 꿰고 있다. 베베르가 잔을 비우는 동안에도 우리는 일손을 멈추지 않는다.

내게 학교 역할을 한 건 이런 종류의 삶이다. 피타고라스나 탈레스, 이런저런 공리(公理)들이 아니라! 무대 위에서는 모두 벌거숭이다. 마르셀 퐁텐을 제외하고 모두. 그는 별개다. 그는 얼마 전부터 마틸드의 가장 친한 친구가 되었다. 기품이 있는데다 벨벳 양복에 넥타이, 퐁텐 씨는 정말 멋쟁이!

나는 몇 달 전에 그를 만났다. 내가 고철상 일을 막 시작할 무렵이었다. 기억난다, 그날 내 손은 피와 때로 엉망진창이었다. 마틸드가 부엌에 있어서 내가 그 신사를 맞이한다. 그는 결연하게 그리고 서투르게 다가온다.

안녕! 네가 여기 책임자니?

책임자요? 목소리 한번 멋지군! 나는 전사(戰士)의 손을 내민다.

그가 흠칫 물러선다. 그래요, 나 조슬랭 시마르, 엄마의 노예올시다.

마틸드가 나를 밀치고는 신사에게 인사한다. 무슨 일이세요? 그는 그녀를 똑바로 쳐다보지 못한다. 짧은 치마에 가슴이 파인 블라우스 차림이다. 오늘은 왜 겉옷을 걸치지 않았지? 오늘 아침에는 모든 게 이상하다. 나는 일터로 되돌아간다.

나는 시큰둥하게 손수레 바닥을 긁어댄다. 마틸드는 울타리에 팔을 걸친 채 요란스레 몸을 흔들어가며 큰 소리로 떠들어댄다. 마르셀 퐁텐이 그녀의 머리칼과 눈빛 때문에 어찌할 바를 모르는 게 훤히 보인다. 마틸드는 잔뜩 쌓여 있는 고철들 사이에 갑자기 나타난 환영 같다. 얼마나 부드러운지! 그녀가 서툴게 감추려 드는 그 투박한 손만 뺀다면. 퐁텐은 보도 위, 무릎 사이에 가방을 내려놓는다. 잡담이 시작된다.

뭐 해! 일 안 하고! 엄마는 담배를 한 개비 피워문다. 마르셀도. 그녀는 벌써 그를 마르셀이라고 부른다, 맙소사.

한 시간이 지나서야 그들의 이야기가 끝난다. 그가 손을 들어 나에게 인사하고는 마틸드에게 말한다.

그럼 안녕히 계십시오, 부인! 곧 다시 찾아뵙지요!

뒷마당으로 오자 엄마는 다시 자리를 잡는다. 웃으며 치마를 걷어 올린다. 친구다. 으레 그렇듯. 마르셀은 파리 번호판이 붙은 자그마한 노란 차를 타고 멀어져간다. 그래 맞아! 도시에서 온 신사, 세련된 차림과 말투. 빌렌의 멍청이, 나 조슬랭이 그냥 넘어갈 수 있나?

나는 해명을 기다린다. 마틸드는 결국 나에게 꿀밤을 먹이고 만다. 아무렇지도 않다, 이골이 났으니까.

그럼 난 손님한테 말할 권리도 없는 거냐? 대답해봐, 조슬랭! 금지

된 거야? 너도 질투하는 거냐? 무슨 권리로?

마틸드는 울기 시작한다.

대답해봐! 그 사람이 원하는 게 뭔지 알기나 해? 몇 톤이나 되는 기계들을 우리한테 넘기겠다는 거야! 잘된 일이지, 안 그래? 돈 되는 걸 주겠다는데 거절해야 돼? 거절하면 네 아버지가 좋아할 것 같아? 그리고 내 스타킹은? 네 가발은?

그녀는 계속 떠들어댄다. 나는 그녀가 할 말들을 샅샅이 알고 있다. 아, 엄마 날 짜증나게 하는군요. 나도 알아요. 그는 서른네 살에다, 용감하고, 이곳에는 아는 사람이 아무도 없으며, 파리에서 어제 도착했고, 이 지역에서 가장 흉한 호텔에 묵고 있다는 사실을. 엄말 화나게 해서 정말 죄송하군요!

너한테는 그게 이상하냐? 그 사람 삼촌이 죽어서, 물려받은 공장을 처분하러 왔다는데. 너는 엄마가 하는 일에 토나 달려고 여기 있는 거냐? 겉옷을 입는 편이 나았다고? 금요일 날 두고 보자.

그녀가 벌떡 일어선다. 의자가 뒤로 발랑 자빠진다. 그녀도 내 손수레에 걸려 비명을 지르며 넘어진다. 치마가 찢어져 다리가 드러난다. 정말 눈부신 다리죠, 친구들? 그것에 비하면 하늘조차 까맣게 보인다.

나도 이해는 한다. 엄마는 그렇게 기분전환을 하는 것이다. 고철, 트럭, 내가 좋아하는 여배우들과 그들의 장신구, 그건 그녀의 세계가 아니다. 마르셀 퐁텐, 그는 멋진 사내다. 그는 그녀를 만지지 않고 바라보기만 한다. 얼마나 세련되었는가! 되다 만 신부를 사칭해 그녀의 몸을 더듬는 베베르에 비하면!

마틸드는 침실에 있다. 그녀가 내려온다. 창백한 얼굴, 풀어헤친 머리칼. 면직물과 까칠까칠한 피부. 난 대가를 톡톡히 치른다. 크림

66

바르는 일은 종쳤다! 앞으로 두 주 동안 조슬랭 시마르는 엄마 몸에 손도 못 댈 것이다.

그후로 매일 아침 난 햇살 속에 앉아 문을 살핀다. 마르셀 퐁텐이 장갑 낀 그의 노예들을 데리고 오기로 되어 있다. 우리에게 몇 톤이나 가져올까? 나는 사장을, 그의 콧수염을, 그의 수행원들을 기다린다. 하지만…… 이거 내가 꿈을 꾸는 건가? 땀을 뻘뻘 흘리며 일하는 건 바로 그다. 소매를 걷어붙이고 손수레를 손수 민다! 주먹을 꽉 움켜쥐고 헉헉거린다.

문 좀 열어줄래?

그가 직접 한 무더기의 고철을 부려놓는다. 하루에 족히 열 번은 왔다갔다한다. 더러워진 셔츠와 찢어진 바지를 그대로 입고. 위대한 퐁텐의 꼴이 말이 아니다.

그는 삼촌에게서 물려받은 쓸모없는 방직기계들을 우리에게 가져온다. 새것이나 다름없는 기계 다섯 대, 하지만 무슨 소용이람? 마르셀은 해체된 기계 더미를 앞에 두고 쓸쓸히 웃는다.

요즘 세상에 이런 깔개 천을 원하는 사람이 어디 있어? 이런 식탁보는? 이젠 구닥다리지. 이런 건 다 한물갔어!

우리는 맥주를 한잔 한다. 마틸드는 또 옷을 갈아입었다. 몇 달 전부터 주문 한 건 없다. 그래서 그는 나이 든 종업원들과 다섯 명의 창고직원을 해고할 생각이다. 모두 창고에서 사장의 지시를, 기적을 기다리고 있다. 퐁텐은 혼자서 기계들을 해체한다. 그는 기계에 대해 전혀 알지 못한다. 밤에도 벽이 노란 침실에 틀어박혀 일을 한다. 그는 사용설명서와 산업 가이드 책자를 읽거나 장부를 샅샅이 살펴본다.

금고가 비었다는 걸 그도 알고 있다. 그는 회사를 정리하러 빌렌에
왔다. 전혀 즐거운 일이 아니다. 그의 아내 루이즈는 파리에 있다. 여
기서 사람들은 그를 관찰하고 평가한다. 그는 짐승처럼 일한다.

그가 빌렌에서 보내는 밤들은 짧다. '종점(Terminus)'은 한물간 호텔이다. 어느 모로 보나 그건 분명하다. 흉물스럽다. 마르셀 퐁텐은 윗도리를 옷걸이에 걸어 거울 위에 걸어두었다. 넥타이는 세면대 속에서 둥둥 떠다니고 있다. 크랭크 윤활유가 잔뜩 묻었기 때문이다. 그건 기계가 드러내는 증오다.

여섯시경, 그는 책상에 앉는다. 고지서들, 입체금(立替金), 더러운 종이, 유린의 색깔, 장미색, 흑갈색, 세금, 기부금 요청서. 이 모든 것들이 서류들과 함께 책상 위에 널브러져 있다.

하지만 그건 누구에게나 있는 일이다. 우린 가난하다. 그래서 온 세상에 빚을 지고 있다. 어딜 가나 바퀴벌레들이 아우성이다. 돈 내놔! 돈 내놔!

절대 거기서 헤어나지 못할 것이다. 그런데 납품업자들한테는 뭐라고 말하지? 당신을 도와준 사람들에게는? 마르셀 퐁텐의 꼴이 말이 아니다. 너무 추워 커튼을 뒤집어쓰고는 퍼렇게 질려 책상 위를 뚫어져라 바라보고 있다. 여덟시가 되자 그는 지칠 대로 지쳐 방에서 나온다. 빌렌의 식당에서는 그를 반긴다. 벌써 단골이 되었다. 절대 외상을 긋지 않는 단골. 그는 자기 아버지처럼 빵에 대고 성호를 긋는다. 기도도 하지 그래? 뭔가 웅얼거리는 것 같기도 하다. 주님 이 식사를, 그리고…… 아니, 이 먹거리라도 축복해주소서! 마르셀은 신문을 펴고는 다음엔 뭐가 있나 홀긋홀긋 살피며 같은 기사를 열 번도 넘게 읽는다. 그는 아무것도 빼놓지 않는다. 스포츠, 일상잡사, 아프리카, 햇빛도 좀 즐겨요, 친구들! 사실 그것들은 그의 학창 시절을 상기시킨다. 그를 둘러싼 웃음, 소문, 여자 그리고 침묵.

손을 주머니에 찔러넣고 찬송가를 부르며 그는 '종점'을 향해 걸어간다.

우리의 유산 상속인은 장부를 편다. 커다란 회계장부, 대차대조 명세서, 온갖 숫자들의 잔치, 아예 춤을 추는구나! 오리무중, 동그라미들만 잔뜩 쳐져 있다. 이것들을 어떻게 읽어야 하지? 퐁텐은 회계 가이드 책자들을 탐독한다. 차변, 대변, 어음교환, 이것들 모두 아주 간단하잖아, 없어지는 것도 생기는 것도 없네.

주님 도와주소서, 그저 조그마한 기적 하나만, 딱 하나만, 그래요 딱 하나만! 제 눈을 덮고 있는 진흙 더미를 걷어주세요, 모든 게 선명하게 보이도록! 사방에서 금이 빠져나간다. 손가락 사이로 미끄러지듯 새나간다. 지리멸렬하다.

퐁텐은 낡은 커튼을 걷는다. 잠시 삼촌을 생각한다. 삼촌은 도대체 뭘 하고 자빠졌던 거야! 아무것도 이해할 수가 없다. 완전히 사막이다. 건질 것도 추억도 없다.

나 조슬랭은 퐁텐을 알고 있다. 그 친구 몰골을 본 적이 있나요? 맛이 갔어요. 밤을 새워가며 숫자와 씨름을 벌이면 무슨 소용? 고작 거들먹거리는 아줌마들 해고시키려고 그 짓을?

자정 무렵 마르셀은 눕는다. 양손을 베고 누워 담배를 피운다. 성경을 흘긋 쳐다본다. 마태? 마가? 단순한 자들은 행복하다? 무정한 자들은 행복하다? 빵의 기적은? 그는 성경을 여기저기 뒤적거리다 잠든다.

그의 꿈에는 언제나 루이즈가 나타난다. 밤새 그의 손은 그녀를 더듬어 찾는다. 밤새 그녀의 몸을 찾아 헤맨다. 하지만 손에 잡히는 건 구겨진 시트, 헛된 것들의 텅 빈 그림자. 죽음의 시간에, 마르셀 퐁텐은 잠에서 깨어난다. 더듬거리며 수도꼭지를 찾아 찬물을 마신다. 널려 있는 커다란 장부들을 피해 침대로 돌아온다. 그녀는 어디에 있지? 그는 침대 가장자리에 조용히 앉는다.

그는 유산 상속인인 자신의 푸른 손을 바라본다. 이상하게도 그의 손은 섬세하지 못하다. 섬세해야 되는 것 아닌가? 부드러운 천으로 감싸인 예쁜 마네킹, 루이즈의 옷자락을, 둥글게 휜 그녀의 몸을 더듬는 그의 손이라면.

케케묵은 그의 손, 이건 대체 무엇에 쓰이는 거지? 루이즈를 잊고 식당 종업원의 엉덩이나 두들기는 데에? '종점'에 묵으며 스쳐가는 아가씨들과 잠시 즐기는 데에? 새벽 한시, 그는 여전히 숨을 잘 쉴 수가 없다. 가슴이 터져버릴 것만 같다. 마르셀 퐁텐은 방 안을 서성이다 결국 샤워를 한다. 너무 밝히다 곤죽이 된 근육을 푸는 삼층의 손님들처럼. 그리고는 꿈 없는 깊은 잠에 빠져든다.

가끔 한밤중에 전화벨이 울릴 때가 있다. 소스라쳐 일어난 퐁텐은 서류정리함에 걸려 비틀거리다 서류에 파묻혀 있는 전화기를 찾아낸다. 제기랄, 프런트에 그렇게 말해두었는데…… 전화 연결하지 말아요! 알아들었어요? 라디오도 켜지 말고! 제발 좀 조용히! 나 없다고 해요. 하지만 그들은 구제불능인 사람들이다. 아니면 재미 삼아 그러는지도 모른다. 가능한 일이다. 사업가는 흔치 않은 손님이니까.

여보세요?

침묵. 아냐. 루이즈가 아냐. 무슨 일이 있는 건 아냐.

여보세요. 짜증이 난 퐁텐이 신경질을 부린다.

마침내 목소리,

니 공장 확 불질러버릴 거야!

그러고는 전화가 끊긴다.

퐁텐은 눕는다. 이 시각이면 루이즈는 자고 있을 것이다. 전화를 해볼까? 무슨 말을 하지? 사랑한다고? 사랑하느냐고? 확실하냐고? 몸조심하라고? 이건 시체들의 왈츠다. 빌어먹을 삼촌, 회색과 노란색의 감옥에 갇혀 있는 루이즈, 이 호텔에 갇혀 있는 사람들.

마틸드와 나는 금세 그에 대한 모든 것을 알게 된다. 그가 방세를 얼마나 내는지, 귀족 출신인 그의 조상들이 누군지. 어느 날 저녁에는 그의 부인 사진을 보기도 했다. 흑백으로 된 누드 사진. 감히, 이 교도 같은 놈!

엄마는 눈부신 모습으로 집 앞에 나와 서 있다.

마르셀, 어떻게 지내요? 숫자놀음은?

나는 하던 일을 잊고 그들을 번갈아 바라본다. 짧은 반바지 차림의 마틸드가 호들갑을 떤다. 퐁텐 씨가 손을 내민다. 창녀 같으니, 아예 유방을 보여주지 그래! 나는 장광설을 늘어놓는 엄마에게로 훌쩍 뛰어간다.

부인은 참 예뻐요. 이리 와봐, 조슬랭, 너 전문가잖아! 근데 이름이 뭐라고 했죠?

로렐라이! 금발은 아니지만 퐁텐의 주머니 속에서 활짝 벌어진 너의 그 몸! 그래도 되는 거야? 어디서 널 찾지? 어느 유원지에서? 난 다 안다고 믿고 있었다. 당신들의 밤, 당신들의 넥타이, 하지만 이건…… 그게 고통 속을 헤매는 사람에게, 너 말이야, 퐁텐! 얼마나 위안이 되는지 당신들은 모를 거야. 나만 그런 게 아니었어. 그런 몸을 갖고 할 수 있는 일이라곤 그리 많지 않아. 이피게네이아*? 마라? 대사가 329개인 여배우? 아니면 아마도 가정주부, 보채는 입에 젖꼭지를 물려주는?

그들이 교리문답 시간에 만났다면, 오늘 바로 내 손에 장을 지지겠다. 마틸드 역시 감탄하는 기색이 역력하다. 약간 토라진 것 같기도 하다. 그래요, 엄마, 이제 수작은 집어치워요, 다 끝났으니까, 상대가 안 되잖아요? 엄마도 그 사람 마누라가 어떤 여자인지 봤죠? 퐁텐은 생각에 잠겨 있다…… 그리고 마틸드는 피를 흘리고 있다. 두 손을 다소곳이 모아 배에 올려놓은 채 무슨 짓이든 할 각오로.

퐁텐이 멍하니 사진을 바라본다. 나는 쉴새없이 그 멍청이를 후려친다. 루이즈는 몇 살이에요? 직업은요? 그녀도 그것을 하나요? 농담이에요, 농담! 그러고도 이어지는 질문들. 퐁텐은 나를 보고 가만히 웃는다.

허허! 궁금증 환자가 여기 또 하나 있네!

마틸드도 놀란다. 몸, 그것은 나를 매료시킨다. 그래서 나는 물어보고 알아낸다.

---

* 그리스 신화에서 미케네의 왕 아가멤논이 왕비 클리타임네스트라 사이에 낳은 딸.

루이즈? 예쁘고, 영리하고, 항상 웃고, 수다스럽고 애교가 많지, 아니 근데, 이 괴짜, 뭔 소리 하는 거야, 그럼 천사나 다름없잖아! 밤엔 여우고 낮엔 현모양처라, 됐네 이 사람아…… 틀림없어, 그녀를 사랑하고 있는 거야.

루이즈는 귀족 출신이다. 퐁텐 가(家)에서는 이미 죽은 사람들에 대해 모르는 것이 없다. 그들이 받은 훈장들, 그들의 후손들. 근데 그게 사는 데 중요한 거야? 조상들을 달달 외우는 게? 아버지는 투탕카멘,* 엄마는 시시** 그리고 나는 샤를 5세,*** 나는 여자 치마 속이나 뒤지고 다닌다.

마틸드조차 기가 막히는 모양이다. 땅도 없이 살아가는 우리한텐 뭔 희망이 있어? 그들 집안에는 교황들도 있었대! 사라센들도! 그리고 신들도! 입 좀 다물어!

루이즈도 모두 알고 있다. 할아버지 대(代), 그 할아버지의 할아버지 대, 어둠 속에 묻혀 있는 까마득한 조상까지. 그런데 나는? 몇 안

---

* Tutankhamen(재위 BC 1361~1352), 이집트 제8왕조 12대 왕.
** Sissi, 오스트리아 황후의 애칭.
*** Charles Quint (1500~1558), 독일 영토를 넓힌 황제.

되는 친구들, 여배우들, 마엘과 푸타나*…… 나는 어느 집안의 자손
이지? 트렁크 속에서 잠을 자는 나는? 그리고 아버지는 도대체 뭘
하는 거지? 그는 얼마나 많은 길들을 알고 있지? 얼마나 많은 베티
나 빌더를?

퐁텐이 발동 걸렸다. 알겠어, 조슬랭? 우린 아주 오래 전부터 서로
안 거야. 그래서 우리 사이가 언제 시작되었다고 콕 집어 말할 수도
없어. 루이즈가 지저분한 꼬마에서 멍청이, 변덕쟁이, 새침데기를 거
쳐 성숙한 여인이 될 때까지, 그는 언제나 그녀를 사랑했다. 그녀는
수녀원에서 교육을 받으며 그를 위해 다듬어졌다.

루이즈 퐁텐은 아주 이상한 직업을 갖고 있다. 당신들은 결코 알아
맞히지 못할 것이다. 그녀는 '모델'이다. 화가나 조각가를 위한 모델
이 아니다. 사람들은 그녀에게 이런저런 옷을 입혀본다. 그녀는 잘
빠졌다, 아니, 그 이상이다. 그녀는 육체 그 자체다. 모두에게 속한
우리의 '육체'. 굽 높은 하이힐, 불완전한 스타킹의 침묵, 발끝부터
머리끝까지 살, 그리고 곳곳에 비스코스, 모직, 혼합물들.

파리에서는 온통 난리법석이다. 잘 지내, 루이즈? 자기 시간 좀 있
어? 일 초만! 일 분만! 숄 하나 더? 별 모양은 언제? 조그만 나비넥
타이는? 너무 덥지 않아? 아냐? 로베르, 조명 꺼! 루이즈, 넌 정말
멋져. 완벽해, 근데 망토, 스타킹에 모직치마, 좀 덥잖아, 제기랄! 로
베르, 바람! 뭐 하고 자빠진 거야?

루이즈는 가만히 있는다. 사람들은 그녀의 몸에 이것저것 다 걸쳐
본다. 넥타이, 옷, 신발들.

---

* 힌두 신화에 나오는 여자 악마.

휘파람을 불어가며 요리조리 살피는, 소위 예술가라는 작자들 앞에 서 있는 마틸드를 상상해본다. 이거 사람을 창녀 취급하는 거야 뭐야! 그녀는 금세 욕설을 퍼붓는다. 사방에서 일하고 있던 사람들이 기겁을 한다. 로베르는 밖으로 쫓겨나고, 제라르는 벌벌 떤다. 그리고 철녀 마틸드는…… 아냐 그녀한테는 안 어울려.

루이즈는 다르다. 그녀는 고분고분 따르기를 좋아한다. 사진은 절대로 안 된다. 조명도. 관객도. 그녀는 육체다. 그걸로 그만이다. 그녀는 새로운 색감과 형태를 발견하고는 감탄한다.

퐁텐은 쓸쓸하게 웃는다. 자신이 행운아라는 걸 그도 알고 있다. 장부를 정리하는 상속인, 아무도 반기지 않는 난장꾼이기는 하지만. 집안에서도 그는 천덕꾸러기 취급을 받는다. 집안 사람들은 모두 구두공장 사장이거나 장군이다. 그런데 그는 뭔가, 사업가? 사장? 무덤 파는 종자! 살인자! 빌렌에서건 어디에서건, 항상 마찬가지다. 마르셀 퐁텐은 앉고, 이야기를 듣고, 관심을 보인다. 그러면 사람들은 그의 면상에 대고 침을 뱉는다.

루이즈는 금테를 두르고 태어났다. 완벽한 여자, 일 년 365일 매일 다른 옷으로 갈아입고, 하루의 절반은 벌거벗고 지내며, 만면에 웃음을 띠고 우리의 왕들과 지낸다. 그런데 그는, 여기, '종점'에 있다.

이 모든 이야기들이 나에겐 충격이다. 마르셀은 이야기하고, 마틸드는 그 이야기에 푹 빠져 있다. 곳곳에서 탄성을 지른다. 난 더이상 뭐가 뭔지 모르겠다. 밤이면 난 베르사유로 떠난다. 내 상자를 향해 다가간다. 육체의 성녀 마엘, 우리를 위해 기도해주소서! 살덩이는 사라졌다, 얼굴도 없다. 나, 죽어가는 시마르의 손 안에서 구겨지는 이 천들, 그리고 사슬에 묶인 너의 몸이 있을 뿐.

금요일, 나는 달처럼 눈을 뜬다. 나 역시 세상을 돌아다녔다. 기진맥진한 채, 밀가루를 뒤집어쓴 얼굴로, 이제 여기에 있다.

내가 말하지 않았던가? 극장에 가면 나에게도 극성 팬들이 있다. 금색 쌍안경을 들여다보는 계집애들은 모두 사랑에 빠져 있다. 막간에 손가락이라도 한번 퉁겨보지, 난리가 난다! 치마를 들썩이며 내 이름을 연호한다, 조슬랭! 조슬랭!

조슬랭 뭐? 난 지금 일하고 있는 거야. 내 가발 봤어? 아마 분칠한 시마르가 재미있겠지? 놀고 있군! 미니스커트들은 피곤해. 변장한 것들도 마찬가지야. 푸른 작업복을 입은 아버지와 뭔지 잘 모르는 하녀나 시다가 입는 옷을 입은 엄마도.

조명 아래 드러난 내 얼굴은 그들을 깜짝 놀래킨다. 저게 바로 사나이야.

래티시아 클로틸드, 베레니스 프랑스. 내가 한마디만 더 하면 그들은 성호를 긋는다. 주인님이시다. 혼돈의 사나이. 내가 때 아니게 한 방 치면, 빅뱅, 연극은 끝장이다. 재주꾼의 이름으로, 아멘, 아가씨들, 조슬랭에게 '예'라고 대답할지어다!

연극이 시작되면 난 아무것도 아니다. 하지만 내가 분장실에 있다는 걸 개들도 알고 있잖아! 아무도 오지 않는다. 분장을 지운 나는 누구인가? 애송이 시마르? '마리 잡화점'의 개구쟁이? 내 턱 속에는 못들이 박혀 있다. 나는 부순다, 파괴한다. 그것이 그들을 겁먹게 한다. 아가씨들, 그래도 꿈속을 헤맬 거야?

오늘 저녁, 마르셀 퐁텐이 와 있다. 얼마나 놀랐는지!
나는 막대기를 내려치고 또 내려친다. 관객 속에서 그 괴짜가 나에게 신호를 보낸다. 나야, 조슬랭! 어이 루이 14세, 날 보긴 본 거야? 춤추는 거야?
알았어! 무슨 말인지 알았다고! 마르셀 저치, 오늘 기분이 좋은 모양이군. 하지만 저 콧수염 하며, 하여간 분별 있는 친군 아냐.
물론 내 부모는 오늘도 오지 않았다. 스카팽 또는 셰익스피어인 나는 무대 한구석에서 오줌을 눈다. 엄마와 아버지가 감옥에 갇혀 있는 나에게 면회를 오게 된다면 볼 만할 거야! 처음으로 난 마엘을 잊는다. 프시케를 잊는다! 몰래 살피는 일은 이제 지긋지긋하다. 이번엔 내가 관찰당할 차례다. 퐁텐이 날 찾는다. 연극은 안중에도 없다.
막이 내리면, 여배우들은 하나같이 창백해 보인다. 퐁텐이 회색 망토를 걸치고 분장실로 나를 찾아온다. 사장님 땀 엄청 흘리시네! 다 비치는 옷을 입고 설쳐대는 여자들 사이에 있으니 무리도 아니지. 그와 나는 되는 대로 말을 주고받는다.
잘 지내? 그가 말을 던진다.
그럼요, 당신은요?
나는 내 입에서 튀어나올 말들을 이미 알고 있다. 진실을 뱉어, 조슬랭! 웬걸, 난 웅얼거리고 만다. 진실은 턱에 끼어 빠져나오질 못한다. 마르셀은 아무것도 눈치채지 못한다.

그는 여자들 쪽으로 돌아서서는 뚫어져라 바라본다. 어럽쇼, 여자들 몸매 처다보는 것 좀 보소! 한 건 올린 거야? 그 꼬락서니 갖고는 힘들걸? 하지만 젊음이 좋다는 게 뭐야, 발랄함과 자아도취 아니겠어? 내일 몇시에…… 퐁텐은 그 일로 빚 걱정을 잊는다.

사랑에 빠진 계집애들이 날 기다리고 있다.

내 사랑, 조슬랭, 우리와 같이 가! 얼른 응, 이라고 말해줘! 한 번만.

그중 하나가 나선다.

날 찍어줘, 시마르!

내가 지금 꿈을 꾸나. 얘 도대체 몇 살이나 먹은 거야? 열 살? 열두 살? 정말 젖냄새 나는군. 나도 그러고 싶지만 넌 너무 어려! 집어치워!

불쌍한 퐁텐. 공장들을 하도 들락거려서 완전히 맛이 갔군. 길을 가다 나는 그의 근황을 물어본다. 행복해요? 그리고 부인 루이즈는 여전히 완벽하고요?

루이즈는 몸만 보면 이상적이지. 대단한 몸매야. 키가 192센티미터나 되니까. 하지만 나머진 젬병이야! 성질이 개 같거든. 그녀는 전화로 그를 약올린다.

어때 자기, 거기 있으니까 좋아? 여전히 공장에 갇혀 지내? 그 마을 이름이 뭐라고 그랬더라?

누군 좋아서 이러고 있는 줄 아나 보지? 마르셀은 궁궐에 있는 게 아냐. 빌렌, 거긴 빌어먹을 섬이야.

우리는 어둠 속을 걷는다. 경찰이 우리를 힐끔힐끔 쳐다본다, 우리, 잊혀진 사람들을. 나는 그에게 내가 잠시 눈을 붙인 적이 있는 조 각가의 광장을 보여준다. 이제 '종점'이다. 마르셀은 그 호텔을 쳐다 보기만 해도 피곤해 한다. 잊고 있던 것들이 그를 불안하게 한다. 그 래서 그는 나에게 질문을 던진다, 아무 생각 없는 나에게. 나중에? 직업? 도대체 다들 왜 이러는 거야! 나는 대답한다. 연극배우요, 놀 랐어요? 난 연극을 꿈꿔요. 의상에 파묻혀 잠을 자죠. 그리고 매주 금요일, 눈물을 흘리게 하는 그 대사들, 다른 이들의 피, 비로소 난 존재한다고요!

달가워하지 않는 기색이 역력하다. 멍청한 녀석, 조슬랭. 배우가 되겠다고? 너 윌리엄스 조지 알아? 「미트리다트」*는 ? 베익스피어** 와 셜록은? 너 자신을 대단한 사람으로 생각하고 있나보지, 시마르?

퐁텐, 난 당신과 당신의 콧수염을 증오해. 당신은 날 일에 묶어놓 으려는 거지, 말해봐! 나쁜 인간! 돈을 얼마나 받아 처먹은 거야? 내 당신의 루이즈를 더럽혀주지. 그녀는 당신의 그 가증스러운 손을 알 게 될 거야. 빌렌에 대해 모든 것을 알게 될 거야. 그녀에게 엄마를 보여줄 거야.

그래, 내가 미친놈이라 이거지? 좀 조용히 하라고? 진정하라고? 차라리 무덤에나 들어가라고 하지? 그러곤 늘 그렇듯, 화난 멍청이, 나 조슬랭 시마르는 가발을 땅에 집어던지고, 눈물을 가슴에 품고, 즐거움이라곤 없는 이 빌렌의 보도 위를 성큼성큼 뛰어 달아난다.

---

* Mithridate, 라신의 희곡 제목.
* 셰익스피어의 철자를 말장난으로 바꿔놓은 것.

나는 정원에 쌓여 있는 고철 더미 속으로 슬며시 들어간다. 여기서 잘까? 상처가 난다. 너무도 연약한 내 살! 주님, 이 피를 주셔서 감사합니다. 난 힘을 빼고 누워 흥분을 가라앉히려고 애쓴다.

하늘엔 먹구름이 짙게 깔려 있다. 뭘 하는 걸까? 천사들을 가리고 있는 걸까? 말도 안 되는 소리! 너밖에 없어. 꼭꼭 숨은 채 나는 소리를 질러댄다. 빵 좀 줘! 물도!

떨고 있는 내 입술 좀 봐. 난 내가 짊어진 짐 속에서 꿈꾸고 있다. 쇠 대가리, 조슬랭! 난 몸부림친다, 기도한다.

마엘, 내 연인이여, 내 곁으로 와줘! 널 기다리고 있어. 몇 분이 흐른다. 아무 일도 일어나지 않는다. 몸짓도 북소리도 없다. 그럼 어떡하지? 자러 가? 나는 거실까지 비틀거리며 걸어가 조심스레 기억에 없는 문을 연다. 마엘이 거기에 있다.

난 그녀가 의자 위에 코르셋과 스타킹을 벗어던지는 걸 본다. 그녀는 대사를 읊고 있다. 나는 그녀와 함께 너무나 어두운 내 삶을 중얼거린다. 로렐라이! 로렐라이! 난 내가 알지 못했던 그 여자를 본다. 난 어린애일까?

마엘은 노란 하늘 앞에 서 있다. 우린 전혀 꾸밈이 없는 상태다. 몸을 감출 천 한 조각 없다. 나는 좋은 시절을 길어내는 축복받은 혈통이다. 이리 와, 마엘! 망설이지 마, 우리 아버지 집엔 여자들이 몸을 가리고 낯을 붉힐 그런 장막 따윈 없어, 마엘이 다가온다, 난 감히 믿을 수가 없다, 나는 무릎을 꿇고 외친다, 주님, 당신을 모욕하다니 제가 몹쓸 짓을 했나이다! 벼락을 내리소서! 해골을! 당신의 군대를 보내소서!

물러설 수 없다. 하지만 멀지 않은 곳에서 어둠이 나를 기다리고 있다는 걸 그녀는 알고 있다.

너로구나. 내 너의 몸을 살폈지. 하지만 내가 잘못 보았구나, 마엘. 너는 잠든 너의 큰 얼굴에서 수천 갈래의 머리카락을 한 손으로 걸어낸다.

네 다리가 틀었던 똬리를 푼다. 가는 너의 허리. 너의 목을 휘감는 나의 팔. 관객에게 빼앗겼던 너의 몸 위에 내 몸을 누인다. 나에게는 욕망이 번지고 있는 네 눈밖에 보이지 않는다.

세상의 벼랑 위에서 네 몸을 씻겨준 나, 가발을 벗은 조슬랭은 갈색 머리의 말없는 너를 껴안고 누워 있다. 우리는 어둠을 향해 질주한다.

입술에 쇠의 비릿한 맛을 느끼며 나는 기호, 십자가, 둥근 천장을 바라본다. 나는 멀리, 습한 도로 위를 미끄러져간다. 왁자지껄한 소리들이 들려온다. 한 여인의 품안에서 나는 떨고 있다. 슐레지엔! 우리는 알고 있다, 이제 시간이 되었다는 것을.

턱에 한 방, 날 붙들고 흔들어대는 건 마틸드다.

이제 정신 좀 차려! 소리 좀 그만 질러!

마엘은 말없이 옷을 입는다. 마틸드도 감히 그녀에게 욕설을 퍼붓지 못한다. 오히려 그녀의 몸에 찬사를 보낸다. 그래 내 취향이야, 젊기도 하지, 정말 잘도 가꾸었구나! 첫 한숨에 마엘은 연기처럼 사라지고 옷만 쓰러진다. 우리 둘뿐이다. 엄마와 나, 그리고 아무것도 없다.

왜 소릴 질러대? 왜 돌아온 거야? 너 땜에 내가 얼마나 무서웠는지 알아?

한밤중에 분칠한 시체 하나가 눈물을 흘리며 정원을 거닌다. 나는 엄마를 어루만진다. 그 품속으로 파고든다.

정신차려, 조슬랭! 나야, 마틸드라구!

엄마는 내가 열에 들떠 있고 쇠에 찢겨 상처를 입었다는 걸 알아차린다.

뭐야, 피가 나잖아! 멍청한 놈! 이리 와!

그녀는 분주하다. 뒤죽박죽 어지러운 약병들을 꺼낸다. 알코올로 소독을 해준다. 탈진한 나는 말없이 열에 들떠 있다. 막간이라고 믿고 있던 나는.

마틸드가 상처를 비벼댄다. 나는 기겁을 하며 막는다. 몽유병 증세야, 그럴 수도 있지, 안 그래?

오늘은 금요일이다. 마르셀 퐁텐이 나를 실망시켰다. 그는 연극의 시작을 알리는 나를 보러 왔다. 기분좋은 일이다. 뭐라 할말이 없다. 하지만 장래에 대한 질문들! 그러면 그가 만드는 그 천들의 장래는? 공장에서 쫓겨나는 할망구들은? 그리고 그의 고귀하기 짝이 없는 루이즈, 그녀는 생 쥐스트*라도 기다리나?

---

* Saint-Just (1767~1794), 프랑스 혁명 당시 로베스피에르를 도와 공포정치를 편 사상가.

휘청거리는 다리로 나는 부엌을 떠돌아다닌다.

마틸드가 한숨을 쉰다.

아니, 너 술 처먹었구나! 더러운 놈!

그리고 한 방, 밤은 계속된다. 취기, 구타, 마르셀 퐁텐, 그토록 사랑한 마엘……

이제 나는 주먹을 움켜쥐지 않는다. 그런데 정말 엄청 때리네! 민들레가 그냥 민들레겠어? 마틸드는 내 머리카락을 쥐어뜯는다. 내 십오 년을 한탄한다. 의심할 여지가 없어, 그녀가 날 인정한 거야. 금요일 밤인데 갑자기 왜 나에게 손을 대는 거지? 나는 알아차린다. 아버지가 돌아오지 않은 것이다.

마틸드는 아름답다. 비단처럼 부드럽고 환하게 빛난다. 그런데 왜 얼굴에 얼룩이 져 있는 거지? 아버지가 돌아오지 않았다. 그래? 독일에서 사고가 있었나? 폴란드에 쿠데타라도? 아니면 빌더 가족이?

마틸드는 이리저리 친구들에게 전화를 해보았다. 이번주에 그를 본 사람이 있다. 메스의 집시촌에서. 평소와 다름없는 그를. 그런데 이틀 전부터 행방불명이다.

나는 마틸드의 얼굴과 어깨를 쓰다듬는다. 술주정꾼 베베르는 알고 있을 거야. 그에게 전화한다. 내 생각엔 그 변두리의 롤라 집에 있는 것 같아요. 거기 남은 것 같아요. 롤라 미라도르, 초원의 꽃이죠…… 미라도르, 왜냐하면 아버지가 한물간 건축가거든요. 이젠 아무도 쳐다보지 않는 웅장한 건물들을 지은! 콘크리트, 들보, 대리석……

신을 섬기는 사람은 시인들이다, 자유로운. 베베르는 입을 다문다. '마리 잡화점' 시절 이후로 마틸드와 나 단둘이 있는 것은 처음이다.

불안한, 부드러운 그리고 남자 없는 금요일. 내가 비틀거리고 소리를 질러대야 할 필요가 있었다. 난 피안의 세계의 여인들을 깨웠다.

엄마와 나는 기도한다. 나는 불꽃 가운데, 시간의 침대에 누워 배신자를 염탐한다. 마틸드가 나에게 말해주었다. 그의 숭고한 창녀, 달러에 팔리는 몸, 스물두 살, 그런데 몇 톤?

그들은 아들에게서 멀리 떨어진 곳에서 미친 짓을 했다. 또다시 날 배신했다. 마틸드가 도대체 무슨 짓을 한 거지? 아무 짓도. 그 추잡스러운 놈을 따라가기라도 했나? 운전석을 차지하기라도 했나? 그러지도 않았다. 마르셀 퐁텐과 얘기를 했을 뿐이다. 단순한 여자! 잘 잊는 여자! 마틸드, 나의 은총.

나는 엄마의 아늑한 품속으로 달려든다. 금요일, 영광이 오기 전 그 위대한 날에 우리는 눈물을 흘린다.

일할 마음이 들지 않는 날 아침이면 우리는 기다린다. 마틸드는 라디오를 들으면서 커피를 마신다. 그녀는 낱말 맞추기 게임에 푹 빠져 있다. 나는 집에 죽치고 있는 게 싫다. 아무도 오지 않으면 나는 도시를 돌아다닌다. 주중의 도시는 그리 추하지 않다. 쥘 페리* 식의 시청. 오 폭풍우여, 오 도덕이여! 돌로 지은 남녀공학 학교. 열을 지어 늘어선 상점들. 그런데 청춘은 어디에 있지? 마주치는 건 팔목에 관 같은 버들광주리 하나 달랑 낀 할머니들밖에 없다. 그럼 젊은 아이들은? 공부하나? 배운 걸 복습하나? 나는 그물에 갇혀 동사의 시제변화를 웅얼거리고 있는 그들을 상상한다. 나는 너를 사랑하는도다! 너는 파는도다!** 감정이 풍부하기도 하지! 완전히 시로구먼.

나는 그들이 벌이는 파랑돌*** 앞을 웃으면서 뛰어 지나간다. 고문을 피해 달아난다는 말이다. 안녕, 돼지들, 송아지들! 그래도 땡땡이 치는 녀석들이 별로 눈에 띄지 않는다. 난 열두세 살 먹은 애송이를

---

* Jules Ferry(1832~1893), 프랑스의 정치인, 무상 의무교육 제도를 도입함.
** Que je t'aimasse! Que tu vendisses! 접속법 반과거로, 구어에서는 거의 쓰지 않고 문어의 형태로만 남아 있는 어법.
*** farandole, 프로방스 지방의 춤.

찾는다. 없다. 비밀데이트가 없는 모양이다. 계집애들을 감독하는 경관 하나 보이지 않는다.

나 혼자로군. 그럼 '마리 잡화점'으로. 기분전환을 위한 약간의 부드러움. 잡화 장사는 이미 종쳤다. 그래서 '마리 잡화점'은 변신했다. '만인을 위한 린네르', 그건 하나의 진정한 혁명이었다.

마틸드가 가게를 그만두자, 머지않아 잡화 장사는 사양길로 접어들었다. '란제리' 장사, 말해두지만 그건 아주 특별한 직종이다. 모든 것이 시선 속에 있다. 엄마가 떠나자, 가게주인의 요청으로 한 친절한 부인이 '돌(Dôle)'이라는 란제리 회사에서 파견되어 왔다. 제법 예쁜 조제핀이라는 여자다. 하지만 손님들은 그녀를 별로 마음에 들어하지 않았다.

글쎄 말야, 내가 탈의실에서 코르셋 하나를 입어보았거든, 근데 아무런 감흥도 일지 않는 거야. 흥분 되는 것도 아니고, 마술처럼 내가 달라 보이는 것도 아니고. 나는 그저 나일 뿐이더라고, 매력 하나 없는…… 어때 상상할 수 있지? 꽉 끼는 코르셋 입고 진 빼면 무슨 소용이야, 아무런 감흥도 일지 않는데! 벌써 틀려먹은 거지. 그런데 조제핀이 커튼을 확 걷는 거야! 가게 한가운데에서, 사람들이 다 보는데…… 그러고는 찬찬히 날 훑어보는 거야. 그 여자 마음에 들지 않는 게 분명했어. 그러더니 툭 던지듯 이렇게 말하더라고.

빨간색 어떠세요? 빨간색 앙상블?

뭐야, 빨간색, 이 여자가 날 창녀로 아는 거야 뭐야? 그래서 내가 욕을 퍼부었지. 갈보 같은 년! 그런데 흥분하다보니 안 그래도 숨이 막힐 듯 조이던 코르셋이 터져버린 거야. 가게에 있던 사람들이 모두 킬킬대며 날 쳐다보는데…… 아무튼 그 여자가 있는 한 그 가게엔 절대 안 가!

우릴 살갑게 대해주었던 그 아이, 마틸드가 얼마나 아쉽던지. 사실, 사람은 몸만 있는 게 아니잖아! 그 안엔 영혼도 있잖아!

이렇게 해서 손님이 또 하나 줄어든다. 그 추세로 간다면 가게는 머지않아 파산이었다. 단골손님들은 나체주의자가 되었다. 여배우들, 젊은 부인들, 벌거벗고 지내기를 더 좋아하는 가난뱅이들만 가게를 들락거렸다.

'만인을 위한 린네르'는 살아남았다. 사람들은 이제 그곳에서 식탁보, 천, 수건을 놓고 옥신각신한다. '돌'의 고문관, 조제핀은 나를 좋아한다. 내가 가게를 뒤지고 다녀도 그냥 내버려둔다. 마틸드 때문에? 아마 그럴 것이다. 그녀는 내가 눈썰미가 있어 그녀를 도와줄 수도 있을 거라고 생각한다.

몸을 두고 벌이는 장사, 그건 내가 할 일이 아니다. 이곳에 오면 난 비단을 만지작거린다. 그 부드러움에 휘감겨 희희낙락한다. 옆에서는 아줌마들이 허리띠 졸라맬 작정을 하고 레이스 달린 속옷을 산다.

나 조슬랭은 마엘을 위해 이곳에 온다. 나는 스타킹을 꺼내며 로렐라이를 흥얼거린다. 두 손으로 비단을 죽 당겨본다. 멋진 스크린이야, 친구들. 나는 거기에서 내 모습, 뒤이어 마엘, 뒤이어 아무것도, 마침내 마엘의 사진이 들어 있던 나무 보관함을 본다. 슬픈 무지개. 담배, 잉크, 화강암, 살.

스타킹 제조업자들은 농담 삼아 말한다. 여자들은 장소이며, 그들의 다리는 추억이라고……

내가 상트페테르부르크를 못 봤다고? 오! 상트페테르부르크 스타킹, 그건 보통 것들하곤 다르지. 은밀한 성소(聖所) 부근에 금테가 둘러져 있고, 온통 물결무늬에다 청회색 실. 대칭, 쾌락, 보드카! 나는 이런 직설적인 말들을 좋아한다.

그런데 이건? 밤색? 가을색? 아니, 쿠바색. 쿠바여, 얼마나 많은 파도를 넘어야 너의 여인들에게 가 닿을 수 있을까?

오늘도 역시, 나는 내 상자를 앞에 두고 눈물을 흘린다. 돌 부인이 다가온다.

조슬랭, 왜 그래? 피곤한 거야? 안 좋은 일 있어? 설마 쿠바색 때문에 상처입은 건 아니겠지?

나는 대답도 하지 않는다. 내 어깨에 그녀의 손이 와 닿는다.

이것 봐 조슬랭, 내 가게에서 이렇게 울면 어떡하니. 울려거든, 저기, 식탁보 코너 쪽에 가서 울어…… 그래야 방해가 덜 되니까!

웃기는 아줌마네, 뭔 소리 하는 거야? 내가 돌아보자, 그녀는 다른 한 손으로 그 흉물스러운 치마를 걷어올린다. 밤색, 살색 그리고 흰색……

봤어? 이게 바로 쿠바야. 예쁜 색이지, 안 그래?

쿠바가 내 눈앞에 펼쳐져 있다. 나는 꿀을 보고 환장한 벌처럼 달려든다. 조제핀은 나를 밖으로 쫓아낸다. 나는 연한 장미색 '파리' 스타킹 한 켤레를 손에 들고 말없이 눈물을 닦는다. 멋진 선물이구면.

나는 포장을 뜯지 않는다. 내 손에 닿으면 부드러움은 저항하지 못하니까, 내가 그걸 유린해버리고야 말 테니까.

마틸드는 내가 아줌마들이나 드나드는 곳을 뒤지고 다니는 걸 좋아하지 않는다. 나는 배우고 있을 뿐인데. 그래야 하는 것 아냐? 연극만으로도 이미 마틸드는 걱정하고 있다. 나에 대한 모든 희망을 버린 아버지에 대해선 말하지 않는 편이 낫겠다. 조슬랭은 아무짝에 쓸모 없는 녀석이야. 조슬랭, 그건 싹수가 노란 이름이야.

연극, 그건 그냥 넘어가자고! 녀석이 친구들도 사귀고 프랑스적인 전통도 발견하게 될 테니까. 게다가 금요일엔 어차피 다른 데서 자야하니까. 연극 대본은? 마리보*의 코미디에 귀기울인다고 나쁠 거야 없겠지! 무슨 말인지 이해는 하나? 하지만 음악! 톤! 노래는! 아무튼 연극은 봐주자. 가발을 쓰지 않으면 더 나을 텐데, 무대에 오르려면 그래야 한다니까 어쩌겠어.

엄마는 내 모든 열정을 낱낱이 알고 있다. 내가 퐁텐만큼이나 단순하다고 믿는 눈치다. 아버지가 없어서 다행이다. 내가 '만인을 위한 린네르'나 뒤지고, 마틸드나 다른 여자들의 치마 벗은 모습을 본 걸 안다면, 그는 한심하다는 듯 꾸짖을 것이다.

이 녀석아, 넌 도대체 뭐 하는 놈이냐? 네가 공작부인이냐? 그놈의 가발과 속옷은? 뭘 하려고? 너나 나나 남자란 걸 너도 잘 알잖아?

그 우악스러운 팔로 나를 질식시킬 것이다.

조슬랭, 우린 그 나물에 그 밥이야. 난 도둑질이라도 했지, 하지만 아무짝에도 쓸모 없는 건 바로 네놈이야! 네 부드러움이란 게 도대체 무슨 소용이야? 트럭을 몰고 아스팔트 위를 달릴 때도 돌 부인 어쩌고저쩌고 할 셈이냐?

---

* Pierre Carlet de Chamblain de Marivaux(1688~1763), 프랑스의 극작가, 소설가. 전통 희극을 개혁하여 여성의 연애심리에 대한 미묘하고 섬세한 분석을 특징으로 하는 희곡을 창조하였다.

물론, 아버지는 아무 말도 않는다. 그가 어떻게 알겠는가? 그는 아무 말도 않지만, 새가슴을 가진 아이, 나 조슬랭은 엄청 겁을 집어먹었다, 숨이 넘어갈 정도로.

심사가 이렇게 어수선한데도 일을 해야만 하나? 시늉이나 해? 아예 일손을 놓아버려? 하지만 그래도 일은 해야 한다. 나는 고철을 마틸드의 도마까지 질질 끌고 간다. 나는 손수레를 향해 달려든다. 엄마, 아들내미 왔수. 마틸드는 나를 찬찬히 살핀다. 웃지도 않고 내 얼굴을 읽는다.

우리는 땀을 뻘뻘 흘리며 일한다. 마틸드와 나는 비틀고, 쏟아내고, 고정시킨다. 튜브들이 울리며 징소리를 낸다. 삐걱거린다. 철판때기들이 앓고 있다. 그래, 우리의 종말은 바로 이거야, 틀림없어, 고철 더미에 묻혀 뒈지는 거. 조슬랭 시마르, 1971~1986, 나는 망치이자 모루다. 그럴듯하지, 안 그래?

주중의 밤은 심심한 정도가 아니다. 고철에 시달려 우리는 완전히 곤죽이 된다. 나는 낡은 전축을 고쳐본다. 아무 소리도 나지 않는다. 스피커와 배선을 만져보지만 소용없다. 내가 벌써 귀가 먹었나?

『노래집』을 뒤적거려보기도 하지만 이내 꾸벅꾸벅 졸고 만다. 아니면 마틸드처럼 화면 앞에 앉아 넋을 놓는다. 텔레비전, 그건 하나의 생활이다! 푸른 그림자에 이리저리 차이며 우리는 결국 꿈과 화면 사이를 헤맨다. 어둠 속에서 형태들이 서로 겹치며 요동친다. 마틸드의 숨소리가 거칠다. 확실히 그녀는 체력이 떨어졌다. 우리는 창문을 활짝 열어둔다. 차가운 공기가 파고든다.

매일 저녁, 영화 한 편, 모험 하나. 우리는 그걸 즐긴다. 나는 찬탈자, 그리스도, 살인자, 가끔은 여제(女帝)이기도 하다. 엄마와 나는 엄청 운다. 이런 울보들 같으니! 손수건, 수건, 스펀지, 뮐루즈*에서 생산되는 직물이란 직물은 모두 우리 코밑을 지나간다.

가끔 재미있는 장면이 연출되기도 한다. 엄마와 나는 각자 미지근한 물이 든 세면대를 앞에 놓고 손을 담근다. 뻰 손목, 말랑말랑한 살, 우리는 찰리 채플린을 보며 서로 물을 튀긴다.

만약 내가 학교에 다닌다면 공부에 짓눌려 끙끙대고 있으리라는 걸 나도 잘 알고 있다. 지금, 적어도 나는 자유롭다. 하지만 마틸드가 텔레비전이라도 일찍 끄는 날에는, 아이고 끔찍해라! 나는 내 방으로 올라가 잠을 청한다. 사방에서 나에게 달려든다. 뱀, 풀, 부싯돌, 도무지 뭔지 알 수 없는 것들이 둥글게 춤춘다. 나는 삶에 치이고 환영에 시달리는 인간이다. 그리고 항상 똑같다. 아침이면 모든 것이 어둠 속으로 사라져버린다. 내 꿈들은 어디론가 날아가버렸다.

여느 때와 다름없는 어느 날 저녁, 도무지 알 수 없는 어떤 욕망에 이끌려, 나는 극장으로 원정을 떠난다.

자정이 지난 시각, 빌렌 전체가 잠들어 있다. 나는 휘파람을 불며 도시를 가로지른다. 노란 벽들이 미궁 속으로 한없이 이어진다. 그림자에 익숙한 나는 서두르지 않고 걷는다. 가끔씩 겁이 나기도 한다.

---

* 프랑스 알자스 주(州)에 있는, 독일과 스위스 국경에 가까운 상업도시.

뭔가에 억눌린 듯한 비명 소리…… 내가 겁먹을 줄 알고!

결국 극장 안, 나는 더듬거리며 내 소중한 친구, 극단장 조르주 마니피카*의 사무실로 간다. 웃지 마세요, 그 사람 성(姓)이 그러니까. 그의 책상이 쌓여 있는 책들 가운데 군림하고 있다. 책더미들이 금방이라도 쓰러질 것만 같다. 그 보기 싫은 밤색 보관함은 마치 보물단지인 양 안쪽 깊숙한 곳, 그의 의자 옆에 모셔져 있다. 나는 가방에서 누가 깜빡 잊고 우리집에 놓고 간 장도리를 꺼낸다. 틈새에 잘 끼운 다음 하나, 둘, 셋, 으쌰, 마엘이 서류들로 잠들어 있는 그 보관함을 부순다.

자물쇠가 박살남과 동시에 종이 뭉치들이 와르르 쏟아진다. 조르주, 몰랐어요, 미안해요! 등록신청 용지, 내규 발췌본, 마튀살렘** 투의 연설문, 친애하는 동포 여러분, 벌거벗은 여자 사진들, 넘어가자, 내가 꿈꾸고 있는 게 틀림없어. 이거다. 빨리 해치우자, 여기 정말 끔찍하네. 내가 재미로 이런다고 생각하지 마세요. 순전히 사랑 때문이니까.

어디 보자…… 여배우 서류철이라. 빌렌의 스타들, 쥐구멍에 볕들 날만 기다리는 쥐새끼들, 단역만 몇 번 하다 자취를 감춘 여자들이 뒤죽박죽 섞여 있다. 온갖 종류의 배우들이 다 있다.

분류는 알파벳순으로 되어 있다. A, D, J, J, J, 자르봉, 자르뒁, 자르조.

찾았다. 마엘 자르조. 1986년 9월 15일 127번 서류, 통과, 극장행정당국 지정란, 통과, 지정란 좋아하네, 사진, 나는 사진을 찢어 주머

---

* Magnificat, 마니피캇. 성모 마리아가 자신을 도구로 하여 이룬 하느님의 위대한 인류구원 역사에 감사하며 부른 찬미가. 여기서는 프랑스 식으로 '마니피카'로 표기한다.
** Mathusalem, 구약성서에 등장하는 족장 이름.

니에 넣는다. 서류를 쓰윽 훑어본다. 우와, 열다섯 살에 172센티미
터! 1971년 12월 14일 사레그민에서 실업가 알베르 자르조의 딸로
출생. 특기사항은? 없음. 직업 무, 그래 그 나이엔 없는 게 더 나아.
서류를 뒤집는다. 그녀의 글씨, 손가락, 얼굴…… 나는 천사가 쓴 글
을 읽어본다. 아, 내 사랑스러운 신부여! 네 손목이 좌우로 흔들리자
낱말들이 이렇게 줄줄이 이어지는구나. 마엘, 네가 쓴 스무 개의 문
장은 이제 내 거야. 조르주 마니피카가 던진 질문에 너는 대답했
지…… 이게 내가 알고 있던 너였니, 마엘?

그래 약속이야, 밝히지 않을게. 당신들도 알고 싶다구요? 오 비열
한 사람들! 호기심만 많아서! 그래요, 나도 알아요, 다들 마엘을 사
랑하고 있다 이 말이죠! 하지만 위험을 감수하는 사람이 누군데요?
마니피카 방에서 떨고 있는 사람이 누군데요?

나는 멈춘다. 나보다 나은 이였다면 밝혔을 것이다. 나는 내 가발
을 더듬어 찾는다, 잡히는 건 내 손밖에 없다. 웃고 있구나, 마엘.

시간이 됐다! 달아나자! 나는 뒤죽박죽이 된 방을 그냥 내버려둔
다. 부서진 보관함을 발로 차 마저 박살낸다.

이 난리를 피워놓았으니 이제 앞으로 어떻게 발 뻗고 잠을 자지?
나는 강요받은 네 대답들을 백번도 넘게 읽어본다. 왜 연극을 택했
죠? 예를 들자면 이런 질문!

이제 나는 범죄자다. 하지만 신문이 이 과분한 칭호를 나에게 붙여
주지 않으리라는 걸 난 알고 있다. 오늘 아침 경찰은 절도, 불법침입,
은닉죄로 어린 조슬랭 시마르를 체포했다. 그러고는 짠, 나는 카메라
들 앞에서 화형에 처해진다. 나는 빛 속으로 들어간다…… 농담이에

요! 웃자는 이야기지요!

게다가 마니피카가 어떻게 알겠어요? 내 사랑에 대해 그는 아무것도 모르는데…… 그리고 그 낯 뜨거운 사진들! 그가 젊은 꽃들에게 추근댔던 것일까? 나는 제목을 상상해본다. 빌렌의 무대 뒤. 극단장, 연습을 빌미 삼아 여배우들을 성폭행하다. 이리 가까이 좀 와보렴, 아가! 라고 그는 말하곤 했다.

아니다, 마니피카는 모든 걸 지워버렸다. 자신의 비행을 감춘 것이다. 그는 갑자기 서류보관함을 아주 작은 걸로 교체하고, 자물쇠를 바꾸고, 서류들을 다시 작성했다.

다음 금요일, 나는 그와 함께 극장 앞에 서서 여배우들이 도착하는 것을 바라본다. 나는 팔꿈치로 그를 툭툭 친다. 그는 미소를 띤 채 나를 쳐다본다, 지나가는 몸을 넋을 잃은 채 바라보고 있는 나를. 안녕, 마들렌, 조금 있다 봐! 나는 마니피카에게 중얼거린다.

아, 마들렌! 정말 멋져! 저 아이 지배인님 마음에도 들죠?

그러고는 나 역시 꿈속을 헤매고 있는 그를 그냥 내버려둔다.

마엘과의 만남을 기념하려면 얼마나 필요할까? 천 달러? 이천?

퐁텐에게 말해볼까? 그는 뭐든지 거절하는 법이 없다. 어쨌거나 그는 몇 백만 정도에도 눈 하나 깜짝 않으니까. 그에게 내 별을 주리라. 일어나요, 마르셀, 나 백이십억이 필요해요! 그래요, 나 역시 세상에 뛰어들었어요. 여자시장 좀 살피고 있는 중이지요. 여자 말이에요, 춤을 추네요, 정말 우아하기도 하지!

마르셀이 나에게 천 달러를 던져준다. 우리끼리 얘긴데, 루이즈가 뭐라고 할까요? 그 돈이면 루이즈 퐁텐도 살 수 있는 돈인데, 안 그래요? 그녀는 전화에 대고 고래고래 소리를 질러댈 것이다. 머저리 같으니, 당신이 사기당한 거라고요! 당신이 어떻게 감히? 당신이 자선사업가야 뭐야! 아무것도 아닌, 그런 기둥서방 같은 놈에게 돈을 빌려줘?

마틸드가 고철을 세고 있는 사이, 나는 그녀의 보물 주머니에서 오백 달러를 슬쩍한다. 나는 이제 부자다. 마엘, 나의 천사, 너를 온통 빛으로 치장해주기 위해 12월까지 기다려야 해? 우리가 열여섯 살이 될 때까지? 그땐 너무 늦어. 아냐, 지금 해야 해.

그녀 자신이 금인데 도대체 뭘 선물한다? 곰곰이 생각해본다. 떡 갈나무 숲을 사 그녀에게 물려줘? 목마른 땅을 적시는 단비를? 나는 '빌렌 꽃집'에서 꽃을 한아름 탈취한다. 무슨 꽃들인지는 모르겠다. 자정 무렵, 그게 나의 시간이니까, 나는 꽃들을 내 손수레에 싣고 극장으로 달려간다. 모퉁이를 돌 때마다 사방을 살핀다.

만약 아버지가 나를 본다면, 이기주의자인 그가. 그가 마틸드에게 자신의 피로와 고랑내 말고 뭘 가져다준 적이 있었던가?

나는 손에 촛대를 들고 위층으로 기어올라간다. 목요일의 어둠 속에 꽃을 내려놓는다. 행복했던 그날 저녁 이후로 그녀의 분장실을 방문한 적이 있었던가? 없다, 단 한 번도! 여기서 속물 같은 여자와, 젠체하는 여자와 마주치는 것은 아닐까?

두근거리는 가슴을 안고 나는 앞으로 나아간다. 복도, 우스꽝스러운 손잡이들, 변한 건 아무것도 없다. 나는 3번 분장실 문을 연다. 주님, 사랑에 빠진 이를 불쌍히 여기소서. 여기서 물러설 순 없지? 나는 촛대를 내려놓는다. 그녀의 스웨터는 이제 거기 없다.

나도 알아, 난 제대로 하는 일이 없어. 어떡하지? 기다려야 하나? 사람들이 내겐 알려주지 않았어. 그래서 밤새 이놈의 꽃들을 실어나른 거야. 맥베스! 베레니스*! 제단에 바쳐진 나의 누이들이여, 나를 도와주소서! 나는 난감해져서 꽃 속을 뛰어다닌다. 땀을 흘리며 비틀댄다. 나의 기쁨은 시간이 갈수록 소진되어간다. 탁자가 사라지고 프시케는 꽃들로 장식된다. 촛대와 의자, 창문, 손잡이, 추억들, 나는 이 모든 것으로 아무것도 분별할 수 없는 하나의 정글을 엮는다. 문

---

* 라신의 희곡 『베레니스』의 여주인공.

득 나는 빌렌이 내려다보이는 환기창을 연다.

난 내가 만든 화단에 오줌을 뿌린다. 분장실은 발 디딜 틈조차 없
다. 나는 베일 한두 개를 훔친다. 도대체 몸에서는 뭘 훔칠 수 있지?
나는 그 베일에 대고 얼굴을 비빈다. 오 이 기막힌 향기! 나는 비틀거
린다.

곧 햇빛이 창백한 내 얼굴을 어루만진다. 미친 듯한 시간들이 흘러
이젠 금요일이다. 조심해 조슬랭, 마니피카는 아침 일찍 출근하니까.

그리하여 나는 내 죄악의 탑을 떠난다. 눈앞에 도시가 펼쳐진다.
세상 사람들아, 잠깨어 밖으로 나오라! 겁먹지 말고!

나도 안다, 맞을 짓을 했다는 걸. 마틸드는 숨쉴 틈도 주지 않고 내
뺨을 마구 때린다. 아버지는, 지옥에나 가라지! 쇳덩이가, 너트, 볼트
가 나랑 무슨 상관이야? 난 고철장수 따윈 안 할거야! 차라리 뒈지고
말지. 말해봐요, 엄마 아버진 아들에 대해 조금이라도 생각해본 적
있어요? 내가 이런 식으로 따지면, 그녀는 내 코에다 대고 빈정댈 것
이다, 마엘 좋아하네! 욕망으로 눈이 벌개져가지고 미친 듯이 횡설수
설해대는 쬐그만 녀석이, 당장은 재미있겠지. 하지만 나중에는? 같
이 살아? 오줌싸개*랑 결혼을 해?

내 사랑은 직업이 없다. 그런 것에는 아예 신경도 쓰지 않는다. 그
녀는 자신의 정원을, 영혼의 정원을 가지고 있다. 그녀는 시를 읊으며
두 팔을 벌린다. 나는 추악함을 잡는 함정이다.

그래서 나는 내 조상들에게 도전한다. 매일 아침, 나는 두 눈을 크

---

* 원어는 pissenlit, 사전적 의미는 '민들레' 로 dent-de-lion과 동의어다. 앞에서 dent-de-lion
이 이중적 의미를 지녔다고 한 것과 마찬가지로 pissenlit도 여기서는 사전적 의미보다는 pisse
en lit, 즉 '오줌싸개' 라는 의미로 이해하는 것이 좋겠다.

게 뜨고 닥치는 대로 읽는다. 수수께끼, 출구가 없는 도시, 신세계!
더이상 기다리지 않을 것이다. 이미 늦었다는 걸 나도 안다. 누구든
항상 실패할 수 있다는 것도. 추락이 호시탐탐 날 노린다. 하지만 베
베르처럼, 마르셀처럼, 나는 일어선다. 죽음의 상판대기에 대고 침을
뱉는다.

　아침, 나는 침대 위에 올라서서 지껄여댄다. 줄줄이 읊어댄다. 있
는 폼 없는 폼 다 잡아가며. 마틸드는 퐁텐과 함께 머리를 싸매고 있
다. 조슬랭 시마르, 저 녀석이 과연 뭘 배울 수 있을까? 정보처리? 부
동산 중개? 나는 정신없이 시를 읊어댄다. 퐁텐은 그 꼴이 재미있는
모양이다. 그 노래들, 다 쓸데없어! 하지만 나는 시도한다. 나라고 평
생 쇳덩이만 짊어지고 살라는 법 있나?

나는 이제 두 번 다시 못 볼 것 같은 아버지의 환영을 본다. 머나먼 세계들이 줄지어 지나간다. 동쪽의 평원들, 폴란드의 적막함.

나는 예전의 아버지를 떠올린다. 일요일마다 그는 운전석을 청소한다. 비눗물을 엄청나게 퍼부은 다음, 마틸드와 함께 의자, 창, 손잡이 할 것 없이 구석구석 긴 기름때를 박박 문질러 벗겨낸다. 그는 웃으며 짐승의 가죽과 옆구리를 닦는다.

하지만 그것이 소용없는 짓이란 걸, 운전석이 결국 기름 냄새에 찌들고 말 것이란 걸 그도 알고 있다. 그는 공연한 삐걱거림과 떠돌다 몸에 배어들고 마는 그 매캐한 공기를 알고 있다. 트럭은 바로 그것이다, 우리의 미지근한 삶이 질주해들어가는 밤의 아가리. 몇 시간만 지나면 눈물이 나올 정도로 더러워진다. 분주한 월요일이 되면 운전석은 이미 달리지 못해 안달이 나 있다. 옛 세상이 우리에게 오듯, 나날의 경주가 유리창에 떠오른다.

마틸드, 그녀 역시 알고 있다. 한 번 여행으로 충분했다. 아침이면 얻어맞기라도 한 것처럼 온몸이 욱신거리며, 떠다니듯 멍해진다는 걸 그녀도 알고 있다. 길, 그것은 우리의 왕자들을 호시탐탐 노리는 검은 리본이기도 하다. 아버지는 소음기 위에 걸터앉아 동쪽으로 질주한다. 그는 자신의 짐승을 꽉 붙들고 있다, 정말이다.

그는 가끔 우리에게 독일로 가는 여정에 대해 이야기해준다. 슈빔브로트 근처에서 그는 차를 세운다. 베베르처럼 그도 트럭을 열의 맨끝, 숲 근처에 주차한다. 그는 트럭들이 으르렁거리고 있는 하얀 광장을 가로지른다. 운전사들이 사방에서 서로 불러댄다. 고함 소리, 쾅쾅 차 문 닫는 소리. 그들은 횃불을 손에 들고 흔들어댄다. 이렇게해서 충격적인 수치들이, 원산지 없는 화물들이 생겨난다. 마치 감자, 잠든 암소, 조잘거리는 암탉의 바다 속을 항해하는 것 같다. 어디선가 들려오는 비명 소리. 사람들이 후닥닥 달려간다. 늑대가 트럭에치였다. 가끔은 사람, 하나의 그림자일 때도 있다.

아버지는 공장의 이런 분위기를 좋아한다. 트럭들이 소리없이 굴러간다. 방수포들이 눈 속에 떨어지고, 동료들은 침대를 향해 종종걸음을 친다. 그것은 금속에 보내는 찬가다. 그들은 지나온 문들이 열리는 것을 알아차린다.

그는 문인들의 세계를 드나드는 나로서는 도저히 상상도 할 수 없는 어느 창고로 걸어간다. 뭔지 모를 것이 활활 타고 있는 드럼통 오른 쪽에 있는 문이 열린다. 낡은 군복을 걸친 독일인 한 명이 저주받은 사람처럼 서서 두 손을 비비고 있다. 그는 드럼통을 여러 번 세게 걸어찬다. 그런 식으로 야경을 서는 것일까?

매서운 바람이 미끄러지는 문 위쪽에 꽃장식 하나가 흔들거리고있다. 한 발짝만 앞으로 내디디면 따뜻한 세계다. 숲도, 천지를 뒤덮고 있는 눈도 끝이다! 안쪽에 불이 환하게 밝혀져 있다, 바(bar)가있다.

안녕, 베베르! 페르디노, Wie geh't?* 야, 너 왔구나! 그들은 손을 잡고 마구 흔든다. 캉탱! 야 반갑다! 아버지는 푸른 작업복 무리를 헤집고 카운터로 미끄러져간다. 맥주잔을 든 손들, 손들. 정말 시끄 럽구먼! 몇몇 사람들은 입을 모아 단체로 노래를 부르고 있다. 아버 지는 목이 탄다고 소리를 지른다. 사람들이 그를 밀친다. 빨리 줘, 그 의 엉덩이를 더듬는 여자의 손, 뭐야, 그만둬!

엷은 밤색 소파에 자리가 하나 났다. 아버지는 잘 알고 있다, 흥분 할 필요가 없다는 걸. 9백 킬로미터를 달렸으니 그의 몸은 이미 죽은 것이나 다름없다. 보드카를 든 그의 손이 떨린다. 분명하다, 그는 나 를, 프랑스에 있는 그의 아들 조슬랭을 생각하고 있다. 그는 마틸드 도 생각하고 있다. 키가 큰 갈색머리 아가씨가 그의 곁에 앉는다. 잘 해드릴게.

또 너야! 잠시도 가만히 놔두질 않네 정말! 숲속에서 혼자 자빠져 자든지 해야지, 이거야 원!

순간 그는 그녀의 얼굴을 본다.

너 접때 걔 아냐! 그는 그녀를 향해 한 손을 뻗는다. 그래 맞아, 널 본 적이 있어…… 너 내가 누군지 알겠어? 조르주? 조르주 시마르? 난 프랑스 사람이야. Französisch**.

아뇨. 성(聖)처녀는 달아나려 한다.

뭐야, 내가 무서워? 나한테 아들이 하나 있어. 거의 네 또래지. 내 손이 덜덜 떨리는 걸 너도 봤지? 난 완전히 지친 몸이야. 그러니까

---

* '어떻게 지내?'라는 뜻의 독일어.
** 독일어로 '프랑스어'라는 뜻. '프랑스인'이라는 독일어를 쓰려고 했으나 혼동한 듯하다.

안심하라고!

그는 다가가서 그녀를 똑바로 바라본다. 그때 일이 생생하게 떠오른다, 한 달 전의 그 소동이. 이 아이를 두고 싸움을 벌인 두 녀석……고함 소리들, 창녀는 밖으로 내던져진다, 찢어진 치마, 피투성이 얼굴, 하얀 눈 위에 드러난 맨다리. 난리도 아니다. 사람들이 영문을 모르는 가운데 한 녀석이 소리를 지르기 시작한다, 괴성을 질러댄다, 누군가 그를 장작 더미 속으로 떠민 것이다. 횃불로 변한 그가 밤을 밝힌다. 먼저 기괴하게 경련하는 머리, 이어 십자가처럼 양쪽으로 벌린 두 팔이 끝없이 뱅뱅 돌다가 어떤 트럭 위에 쓰러진다. 불이 트럭에 옮겨붙어 활활 타오른다. 사람들이 모두 비틀거리며 밖으로 나온다, 서로 마구잡이로 때리기 시작한다, 사방에 널린 유리 조각들, 싸움은 순식간에 번진다. 사내를 민 문제의 남자는 어둠 속으로, 멀리, 바람에 흩날리는 한 줌의 재처럼 사라져버린다.

그녀는 누군가 자기를 알아볼까봐 두렵다. 당연하다. 그녀는 자신의 얼굴을 지워버리고 싶다. 그녀가 원하는 건 목소리 없는 한 무리의 손들, 자신의 다리 위에 쌓이는 금뿐이다. 고로 아버지처럼 시시콜콜 따지는 손님, 그녀를 뚫어지게 바라보는 사람은 질색이다.

아버지는 구석에서 기다린다. 그는 식사를 약간 하고 친구들과 술을 마신다. 길에 지친 그는 이제 별것 아니다. 자정 무렵 그는 자기 트럭으로 달려간다. 침낭 하나, 모포 두 장, 장갑, 빵모자, 그는 야만인처럼 운전석에서 잠을 잔다. 물론 이도 닦지 않아 냄새가 난다. 내일 닦지 뭐.

심장이 두방망이질치는 소리가 들린다. 그는 혈관조차도 금속으로 되어 있다. 자신의 두 귀에서 펄떡거리는 피가 못 견딜 정도로 두려

우면 그는 함께 잠들 아가씨를 산다. 살로 된 난로, 그것뿐이다. 부둥켜안고 떨 수 있는, 그의 이마에 입맞춰주는 난로.

아침, 조르주 시마르는 운전석 옆 문을 활짝 연다. 훈김이 질척거리는 눈 위로 미끄러지듯 쏟아진다. 아가씨가 옷매무새를 고치고는 웃는다. 잘 잤어요, 나의 조르주?
나는 어딘지 어울리지 않는 이 커플을 사랑한다. 그는 창고 뒤편에 있는 샤워장으로 달려간다. 횃불도, 짙게 분바른 얼굴도 이젠 없다. 뻣뻣한 팔의 행렬이 부지런히 비누칠을 한다. 그들은 말없이 몸을 문지른다.
그러고는 다들 트럭을 몰고 느릅나무 너머로 달려간다. 슈빔브로트의 시커먼 창고들이 꺼져가는 장작불처럼 사라져가는 모습은 쳐다보지도 않은 채.

운전석, 그건 노예를 가두는 우리나 다름없다. 불쌍한 시마르, 그게 어디 사람 사는 거예요? 쉰 살은 족히 되어 보이는 움츠러든 몸, 휘발유에 찌든 꿈, 움직임으로 텅 비어버린 머리.

어린애인 내 생각도 그랬다. 아, 아버지, 가지 마세요! 빌렌이 얼마나 비참한지 좀 보세요! 여기 그냥 계셔요. 당신의 손을 피에 젖은 쇳더미 속에 그냥 담가두세요.

그는 결코 귀기울여 듣지 않았다. 우리가 모든 걸 바쳤다는 걸 주님께서는 알고 계신다. 내가 흘린 눈물들, 아버지를 향해 뻗은 힘없는 손.

가볍게 차려입고 침묵을 기웃거리고 있는 마틸드, 그녀는 선택한 것일까? 그녀는 '마리 잡화점'을 어떤 세상과 맞바꾸려 했을까? 금요일에 매달리는 그녀의 정열, 그것 역시 노예의 정열이 아닐까? 그날이 오면 화려하고 우스꽝스럽게 치장하고는 항상 준비하고 있어야하는! 괴로워하는 아버지, 우리를 거의 안아주지도 않는, 벌겋게 충혈된 눈을 가진 숲의 사내, 아직도 그를 불쌍히 여겨야만 할까?

베티나 빌더에게로 가는 길에는 술집과 세관만 있는 것은 아니다. 달러를 싸게 사 비싸게 팔아먹는 허름한 환전소들도 있다. 슈빔브로트, 그건 아무것도 아니다.

때때로 아버지는 숲 가장자리에 트럭을 세운다. 유령들이 떠돌아다니는 안개 속에 파묻혀 잠을 잔다. 그는 마지막으로 짐을 점검하고는 운전석에 틀어박혀 밤을 보낸다.

꿈속을 헤매던 시마르가 소스라치듯 깨어난다. 집시들이다. 숨지도 않고 대로 위를 활보하며 그에게 다가온다. 낡은 누더기를 걸치고 어딘지 모를 곳에서 그들이 걸어오고 있다. 몇 명이나 될까? 한 열 명쯤. 한두 명은 옷으로 아이를 둘둘 말아 안고 있다. 여기저기 발길 닿는 대로 흘러다니는 얼굴들. 아버지는 쇠파이프를 들고 트럭에서 내린다. 젖은 원피스를 입은 임산부 하나가 팔자걸음으로 어기적거리며 그에게로 다가온다. 그녀는 놀란 과부처럼 양손으로 허리를 받치고 서 있다. 아버지는 그녀를 바라보다 손을 내민다. 그는 그들이 도움을 청하는 방식을 알고 있다.

구겨진 지폐 몇 장이 건네어진다. 아버지는 가장 가까운 병원을 향해 트럭을 몬다. 수십 킬로미터는 족히 달려야 한다. 사내들과 여자들은 짐들과 뒤엉켜 뒤칸에 누워 있다. 이제 곧 엄마가 될 여자만 시마르 옆에 앉아 겹겹이 두른 모포 속에서 땀을 흘리며 자랑스런 두 손으로 다리를 잡고는 울부짖고 있다. 그녀는 뭔지 모를 말을 중얼거리고, 끝없이 노래를 부르고, 아버지에게 소리를 질러댄다. 두 시간 동안이나 숲속을 달린 후에야 병원에 도착한다.

아버지는 이런 일을 피하기 위해 밤새워 차를 몬다. 길은 텅 비어 있다. 위험은 차를 멈출 때 시작된다. 베를린에서 프라하까지 단 일곱 시간 만에! 그리고 끔찍한 아스팔트 위에서 보내야 하는 무수한 기다림의 순간들. 그 형체들은 느닷없이 불쑥 모습을 드러낸다. 어떻게 겁을 먹지 않을 수 있겠는가? 시마르는 변속기에 손을 올려놓고 보지 않기 위해 눈을 감는다. 지나가세요! 빨리! 경찰이 신호봉을 마구 흔들어댄다.

결국 아버지는 유리창을 내리고 내다본다. 덮개가 너무 짧다. 시체에서 좀 떨어진 곳에 널브러져 있는 장화 두 짝이 조금 익살스러워 보이기까지 한다. 발이나 좀 덮어주지! 갑자기 한 형체가 모습을 드러낸다. 온통 새까만 가죽옷을 입은 여자다. 성모처럼 무릎을 꿇은 채 흐느끼고 있다. 아버지는 질겁한다. 저 머리칼은 정말…… 소통이 점점 원활해진다. 다시 속도가 붙는다.

그는 밤이 다 되어서야 기진맥진한 상태로 국경에 다다른다. 이제 프라하에 거의 다 온 셈이다. 방향을 돌려 숲 아랫길로 30킬로미터만 달리면 된다. 국경검문소는 나무판자로 된 참호다. 달러, 달러, 말해봐, 썩은내가 나지 않는 곳이 어디에 있는지.

아버지는 운전석을 뒤져 여권 그리고 적색과 황토색 날인들이 난무하는 더러운 수첩 하나를 찾아낸다. 그는 서서히 차를 몬다. 언제나 한결같은 트럭의 행렬이다. 검문소를 빠져나가려면 두 시간은 족히 걸릴 것이다. 10미터마다 젊은 아가씨들이 길가에 서서 운전석을 살핀다. 그 어둠 속에서 운전사들이 보일 리 만무하다. 아마 어떤 낌새로, 어떤 몸짓으로 짐작할 뿐일 것이다. 그 광경은 한마디로 적나라한 쇼다. 거짓말이 아니다. 10미터마다 비쩍 마른 엷은 보라색 몸이 빛 속을 미끄러져간다. 아직 밤에는 날이 차다. 그런데 검은 스타킹에다 모피 하나만 덜렁 걸치고, 모두 퍼렇게 질려서 미친 여자들처럼, 정말 가관이다!

선글라스를 낀 아가씨들도 있다. 헤드라이트 불빛 때문에 운전석을 살피기가 쉽지 않기 때문이다.

갑자기 저 앞쪽에서, 아무 말 없이 문 하나가 불쑥 열린다. 근처에서 있던 어린 아가씨 하나가, 될 대로 되라지, 무턱대고 운전석에 기어오른다. 예쁜 아가씨들은 운전석에 오래 머물지 않는다. 3백 미터를 채 못 가 한탕 치르고 트럭에서 뛰어내린다. 몇 장의 달러를 손에 쥐고. 그러고는 눈물을 글썽이며 제자리로 다시 돌아온다. 그래야만 하니까.

믿기 힘들죠? 하지만 이 모든 건 이미 잘 알려진 사실이에요. 빌렌에서 미사를 볼 때 허리 굽혀 인사하는 조르주 시마르의 눈빛에서 이런 세계를 꿰뚫어보기란 쉽지 않은 일이다. 그러면 마틸드는? 스무 살 적의 그녀는 이 동쪽세계를 어떻게 생각했을까?

조슬랭, 네 아버지는 그 사람들하고는 달라, 너도 잘 알잖아. 그건 캉탱이나 베베르 같은 치들에게나 해당되는 일이지! 베티나조차도 다른 아가씨들하고는 다르단다. 마틸드는 울며 소리를 질러댄다. 다른 사람들처럼 피에 손을 담그고 자신의 그 개자식이 폴란드에서 돌아오기만을 기다린다.

저의 주님이신 하느님을 찬양하나이다. 카를 빌더는 언제나 이렇게 말하며 기도를 끝낸다. 동부 각지에서 벌어지고 있는 힘든 공사들이 그에게 맡겨졌다. 전시관, 장벽, 예배당, 수용소와 망루들.

그는 또한 블록, 콘크리트 그리고 로마네스크 양식의 돌들이 잔뜩 쌓여 있는 벙커도 하나 관리한다. 거기서 사람들은 이십 년 동안 같잖은 직물이나 불가능한 금속 따윈 잊고 지낸다. 입구에 동판이 붙어 있다. 월석(月石), 면, 수은, 품목들 좀 보라지! 아무 쓸모 없는 돌들, 물론 꼼꼼하게 세고 무게를 단.

클리노클라즈*는? 그것을 쌓아둔 지는 수백 년이 되었다. 이 돌은 건조한 곳에서도 잘 견딘다. 우리 땅에 널린 훌륭한 돌. 사람들은 아직 그것의 용도를 찾아내지 못했다, 세계적으로 쓰일 용도를!

이 군용 벙커에서는 모든 것이 빨리 늙어간다. 벽돌들이 몇 달 만에 십 년은 된 것처럼 낡아버린다. 일꾼들조차도 맥이 빠져 흐느적댄다. 변화들을 살펴보면 아주 흥미롭다. 방의 석고는 50도에도 녹아내리고, 벽돌들은 빗물에도 구멍이 숭숭 뚫리며, 황동은 퍼렇게 변했다

---

* 광물의 일종.

가 이내 핏빛이 되고, 쇠는 산소에 갉아먹혀 벌겋게 녹이 슨다. 도대체 뭐가, 어디서 오는지는 모르지만 그것은 닥치는 대로 먹어치운다. 다른 것으로 바꾸어놓고 만다. 자갈이 규석이 되어 떨어진다.

우리의 훌륭한 카를은 원인을 밝혀보려 애쓴다. 세상이야 어찌 되건 그에게는 상관없다, 그 원인만 밝혀낼 수 있다면.

일주일에 두 번, 빌더는 벙커 안의 물건들을 관찰한다. 화요일 새벽. 벙커는 칠층으로, 창문 하나 없어 먼지가 풀풀 날리는 폐쇄된 건물이다. 빌더는 열쇠 꾸러미를 꺼낸다. 그는 벙커 안으로 들어간다. 잘은 모르지만 뭔가 살랑거리는 소리가 들리는 것 같기도 하다. 물방울이 똑똑 떨어지는 소리 같기도 하다. 도무지 이해할 수가 없다. 각층은 강철판으로 폐쇄되어 있다. 일층은 확 트인 공간으로, 상자, 탁자, 케이스들이 잔뜩 쌓여 있다. 각각의 보관품들을 어떻게 취급해야하는지 빌더는 알고 있다. 그런데 이 모든 걸 뭐 하러?

여기서는 서쪽의 청소를 호시탐탐 노리고 있다. 흑단이 쇠가 될 새로운 길을 준비하고 있다.

단 한 가지, 목재만은 반입금지 품목이다. 습기가 많은 벙커에 두면 나무는 썩는다. 벌레가 들끓고 바이러스가 암석들을 갉아먹는다. 해충이 들어오지 못하게 해야 한다. 모조리 박멸해야 한다.

매주 화요일, 빌더는 광인들의 금, 잘 마른 이탄(泥炭)을 살펴본다. 가끔은 바닥에 부스러기들이 깔려 있을 때도 있다. 돌 하나가 삼십 년을 몸바쳐 봉사한 끝에, 의연하게 고문을 견딘 끝에 조각조각 부서지고 만 것이다.

빌더는 가면을 하나 갖다놓기까지 했다. 이 표정은 버텨낼 수 있을까? 이 미소는, 얼마 동안이나? 그는 벙커를 방문할 때마다 신경에 거슬리는 그 얼굴을 살펴본다. 자, 울어봐, 밤의 식욕에 녹아내려보라고!

토요일 아침, 빌더는 딸 베티나와 함께 온다. 몇 살이나 됐을까? 열둘, 열셋? 그들 등뒤로 문이 쾅 닫힌다.

자, 베티나, 뭐가 변했지? 말해봐, 뭔가 조짐이 보이니?

베티나는 말없이 각 층을 둘러본다. 빌더는 그녀를 뒤따르다 여기 저기 멈추어 선다. 그녀는 철판, 철근들이 녹슬어 낙엽 지듯 떨어지는 오층으로 올라간다. 그곳은 정말 이상한 곳이다. 물건들이 견고하게 보관되어 있고 무거운 침묵이 흐르리라 예상하지만 사정은 정반대다. 붉은 먼지가 바닥을 뒤덮고 있고, 어디서 왔는지 모를 마른 꽃잎들이 여기저기 흩어져 있다. 일 년 내내 층마다 금이 간다. 우리의 청동기 시대*는 막을 내린다.

당신들은 이렇게 말하겠지, 아니, 친애하는 친구 타이탄, 합금들은, 미래의 질료들은! 맞아요, 하지만 여기서는 모든 걸 삼켜버리는 비가 문제예요.

베티나는 벙커에 들어가는 걸 좋아하지 않는다. 오히려 외벽을 덮고 있는 대리석을 더 좋아한다. 그녀는 친구와 함께 벌써 이곳에 온 적이 있었다. 친구는 그 수상쩍은 냄새들을 맡았지만 그녀는 아니었다.

이삼 년 후, 베티나가 아버지로서는 도저히 용납할 수 없는 사랑에 빠지게 될 때에도, 그들은 매주 토요일 이 궁전 순찰을 계속할 것이다. 그들은 말 한마디 없이 기다리는 쇠의 회랑를 가로지를 것이다.

---

* 문맥상 '철기 시대'라고 해야 맞으나 주인공은 '청동기 시대'라고 말하고 있다.

빌더는 차려 자세로 서 있다. 뭘 생각하면서? 도무지 풀리지 않는 벙커의 수수께끼? 빌더 부인? 제기랄 화장까지 했네. 정말 꼴불견이군. 날 좀 쳐다봐요 건축가 부인!

미라도르 씨는 치사(致辭)에 거의 귀를 기울이지 않는다. 위대한 예술의 첨병? 혼돈기의 역군? 새 시대의 건설자?

위대한 총통의 동반자, 친애해 마지않는 동지, 본인은 귀하를 우리 침팬지 군단의 건축가로 임명하는 바입니다.

도무지 무슨 말인지 모르겠다. 난 어린 베티나다.

독일 여자인 엄마, 주름잡힌 그녀의 치마 그리고 잿빛 시체들의 발들. 정말 덥군! 아버지는 멀리 맨 앞줄에 있다.

이상하게 차려입은 사람이 날렵한 동작으로 아버지의 가슴에 금빛 훈장을 찔러넣고는 아버지와 포옹한다. 군중 속에 웅성거림이 번져간다. 나는 사람들을 밀치고 앞으로 달려나간다.

아버지!

사람들이 아이를 돌아다본다.

아버지! 안 돼요, 조심해요!

꼬마 아가씨가 도대체 왜 저러지? 쟤 좀 봐, 정말 예쁘게 생겼네!

당황한 엄마가 다가와서는 날 품에 안는다. 난 군모들 위를 떠다닌다. 나에게 쏟아지는 무시무시한 시선들을 느낀다. 문둥이들, 날 놀리는 거지! 화가 나 얼굴이 빨개진 나는 아버지를 향해 달려간다. 아버지는 나를 번쩍 들어 안아준다.

베티나, 안녕 베티나, 웃어보렴! 보다시피 아빠 아무렇지도 않아. 이 금빛 진주는 네 생각이랑 반대로 고마워요, 정말 잘했어요, 하는 뜻으로 주는 거야. 너한테도 그러는 거야. 우릴 축하해주는 거지. 사람들은 우릴 사랑해.

그럼 나는? 누가 날 번쩍 들어올려주지? 우리 사진은 누가 찍는 거지? 나는 본을 뜨기 위한 살덩이다. 이제 뭐든 어떻게 감추지? 우린 빌렌, 파리가 아니라 베를린에 있다, 키 큰 금발의 창녀를 사랑해주기 위해. 우리 아버지들을 위해 못 할 일이 뭐가 있겠는가?

미라도르! 미라도르! 어린 시절 내내 사람들은 베티나에게 소리친다. 잘 이해는 못하지만 그게 욕이라는 걸 그녀는 안다. 사람들의 눈초리와 외침을 통해 안다. 열두 살의 그녀는 등교하다 등에 가방을 멘 채 넘어진다. 사람들이 주먹을 내민다. 살인자 빌더! 그리고 어딜 가나 동요 같은 낙서가 눈에 띈다.

브루더 빌더
미라도르 박사

왜 이런 별명이 생겼을까? 아무도 모른다. 그럼 누가 퍼뜨리는 거지? 유난을 떨던 한두 녀석이 재수 없게 걸려 신나게 두들겨맞았다.

집시나 터키인들을 조사했지만 별 혐의가 없었다. 결국 당하는 건 어린 베티나다.

그 와중에도 카를의 사업은 나날이 번창한다. 승용차, 아파트, 그는 탄탄대로를 달린다.

어린 베티나는 눈만 뜨면 운다. 침대에서도 길에서도. 카를은 베티나를 괴롭히는 어두운 생각들을 지워버리려고 애쓴다. 책, 선물, 사랑의 표현들을 아끼지 않는다. 빌더는 직접 베티나를 학교까지 데려다준다. 정글 속을 헤매듯, 이리저리 좁은 골목길을 재미 삼아 빙 돌아간다. 그는 노래를 흥얼거리기도 하고 풀을 뽑기도 하고 휘파람을 불기도 하고 새들에게 모이를 던져주기도 한다. 그녀가 웃는다, 기적처럼! 광대 기질이 있군, 이 카를이란 작자!

그가 그녀의 책가방을 들고 있다. 그들은 장난도 치고 달리기도 한다. 하지만 곧 헤어질 시간이 온다. 어쩔 수 없는 일이다. 빌더는 가야만 한다는 걸 알고 있다. 낯익은 길들이 모습을 드러낸다. 베티나는 올 것이 왔다는 걸 알고 겁에 질린다. 싫어, 싫어 날 혼자 두지 말아요, 잠이 안 와요.

제122과, 그들은 좀더 호화로운 새 구역으로 이사를 간다. 친트크라프트, 펜츨라우어 베르크일랑은 이제 잊자꾸나. 하지만 상황은 마찬가지다. 그래야만 하기에 베티나는 점점 익숙해진다. 그녀는 외톨이, 늘씬한 다리의 롤라가 된다.

대학 2학년 때, 롤라는 조제프라는 한 친구에게 홀딱 반한다. 그는 혐오스러운 그녀의 이름을, 몸들이 썩어가는 참호들의 파랑돌 춤을 잊게 해준다. 건축가 따위는 깨끗이 잊어버려! 조제프는 넘쳐나는 사랑으로 미소짓는 롤라를 일깨운다.

벙커의 공주, 살인마의 딸, 롤라는 과거를 잊는다. 그녀 안의 모든 것이 부서져내린다. 조제프는 그녀의 몸을 발견한다. 그는 벌거벗은 그녀의 몸을 한없이 바라본다.

그들은 함께 현대음악 합창단에서 노래를 한다. 롤라는 뭐든 허락한다, 순백이건 칠흑이건. 얼마나 놀라운 사랑인가요, 조상님들! 아버지 빌더는 질투로 안절부절못한다. 하지만 봐, 토요일마다 함께 벙커를 방문하잖아. 그 정도면 그리 나쁘지는 않은 거야. 그는 딸이 아직 자기를 위해 그렇게라도 해주니 자신은 행복한 거라고 여긴다! 아버지 때문에 따돌림당하고, 아버지 이름에 의해 더럽혀진 그녀가, 그의 벙커가 존재하는 한 그 그늘에서 벗어나지 못할 그녀가. 맙소사, 어떻게 그 따위 궁전이!

자유로운 롤라는 조제프만을 사랑한다. 그를 위해서라면 선단(船團)이 싣고 온 모든 금과 여섯째 대륙이라도 바치리라! 평화의 다리는 피곤을 모르는 법. 환희에 찬 노예, 롤라. 조제프는 열아홉 살이다. 닳을 대로 닳은 그는 롤라 외에도 여러 여자를 사랑한다. 그는 그녀의 몸만을 사랑한다. 그녀에게는 심각하지는 않지만 아주 이상한 병이 있다. 손이 항상 축축하게 젖어 있다. 어떻게 생기는지 모를 그 물기는 힘들이지 않아도 그녀의 손가락과 손바닥을 어느새 흥건히 적셔놓는다. 조제프는 도무지 그것에 익숙해지지가 않는다. 그래서 그는 롤라의 손목이나 목을 잡는다. 그게 쉬운 일이라고 생각하세요?

그녀도 손이 아니라 뺨을 그의 몸 위에 올려놓는다. 이 뺨은 귀한 거야, 알아? 아무 일에나 사용하고 아무나 붙잡는 흔한 손보다 훨씬 귀해. 너에게 모든 걸 바칠 테야, 하지만 손은 아냐. 그래, 손을 꺾어버려!

조제프는 조금씩 멀어져 다른 여자들에게로 달려간다. 덜 예쁘지만 질투 또한 덜한 여자들, 길들여진 세상을 지탱하는 정상적인 사교의 손을 가진 여자들에게로. 우스꽝스러운 건축가의 딸, 롤라, 너의 금속에게로, 너를 애지중지하는 아버지의 궁전으로 돌아가! 모든 걸 잊어! 조제프와는 아무 일도 없었던 거야, 꿈이라고 생각해.

롤라는 아무것도 믿지 않고 아무것도 보지 못한다 그녀는 조제프를 찾아간다 그에게 반한 다른 여자들이 줄지어 찾아들 그의 방에까지 조제프는 헤드폰을 쓰고 바흐를 튼다 이 첼로곡의 수학적인 변주는 정말 훌륭해 왁자지껄 바깥에서 노는 아이들 소리는 더이상 들려오지 않는다 롤라는 풀밭에 무릎을 꿇고 흐느끼며 듣기 민망한 온갖 비극적 말들을 외쳐댄다 차마 웃지 못할 장면이다 그녀는 영원히 버림받은 아름다운 얼굴로 목이 터져라 외쳐댄다 누군가 소릴 지른다 지금이 몇신데 이 법석이야!

비참하게 버림받은 우리의 여인은 쓰러져 흙탕 속에 손을 묻고 짐승처럼 웅얼거린다. 사랑하는 이여 왜, 왜 날 버리셨나요.

청결의 왈츠다, 난 사방으로 걸레질을 한다. 여기 낡은 옷들, 저기 고철들, 마틸드가 치울 생각을 않으니 그야말로 아수라장.

불쌍하기도 하지. 그녀는 매일 아침 옛 시절을 그리며 눈물을 흘린다. 그녀의 자명종이 온 집 안에 울려 퍼진다. 난 이층에서 내려와 그녀의 침실로 쏜살같이 달려간다. 그녀는 새우처럼 몸을 웅크린 채 가슴을 쥐어뜯으며 흐느끼고 있다. 나는 창을 활짝 열어젖힌다. 창 밖 들판에는 철탑들이 줄줄이 달리고 있다. 짜증이 나긴 하지만 난 엄마한테 바짝 다가간다. 나 조슬랭은 슬프다, 엄마와 그녀의 다리 때문에. 이제 엄마는 어떻게 되는 거지?

그래서 나는 웃고 뛰어다니며 여기저기 기쁨을 흘린다. 별짓을 다한다. 닥치는 대로 책을 집어 그녀에게 큰 소리로 읽어준다. 때때로 그녀는 고개를 숙인다, 멍한 생각, 아버지. 나는 버럭 소리질러 그걸 깨버린다.

이건 말살의 전쟁이다. 땅의 정신들이여, 몸과 스크린을 통해 세포별로 투쟁하라. 마약과 오르가슴으로 부패한 영혼들에 대항하여.

나는 도무지 무슨 말인지 모를 이런 글들을 소리쳐 읽는다. 그러면 마틸드는 벌떡 일어나 내 멱살을 잡고는 욕설을 퍼붓는다. 우리는 짐승처럼 으르렁거리며 왈츠를 춘다. 나 역시 맥빠진 그녀의 생활에 대항해 노를 젓는다.

온 빌렌이 다 안다. 꼬마 시마르와 그 엄마, 묘한 한 쌍이야!

이제 나만의 시간은 잠시도 없다. 금요일 밤은 잊은 지 오래다. 가발도 문신도 없이 나는 침대에서 잠을 잔다. 무대의 막을 올리는 일은 피에르가 대신한다. 나의 우아함, 나의 번득임이 없는 그곳에 수준 높은 관객들이 무슨 흥미를 느끼겠는가? 뭐하러 아직도 공연을 하지?

저녁이면 난 상자를 연다. 순식간에 마엘이 나타난다. 나는 훔친 사진을 보듬어안는다. 그녀가 남긴 문장들을 읊어 나 자신을 향기롭게 한다. 운을 맞춰 그녀의 서류를 읽는다. 프시케 앞에 서서 그녀의 몸짓을 흉내낸다. 말[言]이 태어나는 길쭉한 입, 풀어헤친 머리칼 그리고 손, 난 여자다.

마엘 자르조, 난 너의 초상 앞에서 기도를 올린다. 너라는 기호를 해독한다.

난 이제 자주 외출하지 않아, 사실이야. 돌 부인이 진열창을 통해 나에게 인사하지만 난 이제 감히 부드러운 걸 달라고 청할 수도 없어. 엄마에게 이것저것 물어보지만 엄마는 절대 대답을 해주지 않아. 베티나 빌더는 존재하지 않아. 미소 한 번 몸짓 하나 없이 종일 고철과 씨름하는 나날. 이게 다야, 내 사랑.

하지만 마틸드는 여전히 아름답다. 매일 아침 그녀는 욕조에서 길고 긴 시간을 보낸다. 그리고 몸을 문지른다, 잔인할 만큼 부드러운 그녀의 몸. 그녀는 기다림 속에서 옷을 입는다. 오, 크리스털처럼 투명한 가슴을 가진 나의 퐁파두르!* 생생한 살과 또렷한 모습으로 당신 손닿는 곳에 있는 유일한 남자, 바로 내가 여기 있어요. 당신은 내가 본 적이 없는 밝은 색 튜닉을 입었군요. 당신이 온몸으로 웃는군요. 준비가 다 됐다는 뜻이죠. 하지만 말해봐요, 뭘 위한 준비죠?

베베르는 우리를 피한다. 그는 알고 있었기 때문이다. 마틸드는 앞으로도 오랫동안 그를 원망할 것이다. 그는 숨어다닌다. 내 타이탄 쇠막대가 두려우니까. 그는 똥차를 끌고 길을 달린다.

오늘 흙손 캉탱이 임무를 띠고 빌렌에 온다. 검은색 긴 치마를 입은, 말하자면 점잖게 차려입은 마틸드가 춤추고 있다. 장신구를 다 빼고 화장도 지웠다.

캉탱은 보기에는 무시무시하게 생긴 사람이다. 손은 살인자 같지만 상냥하기 그지없는 사람. 저런 도대체 손은 뒀다 뭣에 쓰는 거야? 들리는 말로는, 프라하의 집시들도 그를 두려워한다고 한다. 저 손으로 날 덮친다면? 하지만 캉탱은 깃털처럼 부드러운 사람이다. 절대 싸우는 법이 없다.

그는 내가 아는 한 최고의 밀매꾼이다, 성실하고 유능한. 알코올을 싣고도 그는 귀신같이 검문을 피한다. 16미터에 달하는 짐칸을 그는 완전히 난장판으로 만들어놓는다. 작은 고리짝, 곡식 부대, 목재, 온

---

* Marquise de Pompadour(1721~1764), 루이 15세의 애첩.

갖 종류의 상자와 양철통들, 꿈꾸듯 누워 있는 마구(馬具) 한 세트. 까다로운 세관원이라도 그의 트럭만은 뒤질 엄두를 내지 못한다. 개들조차도 정신을 못 차릴 정도다. 그래서 그들도 흙손이라면 그냥 지나가게 내버려둔다.

캉탱은 능숙한 솜씨로 집 앞에 주차를 한다. 안녕하세요, 부인, 그러니까 저는 흙손 캉탱입니다. 부인의 조르주, 시마르가 절 보냈어요. 그 친구 트럭을 세차해서 몰고 왔습니다. 조르주가 처분하셔도 좋다고 했습니다. 제법 돈이 될 겁니다, 거의 새 차나 다름없으니까요. 문제가 있으면 베베르가 도와드릴 겁니다. 그리고 저도 여기저기 결함 없는 트럭에 관심이 있는 친구들을 꽤 알고 있습니다. 저 트럭, 물건입니다! 제가 2,500킬로미터를 몰아왔는데도 엔진이 쌩쌩하더군요. 그리고 전해드릴 말씀이 있는데, 말을 꺼내기가 힘들군요. 그러니까 조르주가 차마 직접 말을 못해서 저에게 이렇게 전해달라고 했습니다. 내 사랑하는 부인, 아니, 내 사랑하는 아내 그리고 아들아, 시마르를 잊지 말아라, 그 친구가 자기 입으로 직접 말했어요, 그리고 날 기다리지 말아라. 예, 그 친구 말 그대롭니다. 죄송해요, 너무 슬퍼하지 마세요. 전해드릴 말씀은 바로 그거예요, 기다리지 말라는 것.

화가 머리끝까지 치민 엄마는 그 골리앗의 멱살을 잡아 침실로 끌고 들어간다. 고함 소리와 부서지는 소리. 깨지는 접시, 무너져내리는 가구들, 캉탱의 뺨을 때리는 마틸드…… 다시 말해봐! 다시 말해보란 말이야! 그가 일어선다. 기대하지 마세요, 아무것도. 그는 롤라를 사랑해요. 울지 마세요.

난 거실에서 그들의 이야기가 끝나기를 기다린다. 그들은 비단에 파묻혀 서로 질문하고 이해하는 데에 몇 시간을 보낸다. 마침내 마틸드가 벌겋게 상기된 얼굴로 나온다, 말 한마디 없이, 흐트러진 모습으로.

그녀는 흙손을 쫓아낸다. 그는 트럭 열쇠 꾸러미와 작은 봇짐 하나를 현관에 내려놓는다.

인형들 배를 갈라보세요. 그 안에 5만 달러가 들어 있어요.

마틸드는 내 앞에서 옷매무새를 고친다. 마치 연극인 양 그녀는 스스럼없이 스타킹의 후크를 채우고는 눈을 반짝이며 툭 던지듯 말한다.

두고 봐, 조슬랭, 우리도 이젠 즐기는 거야!

난 제1막의 끝을 향해 내달리고 있다. 이제 더이상 사라지지 않을 얼굴들을 난 알고 있다. 마엘이 내 안에서 작업을 벌이고 있다. 나는 그녀를 살핀다. 이 빠진 나 조슬랭은 무기를 땅에 내려놓고 카오스를 피해 달아난다. 마엘! 마엘! 열리는 화염 속으로, 변하는 몸 속으로, 파리의 지하세계로.

늦은 시각. 마틸드는 남쪽을 향해 걷는다. 동부역은 점점 멀어져 마침내 어둠 속에 묻히고 만다. 철책으로 둘러싸인 창고에서 사람들이 떠들썩하게 짐을 부리고 있다. 드디어 우리는 파리에 발을 들여놓았다. 아무리 웅장하고 볼거리가 많아도 우리처럼 무모하게 저 너머의 세계로 출발을 감행하는 사람은 거의 없을 것이다.

우리는 언덕 아래로 아무 생각 없이 미끄러져 내려간다. 사람들의 움직임으로 훈훈한 기운이 돌며 회색으로 빛나는 아스팔트를 향해.

엄마는 날 기다리지 않고 앞서간다. 모직으로 된 회색 외투 주머니에 두 손을 찌른 채 그녀는 몽파르나스를 향해 간다. 따각따각 소리를 내며 걸어가고 있다. 나 조슬랭이에요, 모두 안녕! 나는 뻣뻣한 가죽띠가 달린 가방 두 개를 질질 끌고 간다. 용감무쌍한 마틸드, 벌써 적응이라도 된 듯 파리가 보여주는 광경들을 흥미롭게 바라보고 있다. 땅 속에서 솟아오르는 기차, 때에 찌들어 성당 발치에 서 있는 조상(彫像), 본보기로 세워진 위인상(像), 고집 센 당통, 목욕가운을 걸친 발자크.

꿈같은 일이지, 친구들. 내가 이렇게 걸어본 적이 있던가? 여기가 크렘린이라던가? 아님, 타지마할? 우리는 손님도 어떤 상징도 없는 거리를 걷고 있다. 그놈의 가장(家長) 때문에 이 짓을!

지붕과 기둥이 온통 원형인 웅장한 건물들의 위세에 짓눌려 우리는 완전히 기가 죽는다. 이어 한없이 늘어선 비스트로*들. 센 강. 나무로 지은 전망대에 서서 우리는 태양의 공기를 한껏 들이마신다. 나는 짐을 내려놓는다. 어찌나 사람들이 우리를 쳐다보는지! 치마를 살랑거리며 걸어가는 아가씨들마다 한결같이 나를 쳐다보고 지나간다. 너 저애 봤어? 조슬랭 시마르래. 촌에서 올라왔대. 저 상판대기 좀 봐, 손은 또 어떻고! 웬일이니, 저 아줌마, 그래도 좋다고 고개를 뻣뻣이 들고 히죽거리는 꼬락서니라니!

마틸드도 강가의 신선한 공기를 들이마신다. 비밀과 두려움일랑 모두 잊고 우리는 센 강 좌안을 거닌다.

우리는 의상을 너무 많이 준비했다. 그건 분명하다. 치마니, 카디건이니, 향수병들이 도대체 무슨 소용인가? 기약 없이 스쳐지나가는 이 모든 사람들, 우리를 무시하는 무대에서.

우리는 곳곳에 우뚝 선 상(像)들이 망보고 있는 듯한 골목을 헤매다닌다. 우리는 점점 몽파르나스에 다가간다. 나는 죽을 힘을 다해 어떤 음침한 벽을 따라 가방을 끌고 간다. 공동묘지다. 울퉁불퉁한 머캐덤** 식 포장도로 위를 차들이 미친 듯이 질주해간다. 밤의 저편에서 불어온 돌풍이 우리의 발자국들을 쓸고 지나간다. 죽어 땅속에 누워 있는 사람들은? 그들을 좀 존중해줍시다, 여러분! 나는 번쩍이는 네온사인 아래로 주먹을 치켜든다. 10미터마다 나무와 벽 아래에

---

* 술과 음료를 주로 팔고 식사도 할 수 있는 가게.
** 영국의 텔포드와 머캐덤이 최초로 사용한 쇄석을 맞물려 하중을 지탱하게 하는 도로 포장 공법.

서 시체들과 드잡이를 하고 있는 뿌리들을 피하느라 끙끙댄다. 아스팔트조차도 수액으로 부풀어 있다. 밝은 얼굴로 이곳저곳을 기웃거리던 마틸드의 표정이 좀 어두워지기는 했지만 그 어느 때보다 활달하게 발걸음을 내딛고 있다.

난 사방을 두리번거린다. 곳곳에 자리잡고 있는 극장, 넘쳐나는 쓰레기통, 여기저기 널린 가판대. 터져나오는 웃음으로 가득 찬 세상이다. 내가 여기 조각가의 망치 아래에서 잠들 수 있을까? 어느 세상, 어느 지하 납골당에서 마엘에게 기도할 수 있을까?

마침내 우리는 그랑빌에 도착한다. 짙은 푸른색으로 칠한 건물 전면, 장갑차의 창문처럼 나 있는 창문, 벽을 뒤덮고 있는 벽걸이 양탄자.

시마르 부인요? 잠깐만요. 시마르라…… 아, 여기 있군요. 마틸드와 조슬랭 시마르. 507호실이에요. 오층이고 계단은 왼쪽에 있습니다.

한 쌍의 젊은 남녀가 뒤엉켜 있는 홀에는 텔레비전이 시끄럽게 떠들고 있다. 엄마와 나는 계단을 오른다. 양팔에 가방 하나씩을 짊어진 나는 짐승처럼 헐떡거린다. 마틸드가 나를 바라보며 웃는다. 정말 여배우 같아, 저 다리 하며, 내가 앞장을 서야 했는데. 우리는 옛날식 나선형으로 된 계단을 오른다. 한 층 한 층 오를 때마다 한결같이 우리에게 쏟아지는 눈길들. 사업하시는 분들이 많죠, 문지기 다벤 씨가 우리에게 일러준다.

여긴 위치가 아주 좋아요! 역에서 2백 미터 거리인데다 유흥가가 멀지 않죠. 웃음과 쾌락이 넘쳐흐르는 거리! 그는 악마처럼 눈을 번득이며 미친 듯이 속삭인다. 웃음과 쾌락이 넘쳐흐르는 거리! 그가 반복한다. 그리고 특히, 그는 마틸드에게 바짝 다가서서 안경을 치켜 올린다, 특히 말이죠, 아시겠지만……

아뇨, 모르는데요, 뭔데요? 엄마가 톡 쏜다.

아실 거예요, 이미 보셨을 테니까. 어이, 꼬마, 가방을 끌고 끙끙거리면서 왔으니 넌 분명히 봤을 거야! 번쩍이는 네온사인 아래에 말이야!

우리는 불안한 시선으로 그를 바라본다. 다벤은 두 손을 번쩍 들어서는 계산대를 쾅 내리친다. 우리는 놀라서 펄쩍 뛴다. 그가 웃음을 터뜨린다.

보셨을 거예요! 우리 사업가들을 위해! 자! 잘 생각해보세요! 몽파르나스, 역, 쾌락, 극장들…… 그리고…… 그리고 공동묘지! 사업가들을 위한 공동묘지! 자, 이제 올라가 주무세요, 재미는 내일 보시고!

다벤은 셔터를 내리고 계산대 뒤에 있는 간이침대용 의자 위에 벌렁 드러눕는다. 넥타이 위에 두 손을 가지런히 모으고 아침을 기다린다.

우리는 위층으로 황급히 달아난다. 미친놈들의 도시, 문 꼭 걸고 방에 처박히는 게 상책! 요즘은 무엇이나 다 전자식이다…… 우리 방의 자물쇠조차! 창은 몽파르나스 쪽으로 나 있다. 오른편에는 시커먼 구멍. 그건 잠들어 있는 베케트다. 맞은편에는 노란 하늘을 향해 솟아 있는 사각형의 탑. 거대한 콘크리트 더미. 멀리 에펠탑. 하늘 한번 기가 막히군. 이따금씩 비행기가 오를리 공항을 향해 내려앉는다. 이어 들려오는 굉음.

나는 마틸드에게 다가간다. 그녀가 날 부둥켜안는다. 내가 많이 컸나보다. 나는 하루 종일 걸어 거칠어진 그녀의 숨결을 느낀다. 엄청 돌아다녔어, 그치! 그녀의 눈이 반짝인다. 웃고 사랑할 날이, 고철을

만지지 않고 지낼 날이 앞으로 사흘. 열여섯 살 먹은 나에게도 습관
이 있다. 새벽같이 일어나 소매를 걷어붙이고 허리를 구부린 채 온종
일 쓰레기를 세는 것, 인정 많은 누군가 날 거기서 꺼내주길 기다리
면서.

　이렇게 둘이 오붓하게 지내는 게 처음인 양 우리의 마음은 훈훈하
다. 내가 마틸드의 몸에 손을 올려놓자 그녀는 치워버린다. 하지만
그 손길은 은근하고 장난기가 섞여 있다. 우리는 깔깔거리며 계속 장
난을 친다.
　엄마는 가방을 열어 그 안에 든 돈을 침대 위에 쏟아놓는다. 우리
같이 자는 거지? 그렇게 하는 거지? 약속해줘, 조슬랭, 이젠 네 아버
지가 없으니까. 우리는 각자 돈뭉치를 깔고 앉아 옷을 벗는다. 이 허
름한 호텔방에서 흉터로 얼룩진 배와 굵은 팔을 가진 나 조슬랭과 바
싹 마르고 오래 걸어 타는 듯이 뜨거운 마틸드는 서로에게 달려든다.
네 시간 동안 기차여행을 하고 파리를 배회하고 629개의 계단을 오
른 후에, 그리고 나로 치자면, 십육 년을 기다린 끝에, 마침내 그녀의
품에.

우리는 꿈속을 헤맨다. 마틸드는 이불을 뒤집어쓴 채 자고 있다. 난 온갖 환영에 가위눌려 신음하다 벌떡 잠에서 깨어난다. 나는 속이 텅 빈 뿔이다.

나는 물을 마신다. 파리 인근 저수 탱크의 이 신선한 물맛! 잔에 유럽지도가 그려져 있다. 이스탄불에서는 작은 배를 타고 물에 잠긴 온천들을 방문한다고 한다. 노를 저어 지중해를 항해하는 셈이다. 힘껏 젓다보면 보스포루스 해협에 가 닿을지도 모르는 일이다. 난 물을 한 모금 더 마신다. 몽파르나스는 여전히 불빛으로 환하다. 이 도시에는 밤낮이 따로 없다.

이렇게 형편없는 방에서 어떻게 잠을 잘 수 있는 거지? 구식 벽장에 때에 찌든 선반, 온갖 낙서들, 한 시간만 누워 있어도 허리가 배기는 좁은 침대, 비스듬히 누워 손을 배에 올려놓고 쌕쌕거리며 자고 있는 솜털처럼 가벼운 마틸드, 그리고 끝으로 호텔방에 갇혀버린 사랑의 꽃장수, 나 조슬랭 시마르. 나는 감히 자물쇠를 열지 못한다. 그 득실대던 사업가들 그리고 그들의 여자들…… 게다가 밤을 지키는 다벤……

나는 금속으로 된 창문을 활짝 연다. 시원한 공기! 기 삼촌 같았으면 나를 질식공포증 환자라고 했을 것이다. 저 아래에는 군데군데 포석(鋪石)이 떨어져나간 막다른 골목길이 말없이 누워 있다. 그러니까 이게 바로 몽파르나스란 말이지? 퐁텐은 이곳저곳을 구경시켜주겠다고 나에게 약속했다. 말뿐이지. 늙어가고 있어, 불쌍한 사람.

나는 잡념 속을 헤맨다. 입을 벌린 채 자고 있는 마틸드 곁에 살며시 눕는다. 말 한마디 하거나 몸을 약간 뒤틀기만 해도 그녀는 잠을 설칠 것이다.

나는 나에게는 단 하나의 꿈밖에 없다고 믿는다. 내 사랑하는 이가 모습을 드러내고 나는 야수에게 죽임을 당해 쓰러진다. 나는 기다리는 사람 하나 없는 침대까지 비틀거리며 나아간다. 끝없는 낭떠러지, 바닥 없는 심연. 있는 힘을 다해 난 외친다, 마엘! 마엘! 내 말들이 하나의 몸처럼 미끄러져간다. 나는 더러운 기둥들 사이로 삼켜져 사라진다.

갑자기 철썩, 젖혀진 이불. 잠에서 깬 아버지가 내 턱을 갈긴다. 조용히 좀 해! 입 좀 닥치란 말이야, 이 병신아! 지금이 도대체 몇신 줄 알아? 마틸드 역시 나를 욕한다. 내 유일한 꿈은 항상 이렇게 끝난다, 이 사이로 흐르는 붉은 피의 찝찔한 쇠맛과 함께.

어깨에 닿는 가벼운 입맞춤, 마틸드다.

잘 잤니, 조슬랭?

난 벗어던진 옷가지를 밟으며 샤워실로 가는 그녀를 돌아다본다. 그녀는 이미 유리로 칸막이가 된 샤워실에서 큰 소리로 뭔가를 중얼거리며 샤워를 하고 있다.

나는 푸른색 앙고라, 스타킹, 트위드 투피스가 너브러져 있는 바닥을 본다. 나는 그것들을 애무하듯 만져본다. 나, 가발 쓴 사나이 조슬랭이 설마 꿈꾸고 있는 것은 아니겠지?

애야, 오늘은 너 내키는 대로 다니면서 구경이나 하렴. 난 사업상 한두 군데 약속이 있거든. 오래 걸릴 것 같으니까 너 혼자 지내야 돼. 사야 할 것들도 있고. 그러니까 조슬랭, 넌 옷 차려입고 다벤 씨, 어제 저녁 그 사람 알지? 아주 친절한 사람이야, 그 사람하고 같이 아침을 먹어. 그런 다음 이 근처 구경이나 하도록 해. 탑에도 올라가보고 산책도 하고, 어쨌든 네가 알아서 해! 얼굴 좀 펴! 그래도 고철 세고 있는 것보담 그게 낫잖아, 안 그래? 파리가 뭐 별거냐, 빌렌이나 파리나 그게 그거지. 돌아다니고 재미보고…… 자, 이건 용돈이야. 그리고 저녁때 약속한 거 잊지 않았지? 굉장할 거야. 멋있게 차려입어야 돼, 그럼 저녁 일곱시, 오페라 광장에서 봐.

마틸드가 옷을 입는다. 새빨간 치마, 잉크무늬가 알록달록한 재킷 그리고 뾰족구두…… 한껏 멋을 부린 그녀는 어깨에 가방을 메고 나를 한번 안아준다. 오늘 저녁은 정말 멋질 거야. 그녀는 문을 쾅 닫는다.

이제 나 혼자다. 돌대가리에 매끈매끈한 손가락을 가진 조슬랭. 상냥한 다벤…… 아침식사…… 그런데 엄마는 도대체 뭘 하러 나간 거지? 네가 알아서 해, 쉬워, 빌렌에서처럼 말이야! 게다가 극장은 네가 빠삭하잖아……

난 방 안을 오락가락한다. 이대로 있을 수는 없다. 나가서 눈을 내리깔고서라도 거리를 돌아다녀야 한다.

산 자들이 부산을 떨고 있는 막다른 골목 위로 비가 내리고 있다. 일터로, 친구들! 사람들을 잠자리에서 끌어내는 사이렌이 울리지 않았는데도 현란한 옷들의 발레가 펼쳐진다. 갈색 머리의 한 예쁜 아가씨가 나를 보고 웃는다.

수군거림만 들려오던 복도에 문 여닫는 소리가 요란하게 울려 퍼진다. 하루가 시작되고 있다. 난 한 번도 입어본 적이 없는 옷을 걸친다. 나, 깨진 턱 조슬랭은 거울만 보면 주눅이 든다. 나는 이 닦고 가죽구두 신고 맑은 정신으로 밤의 유품들에 작별을 고한다. 엄마 안녕, 그리고 당신의 시트에 키스를! 나는 막다른 골목에 우리의 체취를 털어낸다. 마침내 기분이 밝아진 내 앞에 딱히 할 일 없이 아무렇게나 보내야 하는 열 시간이 기다리고 있다. 난 벼락처럼 소리를 질러 복도에서 졸고 있는 영혼들을 깨운다.

507호실이 비었어요! 자! 말끔히 치워버려요!

이층, 일층, 다벤을 잊을 뻔했다. 난 눈을 감은 채 그 괴물에게 다가간다. 나는 한 손을 내민다. 안녕하세요, 아저씨, 어떠세요? 안녕히 주무셨어요? 묘지는 별일 없나요?

아무도 없다. 간이침대는 접혀 있다. 초인종이 반질반질 빛을 발한다. 나는 마법사처럼 멋들어지게 카운터에 열쇠를 떨어뜨린다. 문소리가 나고는 붉은 옷을 입은 젊은 아가씨가 불쑥 나타난다.

안녕하세요! 벌써 가시나요? 잠깐만요! 날씨가 어떤지 보기는 하셨어요?

그녀는 내 열쇠를 집어든다, 507, 너로구나, 조슬랭 시마르? 네 엄마는 벌써 가셨어, 그러니 즐기자꾸나! 따라오렴!

그런데 다벤은요? 나는 우물거린다. 다벤 씨는요? 안 계시나요?

다벤? 그녀는 가볍게 웃는다. 걱정하지 마, 그 노인네는 이따 다시 올 거니까. 그러고는 앞장 서서 걸어간다.

나는 그녀를 따라 안쪽으로 들어간다. 카운터 뒤편에 노곤한 베이지색 방 한 칸이 있다. 난 세상만사 다 잊고 한 여자와 그녀의 방에서 오붓하게 앉아 있다.

　드니즈는 내 맞은편에 앉아 노래를 흥얼거리고 있다. 왜 실실 웃으시나요? 무슨 의미예요? 전 초대하니까 따랐을 뿐이에요.

마침내 나는 밖으로 나간다. 드니즈가 커피를 자꾸 권해 취할 정도로 마셨다. 입 안이 시커멓게 변했다. 나는 주머니에 손을 찌르고 도시의 남쪽을 향해 걷는다. 거리는 한적하고 꽁꽁 얼어 있다. 잿빛 아침하늘이 머리 위를 뒤덮고 있다.

온몸을 모직으로 둘둘 만 아이 한 명이 스쳐 지나간다. 난 벽을 따라 걷는다. 덜덜 떨며 담배를 빨고 있는 한 계집애를 발견한다. 처음 피워보는 게 분명하다. 나는 그녀를 뒤쫓는다. 그것도 하나의 놀이니까. 그녀는 나의 길라잡이다. 그녀는 한가로이 시간을 보낸다. 벤치에 앉아 시퍼렇게 된 다리를 내려다보며 생각에 잠긴다. 학교를 땡땡이 쳤나보다. 뤼미에르 고등학교! 대조법을 사용해서 문장 하나 만들어보렴, 애야! 늙은이들은 팡테옹으로, 우리에겐 삶을!

꿈속인 양 계집애가 휙 돌아보더니 소리를 빽 지른다.

원하는 게 뭐야, 이 자식아! 대답해봐! 뭔 짓이냐고!

그녀 말이 맞다, 내가 뭐 하고 자빠진 거지?

난 비굴하게 우물쭈물 인사를 하고는 그곳을 벗어난다. 나는 트럭들이 엄청난 행렬을 이루고 있는 6차선 도로를 따라 되는 대로 걷는다. 호기심이 발동해 행렬을 거슬러 올라가본다. 과일, 생선, 야채,

그리고 고기와 계란! 식료품 퍼레이드다. 파리를 먹여 살리려면 이 정도는 되어야겠지. 북새통 속에서 서로 밀치고 고함을 지르고 유리가 깨지고…… 6차선, 이제 그것으론 어림도 없다. 시에서는 신설도로를 내자느니 고가도로를 만들자느니 비밀리에 말들이 오간다. 하지만 그 비용을 어떻게 마련하지? 나는 도시를 둘러싸고 있는 회색 띠, 도시순환도로를 벗어난다.

다벤, 마틸드와 그녀의 거짓말, 드니즈, 나에겐 이 모든 것이 사실이 아닌 것만 같다. 나는 하늘을 올려다본다. 행인들 위로 거대한 벽화가 하나 우뚝 서 있다. 하지만 그림에 눈길을 주는 사람 한 명 없다. 볼 만한데도 말이다. 기발한 모양의 망사르 지붕, 궁륭들도 있다. 금박 입힌 아폴로가 어떤 발코니를 기어오르고 있다.

나는 역사 속의 파리로 빠져든다. 회반죽처럼 뻣뻣하게 굳은 내 머릿속에서 생각들이 춤춘다. 마엘이 내 곁에 있다. 나는 그녀에게 말한다. 저 궁륭에 대해, 이 황량한 세상에 대해 설명해준다. 문장과 운(韻)들이 불쑥불쑥 떠오른다, 터무니없는 기억.

입을 다물고 걷고 있으니 조르주 시마르와 시를 읊는 기가 생각난다. 기억의 광기. 이제 번화가다. 드니즈가 우쭐할 것이다. 길라잡이도 없이 사람들에게 물어보지도 않고 단지 그녀의 설명만으로 찾아냈으니까. 사람들이 그리 많지 않다. 나는 롤라 같은 여자들이 빈둥거리고 있는 홍등가를 애써 피해 달아난다. 내 눈에 들어오는 것은 극장들뿐이다. 어느 걸 택하지? 나는 문 하나를 밀고 어둠 속으로 미끄러져 들어간다. 문이 춤추듯 흔들린다.

난 아이들의 목소리가 나는 쪽을 향해 걸어간다. 어른거리는 불빛을 따라간다. 그림자, 얼굴을 간질이는 늘어진 끈, 미끄러져 달아나는 형태들…… 나는 온갖 색을 알록달록하게 칠한, 판지로 된 얼굴에 코를 부딪치고 만다.

이제 실내다. 난 뭔가에 걸려 또 한번 비틀거리고 나서야 먼지투성이 의자에 쓰러지듯 앉는다. 목소리들이 떠다니는, 돌로 지은 지하실. 누군가 나에게 조용히 하라는 신호를 보낸다. 오렌지색과 녹색의 커다란 인형 서넛이 그리 깊지 않은 무대 위에서 뛰놀고 있다.

파리에서나 볼 수 있는 엉뚱한 극이다. 난 비극만 좋아하는데…… 장미색 인형이 꼬꼬댁거리고 있다. 어떤 환상의 섬을 놓고 벌어지는 전쟁. 마법을 풀고, 왕국을 얻고, 근심스러워하다가, 부모의 장례를 치르고…… 말하자면 삶 그 자체 아니겠어!

나는 얌전히 앉아 무대를 관찰한다. 장소는 나비 르날도가 피신해 있는 아늑한 동굴이다. 파리는 멀다. 암탉이 르날도에게 참새처럼 짹짹거리며 뭐라고 말한다. 연출이 벌떡 일어나 소리를 질러댄다.

거 참, 이 녀석아, 짹짹거려야 한다는 건 나도 알아, 대본에 그렇게 나와 있으니까. 거리두기, 잔인성, 다 좋다 이 말이야. 하지만 분명하게 발음해야 할 거 아냐! 목소리를 확 던져! 여기선 즈날도로 들려…… 그래, 즈날도! 생각 좀 해봐! 그게 전혀 아니잖아! 오, 내 마음의 나비, 나의 즈날도…… 아냐, 그게 아냐! 르―날―도! 안 그러면 무슨 말인지 어떻게 알아?

암탉이 뒤집어쓰고 있던 가면을 벗는다. 아주 어린 소녀다.

아 제발, 프랑수아즈, 지금 질질 짜고 있을 때가 아니잖아!

간단해, 즈날도가 아니라 르날도란 말이야. 큰일이라도 난 것처럼 징징거리지 말자고! 자 다시 한번!

그가 손뼉을 치자 섬이 끼긱거리며 4분의 1쯤 돌아간다.

야, 제라르, 무대장치에 기름칠 좀 해라, 분위길 완전히 망쳐놓잖아, 안 그래?

　자…… 2막 1장! 나비 르날도는 꿈속에서 자신의 전생을 본다……

　나는 서둘러 극장에서 나온다. 등 떠밀려 돌아다니자니 파리가 지겨워진다. 오 너, 온갖 종(種)들을 싣고 떠다니는 방주여! 내 어찌 가발도 쇠막대도 없이 감히 너와 함께 할 수 있겠니? 거리다. 여긴 볼만한 게 아무것도 없다. 나는 센 강을 향해 나아간다. 친구 하나 없이 나는 세상의 둑 위를 거닌다. 산처럼 쌓여 있는 자갈이 센 강을 향해 흘러간다. 사람들이 콘크리트 블록과 벽돌을 쌓는다. 트럭들이 콘크리트를 쏟아붓고 있다. 묵직한 판대기들을 집어던지기도 한다. 트럭들 발치에서 털모자를 뒤집어쓴 인부 몇 명이 부지런히 움직이고 있다.

　그 너머로, 하얀 굴뚝 두 개가 하늘로 짙은 연기를 뿜어내고 있다. 쓰레기 처리장, 아마도. 거기서 태우는 건 남쪽 지역에서 수거한 폐품들이다. 쓰레기, 병, 옷, 종이, 유리, 이 모든 것들이 화씨 1,000도의 용광로에 던져진다. 먼지, 먼지.

　거리를 돌아다니다 한 무리의 노예, 멋있게 차려입은 주인, 가발을 쓴 몇몇 여왕들과 마주친다. 나는 아스팔트 위를 뛰어다닌다. 다리들을 건넌다. 광장에서 어떤 녀석이 오르간을 연주하고 있다. 또 어떤 녀석은 수도원에서 열리는 전시회를 구경하고 가라고 나를 붙든다.

　제기랄, 전망 한번 엄청 좋네! 허리를 굽혀 센 강을 굽어보자 일렁이는 스테인드글라스 위로 잎새들이 황금빛으로 반짝이고 있다. 나는 시를 읊는다. 노래를 부른다. 이어 어둠이 밀려온다. 구릿빛 저녁이 세상의 지붕 위로 내려앉는다.

엄마는 은행을 돌아다닌다. 웨스팅블록, 아트맨쉽 등등. 고상하고 우아하게, 고리대금업자들에게 잘 보이기 위한 온갖 치장. 용기를 내요, 엄마, 용기를!

마틸드, 난 오늘 아침 카페에 홀로 앉아 있는 당신을 봐요. '평화 카페', 참 생각도 없지. 1919년, 은행에 맞서려면 이 정도 연도는 돼야죠! 전쟁과 구리의 세기, 대리석 원탁, 검은 망토를 걸친 사람, 관광객들은 어디가 어딘지 모를 통로들. 그런데 거리의 평화라, 그게 뭡니까!

마틸드는 회전 유리문을 민다. 거만하게 생긴 한 사내가 미끄러지듯 그녀에게 다가와서는 마르셀 파뇰*이라는 이름표가 붙은 자리로 안내한다.

좋은 자립니다, 부인. 구석진 자리와는 다르죠.

마틸드는 마르셀 파뇰의 이름이 새겨진 동판을 손가락으로 만져본다. 그녀는 커피 한 잔을 주문하고는 가방에서 서류를 꺼낸다. 내가 지금 무슨 소릴 하고 있는 거야? 서류라 할 것도 없는, 숫자라곤 거

---

* Marcel Pagnol(1895~1974), 프랑스의 소설가, 극작가, 영화감독.

의 없는 그냥 종이 두 장에 불과하다. 그녀는 신경을 곤두세워 그것을 다시 읽으며 장딴지를 만져본다. 아니다, 스타킹은 올이 나가지 않았다. 그녀의 입술은 파놀에게 입이라도 맞추려는 양 완벽한 붉은색이다. 예삿날이 아니니까. 금을 굴리는 다국적 기업들을 상대하는 날이 아닌가! 하지만 퐁텐은 돈은 실제로 존재하는 것이 아니라고 말한다. 가난한 사람들에게 돈은 하나의 신화예요. 돈은 기호(記號)에 불과하거든요. 있거나 없거나 마찬가지란 얘기죠! 손에 잡히지 않으니까. 그건 아무것도 아니에요. 간단히 말해, 당신이 돈을 갖고 있다고 해서 불안해할 필요는 없다는 말이죠, 다 헛것이니까. 그래도 안전을 기하기 위해 마틸드는 자신의 전재산 5만 달러를 가지고 왔다. 불행의 유산이 스포츠 가방에 담겨 그녀의 다리 사이에 놓여 있다. 그녀 몫의 폴란드. 모든 것이 거기에 담겨 있다, 거의 팔린 것이나 다름없는 트럭, 고철과 함께 보낸 세월이.

고개를 빳빳이 세우고 마틸드는 거울을 본다. 이 정도면 괜찮아. 하지만 손은 그렇지가 않다. 죽을 때까지 그것들은 붉게 충혈되어 있을 것이다. 그것은 지워지지 않는 낙인이다. 대가를 지불한 손. 그녀는 매일 아침 손에 비누칠을 하고 크림을 바르고 몸에 대고 문지른다. 그녀는 두 손바닥을 거울을 향해 쭉 뻗어본다. 매일 아침 그 두 손에서 흙을 긁으며 뼈빠지게 일한 십오 년의 세월을 확인하고는 울고만 싶어진다.

강철 손의 마틸드. 하지만 그 피부는 가늘게 떠는 붉은 꽃잎이다. 다른 피부와 다름없는 하나의 막(膜). 아, 그것이 무엇을 뜻하는지 그녀는 알고 있다! 젊은이 한 명이 다가와 그녀를 뚫어져라 쳐다본다. 보통 그렇듯 몸매, 다리, 가슴 순으로 바라본다. 그는 한 손으로 그녀의 허리를 감싸안고, 다른 한 손으로는 그녀의 손을 잡아 자신의 가슴께로 가져간다. 그들은 왈츠를 춘다. 그가 잡은 손은 미지근하고 땀에 젖어 있다.

마틸드는 꿈속에서 피와 공기로 퉁퉁 부풀어오른 자신의 손을 본다. 어떻게 그런 손을 가지고도 사랑받기를 원하세요?

그녀는 이탈리아 풍의, 거리가 훤히 내다보이는 베란다에서 커피를 마신다. 프롬프터*처럼, 다시 말해 기계적으로 두 페이지의 서류를 읽는다. 사실, 복잡할 거라곤 아무것도 없다. 집, 땅, 트럭 그리고 고철을 팔아 모은 돈. 5만 6천 달러. 마틸드는 거기서 천 달러를 꺼내 치마 속에 감춘다. 항상 이 정도는 꼬불쳐둬야지. 웨이터가 그녀를 쳐다본다. 제법 괜찮은데, 저 여자, 근데 손이 왜 저래! 완전히 걸레 군. 모래를 가득 채운 라벤더 천 같아.

마틸드는 미국식으로 50달러를 테이블 위에 남겨둔다. 그녀는 일어나 회전문으로 향한다. 구리문이 빙글 돌아 그녀를 밖으로 밀어낸다. 오페라 광장, 그녀는 숨을 돌린다.

엄마는 라파예트 거리 근처에서 젊은 여자 하나와 마주친다. 그녀는 베티나를 생각한다. 조르주가 그녀에게 벙커와 당(黨), 망루, 외톨이로 지낸 어린 시절에 대해 모두 이야기해주었다.

여긴 웨스팅블록 은행! 이상한 여자 한 명이 고색창연한 로비로 들어선다. 한껏 차려입었지만 어딘지 어색하고 결의에 찬 듯하면서도 어쩐지 불안해 보이는 여자. 어깨에 멘 끈이 긴 가방이 자꾸 다리에 걸리면서 윗도리를 아래로 잡아당긴다. 조금만 더 잡아당기면 검은 젖꼭지가 드러날 판이다. 그녀가 초인종을 두세 번 누르자 자동 개폐 장치가 달린 은행 문이 열린다. 해골바가지 같이 생긴 안내양이 그녀

---

* 무대 뒤에서 대사를 읽어주는 사람.

를 맞이한다.

제 이름은 시마르, 마틸드 시마르, S.I.M.A.R.R.E.예요. 제르베르 씨와 열시 반에 약속이 되어 있어요.

뭐라고 하셨죠? 제르베르 씨와 열시 반요?

창구에 앉은 예쁜 여자가 전화를 돌린다.

마리즈? 나야! 잘 돼가? 그래? 아니! 그건 그렇다 치고, 지금 디마르 부인이 제르베르를 만나러 와 있거든. 보내도 돼? 너무 일러? 좋아, 그럼 전화 기다릴까? 이따 봐!

죄송합니다 부인, 제르베르 씨가 지금 통화중이라는군요. 잠시만 기다려주세요.

엄마, 힘을 내세요. 이 가죽소파와 여성잡지들 좀 봐요!

강철로 지탱한 둥근 유리창 아래에서 마틸드는 잡지를 뒤적인다. 어떻게 하면 완벽하지 않은 엄마가 될 수 있는가? 당신은 창녀 같은 여자인가? 행복하지만 남편이 바람을 피우는가?

가죽소파에 푹 파묻혀 다리를 위로 쳐든 채 그녀는 기다린다.

지마르 부인, 당신 차렙니다! 칠층 좌측, 통로 D에 있는 707호 사무실이에요.

엄마는 옷매무새를 고치고 범죄를 향해 돌진한다.

내 계획은 간단해요. 남편이 하던 사업을 다시 시작하는 거지요. 남편이 동구에서 실종되었거든요. 어디서인지는 잘 모르겠어요, 아마 폴란드인 것 같은데. 눈, 들판, 쇠붙이들, 불쌍한 조르주…… 살해되었을까? 고문을 당했을까? 그의 친구, 일명 흙손이라고 불리는 캉탱 귀스타브 씨가 메스에서 그의 트럭을 발견했어요. 27톤짜리 괴물이죠. 10만 달러는 족히 나가는 짐승이에요…… 그만하면 꽤 큰 지금 아닌가요?

열여덟 살 먹은 내 조카 조슬랭과 함께 이전처럼 계속하고 싶어요. 남편을 못 잊어 이러는 건 절대 아니에요! 우리가 원하는 건 일하는 거예요. 비틀고 뚫어 고철을 뜯어내는 거죠.

그러고는 그걸 제 남편 친구들한테 넘겨요. 힐더베르트 씨, 캉탱 씨 등등, 꽤 여럿 되거든요. 그러면 그 사람들이 동쪽으로 싣고 가서는 알아서 처분해요. 카자흐에도 팔러 가죠. 트럭이요? 그게 제 담보물이에요. 마음에 안 드세요?

난 자신의 악몽을 자랑 삼아 떠벌리는 마틸드를 본다. 제르베르는 넋이 나갔다. 고철장수. 고철을 파는 끝내주는 아줌마. 어이, 여보게들, 여기 좀 봐! 고철 파는 아줌마가 날 찾아왔어! 하지만 조심, 못생긴 보통 아줌마가 아냐, 강철 같은 팔을 가진 마틸드 시마르야!

엄마는 치마를 당겨 내린다. 제르베르는 그녀를 살피며 생각에 잠긴다. 이 얘기가 도대체! 뒤에 뭐가 숨겨져 있는 거지? 코카인? 담배?

죄송하지만 질문 하나 해도 될까요, 부인? 말씀하신 사업이 전체적으로 어떻게 돌아가는 건지 이해가 잘 안 되는군요. 그러니까 보헤미아, 헝가리, 뭐 그런 나라에 고철을 파신다는 말씀이죠? 그런데 그 사람들이 그걸 사나요?

예, 그런가봐요. 오래 전부터 샀어요. 그 사람들은 고르지도 않아요! 구리, 아연, 납, 쇠…… 닥치는 대로 사죠.

그걸로 뭘 하는데요?

마틸드는 한숨을 쉰다.

전 아무것도 몰라요. 제 남편한테 가서 물어보세요! 꽁꽁 언 땅에서 파내 물어보라고요! 구덩이들을 뒤져보라고요!

제르베르는 질겁한다. 미친 여자 아냐?

알았습니다, 부인. 부인의 계획을 차분히, 주의깊게 검토해본 다음 답장을 드리도록 하겠습니다. 그럼 안녕히. 둘은 일어나 악수를 나눈다. 물론 제가 배웅해드리죠. 문, 복도, 층계, 입술 루주, 오스만 대로(大路).

하루가 이렇게 지나간다. 아트맨쉽, 블라뇨볼, 한결같은 절차들.

부인, 생각을 좀 해보세요! 고철요! 어림도 없어요! 조그만 가게나 하나 해보시죠! 돼지고기 정육점은 어떠세요?

마틸드는 끈질기게 자기 계획을 팔러 다닌다. 고리대금업자들을 찾아 고층건물을 오르락내리락한다.

열두시가 되자 그녀는 쇠처럼 딱딱한 바게트를 삼킨다. 오페라 근처의 벤치에 앉아, 차들과 군중 사이에서. 그 나쁜 놈 때문에 이 짓을! 그녀는 결국 필요한 돈을 얻어낼 수 있을까? 이제 곧 조르주와 베티나에겐 아무것도 남지 않으리라는 걸 엄마는 알고 있다. 곧 겨울이 닥칠 것이다. 그들은 나무를 하러 숲으로 들어갈 것이다. 그들은 씻지도 못할 것이다. 그래서 우리는 그들에게, 그 배신자들에게, 그 다루기 힘든 연인들에게 먹고 살 거리를 보낼 것이다. 거금 5만 달러를.

귀가하는 사람들로 분주한 거리, 난 지하로 뛰어든다. 쇠를 삼키는 거대한 관(管). 이 모든 건 머지않아 사라질 거야, 안 그래요? 사람들이 날 통로를 향해 민다. 살덩이들의 흐름이 날 전철이 다니는 플랫폼으로 데려다놓는다. 한 발짝만 더 밀리면 추락이다.

모든 노선이 사람들로 가득하다. 안내방송이 메아리처럼 울려 퍼진다. 승객 여러분, 사곱니다! 승객 여러분, 사곱니다! 사람들의 표정이 굳는다. 신사숙녀 여러분, 열차운행이 이삼 분간 지연될 예정이니 잠시 기다려주시면 감사하겠습니다…… 또 누가 뛰어들어 자살한 거야! 말도 안 돼, 안 그래요? 다른 곳에나 가서 뒈지지!

맞아요, 잘 모르지만, 심의회를 구성하든지, 아니면…… 어쨌든 이 모든 걸 좀 합리적으로 할 필요가 있어요. 단체로 자살을 하든지. 이거 좋은 아이디어 아닙니까! 그래야 연착을 좀 줄이죠.

그런데 도대체 이게 무슨 일입니까! 멀쩡하게 생긴 금발 청년이 눈 깜빡할 사이에 열차 밑으로 뛰어들어요. 사람들이 엄청 많은 시간에, 모두가 보는 앞에서. 저녁 일곱시 그리고 처참하게 찢긴 시신! 시민들한테 유쾌한 일이겠어요, 그게?

염려 마세요, 난 살아 있으니까. 나는 이 핏기 없는 벌집 속을 나아간다. 가면을 쓰지 않은 나, 조슬랭, 아는 이 하나 없이 세상에 버려진 나, 조슬랭은 파리를 발견한다.

나는 통로에서 통로로, 계단에서 계단으로 떠다닌다. 여기는 꽃장수, 저기는 사진 좌판. 그리고 철책에 기대 드러누워 있는 거지들…… 억센 눈썹, 피가 흐르는 광대뼈. 뭘 쳐다봐! 자긍심이 대단한 사람들의 갤러리. 다른 사람들처럼 나도 앞만 쳐다보며 왕자처럼 스쳐 지나간다. 아무 소리에도 반응하지 않고. 방향은 북북서. 나는 오페라를 향해 질주한다.

열차가 준비되었습니다, 선생님. 저를 발판 삼아 오르시지요. 금속 손잡이들이 달린 플라스틱 튜브. 나는 노부인 맞은편에 앉는다. 안녕하세요, 할머니! 그녀는 대답이 없다. 혹시 죽은 것은 아닐까? 사람들이 날 쳐다본다. 잠에 취한 몸들이 덜컹거리는 소리 속으로 가라앉는다. 내 왼편에서 치마를 입은 여대생이 신문을 읽고 있다. 파이프들이 잔뜩 매달려 있는 벽이 내 귓가를 휙휙 스쳐 지나간다. 요란스럽기도 하지! 도시는 활기에 넘쳐, 정말로.

어린 녀석 하나가 날 보고 인사한다, 두 객차 사이에 매달린 채 묘한 표정을 지으며. 기름때가 낀 헝클어진 머리, 난 터널 속에서 전속력으로 달리는 그를 본다. 10달러를 아끼려는 카이로의 아이다. 가끔 열차가 급제동을 걸거나 하면 나가떨어지기도 하지만, 카메라와 감시견은 아랑곳 않고 그는 펄쩍 뛰어 열차에 다시 오른다. 그제야 그는 이마에 흐르는 땀을 닦는다. 휴식! 창문에 등을 기대고 우리는 터널 속에서 대기하고 있다. 28번 노선 공사를 위한 수송열차가 지나간다. 우리는 파란 불을 기다리고 있다. 안내방송. 삐걱이는 소리. 따분해진 우리는 신문에 머리를 처박는다. 발에 날개가 달린 메르쿠리우스*가 우리를 비웃는다.

오페라 역에서 난 마엘을 발견한다. 출렁이는 머리카락이 통로를 향해 미끄러져간다. 난 소리를 지른다. 모두 뒤돌아본다, 그녀만 빼고. 사람들이 겁을 먹고 비켜선다. 마엘! 마엘! 감시 카메라들이 모든 것을 보고 있다. 드디어 사람들은 마엘이 성녀라는 걸 알게 되는 걸까? A구역, 11번 통로, 출동해주세요. 출동. 오 파리여, 마음껏 소리치게 좀 내버려두렴! 민병대원들이 몰려온다. 개들이 전력을 다해 날쫓는다. 나는 소리를 질러 꼬맹이들, 아코디언 연주자, 가방을 든 두 사내를 비키게 한다. 내 손이 그녀의 어깨에 닿는다…… 마엘, 나야! 조슬랭!

생면부지의 여자가 날 멍하니 바라본다. 안녕하세요.

멀리서 사람들이 떼지어 몰려오는 소리가 들린다. 녀석을 잡아! 최루탄이 터지고, 개들을 푼다, 모두 엎드려, 기관총, 조준! 난 세상을 향한 눈을 질끈 감는다. 아, 나의 도시 빌렌. 마엘. Ich weiss nicht, was soll es bedeuten…… 그리고 난 잊는다. 발사! 하지만 난 이제 거기에 없다.

이제 난 성당 앞에 혼자 앉아 있다. 마틸드는 저기 군중 속에 있다. 엄마, 날 기다렸어요? 엄마의 심포니를 찾아 파리를 돌아다녔어요. 나는 광장을 이리저리 돌아다닌다. 일본인, 중국인, 한국인, 태국인, 싱가포르의 마피아들이 폼을 잡고 앉아 있는 몇 대의 리무진. 세계

---

* 로마 신화에 나오는 상업, 웅변, 도둑의 신이자 사랑의 사자. 그리스 신화의 헤르메스에 해당한다.

각지에서 몰려든 대가족.

한순간 의심이 든다. 만약 엄마를 찾지 못한다면? 그래도 난 감히 묘지를 따라 걸을 수 있을까? 난 세련된 파리의 밤을 살핀다. 바이올린과 심벌즈, 이제 곧 마틸드가 말을 꺼내리라는 걸 난 알고 있다. 그녀가 날 안아준다, 가볍게. 우리는 벤치에 앉는다.

힘들구나, 조슬랭, 피곤해죽겠어. 슬쩍 엉덩이나 만지려 드는 운전사들은 아무것도 아냐. 안경 걸친 그 또라이들은 완전히 진을 빼놓는다구. 진정하세요, 부인! 시마르 부인, 저희 입장도 좀 생각해주셔야죠! 그건 꿈도 꾸지 마십시오! 부인을 위해 최선을 다하겠습니다! 된다와 안 된다. 된다의 무시무시한 권력. 부모님 집에서 부모님과 함께 사세요?

눈물을 글썽이며 그녀는 나에게 대기실, 칼로 자른 듯이 반듯한 석재 그리고 유리 천장을 지탱하는 강철에 대하여 설명해준다. 그녀를 빤히 쳐다보며 머리를 굴리는 은행원들에 대하여. 두 명의 무장 경비원의 감시를 받으며 그녀가 우리의 자본을 맡긴 지하금고에 대하여. 여긴 모든 게 무거워. 의자조차도 1934년 이후로는 놋쇠로 바뀌었어.

엄마는 그들에게서 3만 달러를 융자받았다. 이걸로 충분할까? 물론 우리는 빌렌에서 일을 계속 해나갈 것이다. 트럭은 베베르나 그의 아들에게 넘겨질 것이다. 그중 누군가 쌓아놓은 고철과 소금에 삭은 코일들을 가지러 매주 사람들이 올 것이고, 그 값은 달러로 지불될 것이다. 달러면 어떻고 프랑이면 어떠랴!

마틸드는 이야기를 계속하지만 내 눈에는 빌렌밖에 보이지 않는다.

우리의 다리 아래에는 바닥이 보이지 않는 심연이 입을 벌리고 있다.

우리는 마들렌 사원을 향해 걷는다. 엄마는 분수식 수도에서 화장을 지운다. 우리가 처음으로 군중 앞에 섰을 때처럼 머리를 풀어헤친다.

심포니 같은 건 코빼기도 못 봤어, 조슬랭! 넌 짐작했지, 안 그래? 넌 우리가 지금 정장을 하고 일등석에 앉아 코를 골고 있다고 상상하는 거니? 아냐, 이곳에 대해서는, 모조리 잊도록 하자.

드니즈는 입을 다물고 있다. 그녀는 우리의 커피잔에서 피어오르는 김 속을 떠다니고 있다. 나는 그녀의 존재를 거의 잊는다.

Ein Märchen aus alten Zeiten

Das kommt mir nicht aus dem Sinn······

나는 내가 외우고 있으리라고는 상상도 못했던 시구(詩句)를 중얼거린다. 행을 계속해서 전개할 수도 있을 것 같다. 나도 안다, 내 발음이 엉망이라는 걸. 낱말을 씹듯이 우물거린다는 걸. 오, 금발의 로렐라이, 날 어느 바위 위에 내버려둔 거니? 내 발 밑에 흐르는 강이 무슨 강이지? 어느 바다로 흘러가는 거지? 오, 나의 연인이여, 난 우리가 꿈 없는 바다를 향해 미끄러져간다는 걸 알고 있어. 우리는 시간의 바깥을 떠돌아다니고 있어.

무대가 바뀐다. 지옥으로부터의 또다른 부름.

자는 거니, 조슬랭?

카운터 안쪽의 은밀한 방에서 드니즈가 내 손을 잡는다. 뭐야? 꿈속을 헤매고 있잖아! 네 엄마가 안 계셔서 다행이야! 네 엄마는 널 나에게 부탁하고는……

갈색 머리의 드니즈는 더없이 창백해 보인다. 드니즈, 재미있는 이름이야, 정말! 잊혀진 왕들의 성녀!

드니즈는 어딘지 어색한 길고 붉은 드레스를 입고 있다. 나의 여사제여, 우리의 아침에 난 당신의 옷을 벗긴다. 난 스쳐 지나가듯 당신의 얼굴을 쓰윽 한번 보았을 뿐이다. 나는 커피를 홀짝거리며 마신다. 고개를 들어 여기저기를 바라본다. 당신의 어깨, 당신의 허리, 쟁반을 들고 있는 당신의 팔. 나는 무엇 하나 놓치지 않고 살핀다.

당신은 잠시 그랑빌로 사라진다. 우편물을 찾으러. 당신이 돌아온다. 나는 말없이 당신을 바라본다. 잠을 푹 자지 못했나보군요, 나의 드니즈. 당신은 담배를 피운다, 몸짓이 정말 멋지네! 당신의 방은 참 아늑하군요, 소파를 덮고 있는 예쁜 보(褓), 자단(紫檀)과 융단, 십자가 하나, 괘종시계 둘. 바깥에서 아줌마들이 우리가 밟고 다니는 땅에 무릎을 꿇고 우리 생(生)에 손을 담근 채 빨래하는 소리가 들려온다. 드니즈는 전화를 받는다, 열두 가지나 되는 언어로. 여기는 델리. 여기는 바그다드. 사방에서 사람들이 그녀의 서비스를 예약한다. 대단한 인기! Hello my Denice! How are you love? How is Paris? Brilliant! Are you still with this guy, Jorgen? Nein? Schade! Kann ich dich morgen betreffen?* 통화는 이렇게 계속된다.

가끔 형사들이 둘러보러 오는 때도 있다. 판에 박힌 순찰. 경찰서가 멀지 않으니까. 그들은 모두 그녀와 포옹으로 인사하고는 투숙객 명부를 한번 쓰윽 훑어본다. 이것 좀 봐, 이름 한번 희한하네! 그들은

---

* 안녕 나의 드니즈! 잘 지내요? 파리는 어때요? 끝내준다구요! 요즘도 요르겐이란 그 친구하고 같이 지내요? 아니라구요? 저런! 내일 좀 만날 수 있을까요?

방 몇 개를 둘러보고 드니즈와 앉아 키득거리며 술 한잔을 마신다. 그러고는 우르르 몰려나간다. 저주받을 놈들!

나는 그녀가 파리를 설명해주기를, 파리에 대해 가르쳐주기를 기다린다. 하지만 천만에, 드니즈는 자기 이야기만, 자기가 파리 북부에 있는 거대한 영화 스튜디오에서 보내는 밤들에 대한 이야기만 한다.

다벤이 저녁때 와서 그녀 대신 그랑빌을 지킨다. 그녀는 묘지에 주차한 자동차로 달려간다. 목적지, 루아요몽과 릴 아담 근처의 벌판. 아니, 말만 그렇지 벌판이랄 것도 없는 곳이다. 창고와 안테나들의 거대한 덩어리. 사방에 배우, 기술자, 우리의 상상세계를 놓고 게임을 벌이는 밤의 사람들. 예쁜 여자는 눈을 씻고 찾아봐도 없다, 정말이다! 하얀 조명등이 창고 안을 환하게 비춘다. 사방에서 우르릉, 삐거덕, 사람들이 무대장치를 옮기고 있다. 바빌론. 샌프란시스코. 트럭들이 장비를, 수 킬로미터는 될 법한 케이블들을 부려놓는다. 그녀는 자동차 안에서 그 움직임들을 연습해본다. 오른쪽으로, 왼쪽으로, 더 아래로, 손을 들고, 몸을 굽히고. 웃지 않고 진지하게.

드니즈! 네 차례야!

그들은 조금 전에 〈케이트 보링거의 슬픔〉을 찍었다. 로스앤젤레스를 통째로 거기다 옮겨놓았다, 이 거대한 공장 안에. 요란한 색조의 거리, 갱, 존 해커라고 불리는 케이트의 애인.

아 드니즈! 왔구나! 좋아. 준비됐어? 긴장은 풀렸고? 담배 한 대 줘? 자…… 상황을 한 번 더 일러줄까? 간단해. 그러니까 케이트는 나쁜 놈, 너도 알지, 경찰서장 말이야, 그 녀석의 정부야. 저기 분장하고 있는 키 큰 친구. 케이트는 저 친구와 함께 살아. 이야기의 중심에 돈이 있어. 그리고 끝내주는 가건물, 2번 홀에 있으니까 가서 구경해봐! 좋아. 하지만 명심해야 될 건 케이트의 마음을 사로잡고 있는 게 있다 이거야, 돈은 아냐, 그건 분명해. 그건 사랑이야. 일생에 한 번뿐인 그런 사랑, 키스와 언약. 존과 케이트는 목숨을 걸고 서로 사랑해. 서장이 질투에 사로잡히는 거야, 부패한 경찰이거든, 그의 부하들이 존의 뒤를 쫓아, 그를 체포하려는 거지…… 섹스와 죽음. 고전적인 주제잖아?

바로 이 부분에 들어갈 감동적인 장면 하나를 이제 찍을 거야. 케이트가 존과 사랑을 나눈 후에 옷을 입는 장면이야. 그녀가 눈물을 흘리면서 존에게 키스를 하지, 오, 존, 이제 다시는 만날 수 없을 거예요, Maybe the last time, 그들은 층계참에 서서 열렬한 키스를 나눠, Bye bye my love, Oh John why, 삶이란 그런 거야, 그때 형사 하나가 숨어서 사진을 찍는 거야…… 증거, 그래, 그들은 증거를 손에 넣은 거지.

이제 드니즈가 거의 벌거벗은 모습으로 등장한다. 분장! 소도구! 효과!

케이트로 분한 드니즈가 무대 위를 천천히 걸어간다. 조명이 환하게 비치자 그녀는 더 창백해 보인다. 사람들이 박수를 친다. 멋진 몸매야, 케이트, 이제 비스듬히 누워, 준비됐어?

장면 24, 사랑을 나눈 후 케이트가 일어선다, 몸 시퀀스.

드니즈, 도대체 뭘 허락한 거야? 당신에게 고정된 이 카메라들, 사방엔 당신의 살, 눈길 하나, 눈물 한 방울 없이, 모든 스크린 위에 당신의 가슴이, 모든 포스터 위에 당신의 가슴이, 모든 거리에 당신의 몸이, 하지만 드니즈, 아무도 당신을 몰라, 아무도 당신을 보지 않아! 한 사내가 소리친다, 좀더 멀리, 좀더 천천히, 움직여! 그들은 당신의 몸을 유린하고 있어. 드니즈의 배, 어깨, 허리, 손가락을 탁 하고 퉁기면 당신은 스크린 위를, 조각조각난 채, 표정 없는 덩어리로 스쳐지나가는 거야.

영화란 게 참 희한하지, 안 그래? 케이트와 그녀의 얼굴은 유명하지. 케이트와 그녀의 미소도. 하지만 일그러진 얼굴의 케이트는! 알코올에 찌든 케이트는! 맛이 간 케이트는! 그러면 그들은 그녀에게 환상적인 몸을, 탱탱한 가슴을 만들어주지. 그들이 필요할 때면 언제든 불러내 벗기고 입히고 별짓 다 하는 그 몸, 그게 바로 당신, 나의 드니즈야.

새벽 세시경, 그녀는 바보짓에 지칠 대로 지쳐, 창백하지만 자랑스러운 표정으로 나온다. 로스앤젤레스는 어둠 속에 잠긴다. 드니즈는 자동차를 몰아 몽파르나스로 돌아온다. 놀라운 날개를 단 타락한 케이트, 무명의 드니즈, 사랑받지 못하는, 얼굴도 없는.

토요일 이른 시각, 그랑빌은 멀다. 이틀을 당신과 함께, 예쁜 것. 습관도 잃어버릴 수 있는 것 아냐? 당신은 옷을 벗어던지고 텅 빈 더블 침대에 쓰러지듯 눕는다. 벌판에서 목소리들과 씨름하며 보낸 몇 시간.

당신은 마침내 잠드는가? 낱말들이 빠져들어가는 열린 입술, 자신을 향해 지르는 비명 소리, 와상(臥象)들이 무덤을 떠나 떠다닌다, 후광에 휩싸인 얼굴, 뼈가 얼굴을 뚫고 나온다……

잠결에 드니즈는 한 손으로 자신의 다리를, 자신의 배를 더듬는다, 나 여기 있어, 무서워하지 마, 내 목소리 알아듣겠지, 아냐?

잠에서 깨자, 큰 창을 통해 환한 빛이 아파트 안으로 미끄러져 들어오고 있다. 드니즈는 포스터를 마주 보고 앉는다. 예쁘게 생기긴 했네, 케이트 보링거. 약간 부은 듯한 묘하게 생긴 입술…… 활활 타오르는 금발…… 그리고 툭 하고 옷 밖으로 튀어나올 듯이 빵빵한 가슴. 자기 것이라 믿을 수 없는. 아냐, 이건 내가 아냐, 이 더러운 년은!

드니즈는 눈물범벅이 된 얼굴로 일어나, 이번에는 스스로 너무 짧게 잘라버린 붉은 드레스를 찾는다. 난 수녀야, 코르셋과 못을 가져와, 날 순결한 숲에 심어줘! 비둘기들아, 날 가득 채워줘! 나의 베일이 되어줘! 특히 고함 소리는 이제 그만!

유흥가에 접해 있는 아파트는 그리 크지 않다. 침대 하나, 테이블 하나, 포스터들로 뒤덮여 있는 벽. 고철로 된 일련의 장식과 잡동사니들. 이게 당신 삶이야, 나의 드니즈, 당신의 웃음과 더불어. 왜냐하면 당신은 웃기도 하니까, 안 그래요? 케이트 보링거, 그건 당신의 밥줄이고. 그래서 그 아름다움을 조각조각 팔아버리는 거죠, 그러지 못할 이유가 어디 있어요?

드니즈는 씻으러 간다. 그녀는 자신의 밤을 흥얼거린다. 햇빛을 받으며 바람에 흔들리는 꽃처럼 하늘하늘 걷는다.

저녁이 되자 드니즈는 준비를 한다. 드디어 자기 자신으로 지낼 수 있는 밤, 마침내 손을 뻗어 만지고 싶은 얼굴들. 몇 달 전, 파리 북부의 한 은행이 몽땅 타버렸다고 한다. 그녀는 그곳으로 춤추러 갈 것이다.

불에 타 폐허가 된 은행, 그건 흔치 않은 무대장치다. 돈가방들은 연기로 변해 사라지고! 비물질적인 것조차 불에 타버렸다. 그러니 아무것도 믿어서는 안 될 것이다. 녹아 비틀어진 반지와 재로 변한 천들이 발견되었다. One night in Dresden. 수 톤에 달하는 종이가 뜨거운 공기에 밀려 파리까지 날아들었다. 계산서! 거짓말! 입금! 출금! 마침내 세상에 드러난 보관문서, 금괴, 현금, 숫자들…… 뭐야, 당신들, 정말 어느 정도였는지 내가 말해줘? 얼마나 크게 불이 났던지 빌렌 42번지에 사는 나, 조슬랭조차도 그 은행이 어디에 있는지 알고 있을 정도야.

오늘 저녁 프로그램은 단순하다. 재를 짓밟고 다닐 하이힐, 그리고 물론 미니스커트. 그럼 남자들은? 까마귀가 됩시다, 차가운 미소, 마피아 친구들 안녕!

이 모두가 오스만의 폐허 속에서 춤출 것이다. 물론 서면으로 된 초대장은 없다. 다들 알고 있고 서로 이야기해준다. 파리에 소문이 떠돈다. 까만 옷을 입고 오세요, 속에는 외계인용 녹색 내의를, 입장은 자유. 오늘 저녁에 봐요, 내일도, 영원히!

벽화들 사이에서 보내는 꿈같은 시간을 감히 누가 금지하겠는가?

한여름밤이다. 드니즈는 거의 준비가 됐다. 그녀는 한 손으로 얼굴을, 광대뼈를, 머리 전체를 마사지한다. 그녀는 하얗게 질린다. 그래도 계속한다. 거리가 한산해질 시각이다. 그녀는 엄지와 검지로 얇은 렌즈를 집는다. 눈꺼풀을 벌리고는 그걸 집어넣는다. 눈을 감는다. 잠시 숨을 내쉰다. 눈을 뜨고 거울을 본다. 드니즈는 둘째 렌즈를 검지에 올려 다른 눈에 끼운다. 자 됐다, 야성의 눈을 가진 비너스. 거울에 비춰봐도 아직까진 아무런 표시도 나지 않는다. 차분하고 생기 넘치는, 말쑥하게 차려입은 나의 드니즈.

불을 끄자 그녀는 노란 눈을 번뜩이는 고양이로 변한다. 바깥으로 나가자 행인들이 놀라 혼비백산한다. 그녀의 다리를, 그녀의 옷차림을 쳐다보는 사람은 아무도 없다! 사람들이 멍하니 바라보는 것은 그녀의 눈이다. 봤니? 저 여자 봤어? 눈이 뻥 뚫렸어!

그래, 나의 드니즈, 유황을 뿌려놓은 렌즈야. 어둠 속에서 빛을 발하지. 그렇게 갉아먹힌 얼굴을 하고 그녀는 무엇이든 할 준비가 되어 있다.

드니즈는 말없이 파리를 가로지른다. 그녀는 다시 한번 눈을 감는다. 수 킬로미터를 나아갈 때까지 계속 감고 있다가 번쩍 뜬다. 오페라 역, 완벽하군. 그녀는 길 위로 올라온다. 어둠 속에 하늘을 찌를 듯이 솟은 그림자들이 어렴풋이 드러난다. 사람들이 판자문을 밀친다. 그 뒤에선 폼페이 축제가 벌어지고 있다.

덩치 하나가 우리에게 인사한다. 귀에 대고 있는 무전기에서 알아들을 수 없는 소리가 지직거린다. 성은? 이름은? 이게 누구야, 드니즈 아냐! 미안해, 너인지 몰랐어. 자 들어가! 일층 공사장을 가로질러가야 돼, 다리 조심해, 잘못하면 다치니까. 좀더 가면 대리석으로 된 층계가 나올 거야, 금고실로 내려가, 지하 이층이야.

드니즈는 잔해들 사이에서 비틀거린다. 사방에서 삐걱거리고 떨어지고 난리다. 나에게는 드니즈의 눈밖에 보이지 않는다. 금고실 입구에서 사람들이 돌아본다. 야 이게 누구야, 드니즈 라뇨 아냐! 드니즈! 왕자들이 그녀를 맞이한다. 자본가들이 그녀를 유심히 살핀다. 그녀가 들어가도록 사람들이 거대한 구리문을 열어준다.

이 페루에는 금이 없다, 당신은 지옥의 입구에 와 있다.

마틸드는 방탄유리 뒤에서 우리를 살피고 있는 사람에게 표 두 장을 당당하게 내민다. 좋아요, 들어가세요. 먼저 광란의 스펙터클에 대한 온갖 선전문구들이 눈에 들어온다. Sarajevo's nights, kill paint ball folies, 당신 안에 숨어 있는 괴물을 풀어주세요…… 우리는 금속탐지기가 작동하는 문 앞에 줄을 선다. 두 손을 든 채 나는 통과한다. 반응 없음. 경비원이 내 몸을 이리저리 더듬는다. 손이 엉덩이에 와 닿는다. 난 숨긴 것 없어, 탐지기가 찾아낸 건 내 살밖에 없다고. 발레를 추게 하려면 음악이라도 틀어줘야지.

폴란드의 얼음처럼 차가운 손을 가진, 마틸드의 아들 나 조슬랭, 유일한 여자 마엘을 사랑하는 백수, 나는 한 여자의 팔짱을 끼고 천국으로 들어간다. 우리 백성들이 우릴 기다리고 있다. 마틸드는 자신의 드레스, 다리 위에서 살랑대는 밝은 색의 튜닉을 찢었다. 한껏 상기된 표정이다. 나는 그녀의 손을 잡고 달려간다, 가슴엔 훈훈한 공기를 담고. 돌로 된 궁륭 아래 회색 시멘트 바닥. 구름다리 모양의 통로들이 공연장으로 이어진다. 사람들은 서로 살을 비벼대며 수백 명씩 떼를 지어 몰려든다. 중앙에 검은색의 반들반들한 무대가 펼쳐져 있다.

하룻밤의 바벨탑. 사세요! 파세요! 휘황찬란한 요요. 자 구경들 하세요, 친구들, 웬만한 건 다 있어요, 파스칼 12, 파렌하이트 EX! 손들이 즐거운 전쟁을 벌이는 좌판. 장사꾼들이 입에서 불을 뿜는다. 세금 없는 노다지니까. 좀더 안쪽, 자욱한 먼지 속에서 사람들이 술을 마시고 몸을 흔들어대고 있다. 광기 어린 쾌락. 여자들이 서로 뒤엉킨다. 헤아릴 수 없이 다양한 아름다움을 지닌 단 하나의 몸. 그건 신들의 면전에서 벌이는 도취이자 타락이다.

우리는 얼굴이 없다. 위대한 세기의 아가씨들이 빙그르르 돈다. 빵빵한 가슴, 꽉 끼는 옷을 타고 흘러내리는 몸. 마틸드와 나는 웃는다. 모르긴 해도 족히 이삼천은 될 듯한 사람들이 노래를 부르고 있는 이층 관람석으로 올라간다. 핏속을 달리는 묵직한 베이스음의 으르렁거리는 소리가 옆구리를 친다. 마틸드가 단숨에 머리카락을 풀어헤친다. 정말 엄마 맞아? 리듬에 따라 우리는 박수를 치고 발을 굴러댄다. 우리의 신들은 어디에 있지? 저 아래 무대 앞에서는 멋쟁이들이 치마부대를 향해 몸을 던지고 있다. 몸들은 벌써 기진맥진해 있다.

마틸드는 안개처럼 뿌연 공연장의 공기를 들이마신다. 파리의 슬픈 여은행가는 눈물을 꾹 참고 있다. 엄마, 고개를 들어요! 나는 그녀의 목덜미에, 소금기가 밴 팔에 입을 맞춘다. 요란한 조명 속에서 나는 내 여배우를 껴안는다. 파동이 우리를 관통한다. 여기, 저기, 카네이션, 꽃무꽃, 비가 되어 우리 얼굴 위로 쏟아진다.

난 이렇게 많은 여자들을 본 적이 없어. 푸른 눈, 검은 눈, 거의 벌거벗은 채 사슬을 친친 감고 있는 아가씨들, 머리를 빡빡 밀고 거만한 표정을 짓는 여자들! 그리고 남자들 사이를 흐느적거리며 돌아다니는 통굽의 노란 신발들. 주님, 당신의 동정녀들이 여기 있나이다. 노예 퍼레이드, 아, 난 봤어! 열어젖힌 저 블라우스, 저 가면, 저 진주들, 안 돼! 마틸드조차 손바닥으로 아직은 어린 내 두 눈을 가린다. 기다려, 조슬랭, 아직은 좀 이르지 않아? 아무것도 모르는 너한테는. 오히려 좀 늦지 않았나요? 나는 그녀의 손을 치운다. 그들은 장화를 신은 채 무대로 올라간다. 그곳에는 술에 취한 한 커플이 춤을 추고 있다.

첫 스펙터클에 난 내가 짊어진 멍에들을 잊는다. 몰로크* 암컷에게 내 지옥의 손을 슬쩍 갖다댄다. 아, 교태 어린 도망! 이전의 모든 꿈은 사라져버렸다. 왜냐하면 나 조슬랭은 여기 쇠문 앞에 와 있으니까.

무대 뒤에서는 사람들이 멍하고 정신나간 표정으로 자기 몸에 주사를 놓고 있다. 내 오른편에 있는 여자가 자기 팔에 주사기를 찌른다. 손에, 팔뚝에 툭툭 불거져나온 핏줄. 그녀는 몸을 굽히고는 검은 눈으로 나를 바라본다. 망각의 무리가 날 비웃는다. 그들에겐 단련된 감각과 열린 몸들. 단순한 나에겐 엄마와 밤, 마엘이라면 결코 꿈꾸지 않을 이 궁륭 안에서.
가수들이다. 입장 한번 끝내주게 하는군! 세 개의 머리채가 물결치며 미끄러진다, 으르렁대며 고함을 질러댄다. 가슴이 섬뜩하다. 난 신나서 들떠 있는 마틸드를 붙든다. 우리의 관자놀이에 쏟아지는 금비. 우리 군중은 노래를 불러댄다.

---

* 도마뱀의 일종.

I want to crush the president,
I want to crush the president!

잠시 후면 우리는 거리를 헤맬 것이다. 하지만 이 순간 난 쾌감으로 몸을 떤다. 사람들이 열광한다. 발을 구르고 주먹으로 치고 난리다. 마틸드도 넋을 놓고 눈물을 흘리고 있다. 바깥에서 사이렌 소리가 들려온다. 나는 폴란드 식으로 건배한다. 푸른색과 붉은색의 벼락, 독일을 위해 롤프를 위해, 자르조 집안을 위해, 기젤라를 위해, 난 무대 위로 던져진 저 짧은 치마를 바친다, 저 브래지어를 바친다, 누가 던진 거지? 신발 하나, 그 다음엔 둘, 그 다음엔 백, 그 다음엔 만, If you want to crush the president, throw your shoes up on the stage, 어이 친구 자네 구두를 던져버려, 구두들이여 아멘, 여러분 신발을 던져버리세요, 그러자 황당하게도 무대 위로 신발들이 비처럼 쏟아진다. If you want to crush, 자 던져요, 무두질이 잘 되지 않은 살, 무대를 꽉 채운 역겨운 가죽 냄새.

공연장은 우리의 움직임으로, 고함으로, 소리로, 짐승의 노래로 떠내려갈 듯하다.

마틸드는 흐트러진 몸을 나에게 맡긴다. 에덴의 황홀감에 젖어 우리는 기진맥진한 몸을 이끌고 낄낄거리며 달아난다. 비틀거리며 발길이 닿는 대로 걸어간다. 소금, 수은, 유황.

우리는 빛 한 줄기 없는 세상으로 미끄러져 내려온다. 침묵에 잠긴 도시 한가운데에서 엄마가 뭐라고 끝없이 지껄여댄다. 나는 이미 그녀가 베티나 때문에 울고 있다는 걸 알고 있다. 그녀가 사랑했던 베티나, 사방에 유리 조각이 널린 도로 위에 갈가리 찢긴 몸으로 널브러진 베티나.

그렇게 오랜 세월이 필요치 않을지도 모른다. 또 어디론가 훌쩍 떠나고 싶은 마음이 들면 아버지는 벌판에서 돌아올 것이다. 순백의 사랑은 잊은 채! 이제 끝났어, 풀 위로 숙인 당신의 몸, 잡초를 골라내고 녹여주고 씻겨주는 빈털터리 베티나.

세상으로 나와 우리는 십자가에 못 박힌 롤라를 위해 기도한다. 주여, 당신 품으로 날아드는 회색 비둘기 한 마리를 두 팔 벌려 따뜻이 맞아주소서.

이런 순간들을 통해 나는 본다. 오 쉬지 않고 어디론가 흘러가는 나, 오 바람처럼, 이곳저곳으로 흔적도 없이. 군중 사이에서 빠져나오자 나는 어디론가 떠나는 자신을 느낀다. 마틸드와 나는 거리를 따라 하염없이 걷는다. 오페라, 마들렌 사원, 콩코르드 광장. 우리는 차가운 바람 속에 머리를 묻는다. 잠시 후면 머리가 맑아질 것이고 우리는 자초지종을 밝힐 수 있을 것이다. 나는 기다린다, 해명을, 고백을, 솜처럼 가벼운 앎을! 그러면 이후의 내 삶은 마침내 쇠붙이에서 벗어나게 될 것이다.

불어오는 바람 속에 나는 또다시 영상들을 날려보낸다. 잊혀진 마엘, 말과 아이들을 사랑하는 나의 여자, 가발을 쓰고 지낸 내 열다섯 해! 독일 여자 마엘, 말 많은 빌렌, 긴 스타킹을 신은 로렐라이. 내 모든 추억들, 훔친 신상명세서, 꽃, 따귀를 때리는 아버지의 부드러운 손. 제기랄, 사는 건 즐거운 일이다.

엄마와 나는 주머니에 손을 찌르고 계속 걷는다. 눈은 맑은데 귀는 취한 듯 먹먹하다. 정신나간 짓을 벌인 다음 허겁지겁 달아나는 이 모습, 빌렌에서 보낸 내 금요일들과 다름없잖아요? 긴 그림자, 변두리의 밤을 채우는 발소리. 몇 마일을 벗어나서야 마틸드와 나는 웃음을 터뜨린다. 인간의 모습을 되찾는다.

난간을 붙들고 엄마는 잠시 숨을 고른다. 아무 이유도 없이 우리는 또다시 걸음을 재촉하기 시작한다. 그녀가 낯선 목소리로 툭 던지듯 말한다. 조슬랭, 오늘 밤 너에게 많은 것을 이야기해주마, 잘 새겨두거라.

말해줘요, 그래요, 마틸드, 난 이제 열다섯 살이 아니에요. 자동인형처럼 나는 서쪽을 향해 무의식적으로 걸음을 내딛는다. 일명 롤라 빌더라 불리는 마틸드, 그리고 이제 난 모든 것을 안다. 그렇다면 아버지는 엄마에게 아무것도 숨기지 않았던 것일까? 이틀 후면 우린 빌렌으로 돌아갈 것이고, 그러면 잔치는 모두 끝나는 것일까?

빌렌, 그곳에서는 주워모아야 한다. 나는 고철 더미에 파묻혀 죽어라 분류하고, 금요일이면 아버지가 주먹을 움켜쥐고 쫓아오기라도 하는 양 숨을 헐떡이며 달아나는 내 모습을 본다. 그러니까 모든 걸 다시 시작하는 거야? 파리가 내 혈관 속을 돌아다니는데도? 아냐, 난 못해! 즐기며 보낸 우리의 나날은?

눈물이 핑 돈다. 난 벽에 대고 손을 문지른다. 곧 속이 부글부글 끓어오르는 조슬랭, 피가 나도록 꽉 쥔 주먹.

나는 앞으로 전개될 이야기를 알게 된다. 마엘의 탄생, 그녀의 어머니 마담 자르조, 그녀의 꽃가게, 불타버린 공장, 도대체 우린 어느 꿈속에서 살고 있는 거지?

이제 우리가 걷고 있는 곳은 파리가 아니다. 대도시의 모습을 찾아볼 수 없는, 사방으로 길이 나 있는 어떤 변두리. 뮤즈들이여, 안녕. 우리는 지하로 난 고속도로를 따라 걷는다. 순간 펑음과 함께 뒤집힌 조그만 자동차 한 대가 벌건 불꽃을 튀기며 길게 미끄러져간다. 공포로 일그러진 두 얼굴.

마틸드가 나에게 입을 맞추고는 말한다. 난 저런 꼴 못 봐 조슬랭, 난 갈 테니까 네가 저 사람들 좀 구해줘! 그녀는 사라진다.

나는 마지못해 자동차를 향해 달려간다. 덩치 큰 남자가 피투성이가 된 채 걸어가고 있다. 이 녀석은 도대체 어디서 나타난 거야? 자비심으로 그리고 호기심으로 모여든 사람들 사이를 그가 비틀거리며 걸어가고 있다. 그가 소리를 질러댄다. 흘러내리는 피가 자꾸 눈을 가린다. 자동차를 주먹으로 쾅쾅 친다. 제기랄! 말도 안 돼! 그는 한 손으로 차체를 짚고 서서 빽빽 소리를 질러댄다. 그런데 여자는?

참, 잊을 뻔했다. 지독한 술냄새를 풍기는 그 피투성이 사내는 멋으로 이탈리아제 가죽구두를 신고 있었다. 그는 숨이 넘어가고 있는 클레르에게 욕설을 퍼붓는다, 멍청한 년, 그는 자동차에 대고 마구 발길질을 한다, 뒤집힌 차의 창들을 모조리 깨부순다. 나는 터널 속에서 설쳐대는 그 괴물을 밀쳐낸다. 우리는 뒤쪽 창문을 통해 클레르를 끄집어낸다. 오, 젖은 종이처럼 흐느적거리는 꼭두각시! 몇 살이나 먹었을까, 열일곱, 열여덟 살? 사랑에 빠진 어린 소녀가 행복한 밤을 보내기 위해 놈팽이와 함께 달아난다……

세 시간 동안 술을 퍼마신 사내는 그녀를 때리기 시작한다, 넌 형편없어, 정말 형편없다고, 클레르는 시속 140킬로미터로 달리고 있는 차의 문을 연다, 이제 널 사랑하지 않아, 안녕, 섬광, 굉음, 삶이여 안녕.

세상을 향해 열린 노란 눈 내 손을 잡고 클레르는 눈을 뜬다 한 쪽 눈만 떴다 그녀는 머리를 매만진다 친절하구나 이름이 뭐니 난 조슬랭이야 난 클레르 클레르야 그런데 이름이 뭐라고 했지 나한테 말해줬잖아 아 그래 그거야 나를 사랑하는 사람은 어디 있지 그가 춤을 춰 춤만 추었어 나쁜 놈 어쨌거나 난 이제 그를 사랑하지 않아 춤만 추다니 차 때문에 벌금을 물어야 할 거야 외투로 날 덮어주다니 너 참 친절하구나 추워 순한 짐승의 모피가 참 따뜻하구나 그래 넌 정말 친절해 그런데 내 브래지어는 왜 푸는 거야 네가 숨을 잘 못 쉬니까 클레르 제기랄 피가 흐르잖아 내 칼 착 이제 됐어 이제 숨쉬기가 편할 거야 그래 가만히 숨을 좀 들이마셔봐 윗도리 외투에 싸여 클레르는 무너져가고 있다 사람들이 눈물 글썽한 눈으로 그녀를 살핀다 상처입은 방울새가 꺼져가는 목소리로 노래를 부른다 걱정하지 마 클레르 말을 해 말을 이제 곧 구조대가 도착할 거야 소리 들리지 오늘 밤은 정말 근사했어 그런데 다비드가 술을 너무 마셨어 그래서 많은 사람들이 보는 앞에서 엉망진창인 꼴로 나 못생기지 않았어 말해봐 조슬랭 피로 얼룩진 내 이상한 가발을 본 거야 산산조각이 난 채 아스팔트 위에 늘어져 있는 내 다리는 여전히 예쁘지 이제 시간이 됐어 친구들 여러분을 사랑해요 저것 좀 봐 빛이 보여요 그들이야 정말 근사해!

투구를 쓴 구조대원 세 명이 산소통, 질소통을 들고 트럭에서 내린다. 대장이 무릎을 꿇어 맥박을 짚어보고 눈을 살핀다. 별거 아니다, 애야, 괜찮아질, 픽! 나쁜 놈! 면상에 한 방, 술에 전 다비드가 미친 듯이 성깔을 부리며 우리에게 물통을 휘두른다. 맙소사, 그래도 난 선의를 베풀었는데. 뒤편에서는 고함을 지르고 빵빵거리고 난리가 났다. 저 자식들 뭐 하고 자빠진 거야! 또 사고야 뭐야! 경찰들이 등장한다. 그들은 뒤집힌 차 위에 올라 서 있는 다비드를 포위한다. 순한 양처럼 그는 떨고 있다, 감히 어떻게 하지 못한다, 한숨을 쉰다, 두 손을 비비꼬며 미소를 짓는다, 열 명 남짓의 경찰이 조금씩 그에게 다가간다, 그중 하나가 달려든다, 됐어 미친놈을 잡았어, 모두가 달려든다, 그리고 나 숲의 조슬랭은 손 위로 툭 떨어지는 클레르의 턱에서 새의 부드러움을 느낀다 시간이 멈춘다 그녀는 숨을 거둔다.

새벽, 드니즈는 순순히 문을 열어주었다. 난 들어갔다. 몸에 상처를 입고, 덧없음에 취해, 나 조슬랭은 그녀에게 기대어 한없이 울었다.

그녀는 내 얼굴을 어루만져주었다. 그녀는 내 얼굴에서 모든 물그림자들을 보았다.

어땠어 조슬랭! 공연은? 좋았어?

나는 그녀에게 그날 밤 내가 본 것들을 이야기해준다. 바벨의 무대 위에 던져진 수많은 신발들. 그리고 바람에 흩날려간 가엾은 클레르. 그래요 드니즈, 우린 치고박고 싸웠어요.

경찰들은 다비드에게 수갑을 채워 트럭에 태우고는 앰뷸런스를 따라가버렸다. 그는 감옥에 갇혀서야 술이 깼다. 그리고 클레르는 시체안치소에. 안치소 직원이 그녀가 입고 있던 블라우스의 단추를 채워주었다. 성녀가 또 한 명 왔군. 그들은 시체에 묻은 때를 지우기 위해 애도의 눈물을 기다린다. 모르긴 해도 내 숨결만으로 충분하지 않을까?

우리 부패하지 않는 살, 우리 길 잃은 여행자들, 생명의 화살, 나의 첫여인 드니즈 그리고 나 조슬랭은 서로 달려든다.

나는 그녀의 생명을, 열에 들뜬 그녀의 눈을 바라본다. 이제 곧 우리는 잠자리에 들 것이다.

씻어, 조슬랭, 씻고 와. 마치 엄마처럼 그녀가 말한다. 내 집에 있는 도자기처럼 네 몸을 매끈하게 다듬어. 이대로는 널 안아주지 않을 거야.

마침내 난 그녀 곁에 몸을 누인다. 우리는 시트를 뒤집어쓰고 장난을 친다. 난 짐승처럼 달려든다. 구더기처럼 땅에 엎드려 지낸 세월을 잊는다. 우리는 아침의 영혼이다. 그녀는 악동에게 자신을 연다. 나는 그녀의 눈을, 바다를 바라본다. 일어서서 난 그녀에게 입을 맞춘다. 봐요, 드니즈, 당신이 단 한 번도 본 적이 없는 모습 그대로의 조슬랭을 봐요.

우리는 잠시 숨을 돌린다. 난 그녀에게 말해준다, 그래야만 하기 때문에. 마틸드와 나는 내일 떠나요. 이젠 아버지가 안 계시지만 그래도 우린 계속 일할 거예요. 빌렌이 우릴 기다리고 있어요. 이제 당신은 이 아이 같은 손을 다신 볼 수 없을 거예요. 나는 머지않아 곱추가 되겠지요, 아니면 나 역시 뻣뻣하게 굳은 팔로 운전대를 잡고 길을 달리거나. 기름 냄새를 폴폴 풍기며, 더러운 개처럼, 당신이 나에게 다가올 엄두도 못 낼 정도로. 온 세상을 돌아다니며 물건들을 실어나르겠지요. 세관원들은 날 건드리지 않을 거예요, 시마르의 아들이야, 그냥 둬, 불쌍한 녀석! 다들 그렇게 말하겠지요, 예전처럼, 별을 보며 잠들던 내 십오 년간의 금요일들처럼.

드니즈 역시 벌거벗고 있다. 내게 살포시 연 그녀의 인간적인 입술, 그녀의 이마 그녀의 눈.

 당신의 뺨 위에 내 고통을 남겨두고 갈 게요. 빌렌이 다가오고 있어요. 엄마도 더이상 지체하지 않을 것이고, 나 또한 다른 삶을 향해 달려가야 하기 때문에, 이제는 사라져야만 해요. 나는 얼굴에 머리카락 한 올을 늘어뜨린 채 곤히 잠들어 있는 천사를 힘껏 껴안는다. 그녀는 남자의 탄생을 보았다.

 기차 안에서 나는 거리의 클레르를 잊는다. 나는 배신당한 나의 로렐라이를 읊조린다. 눈앞에 내일이 펼쳐져 보이는 것 같다. 아이처럼 맑은 모습으로 나는 동쪽의 극장으로 가리라. 내 여자친구들에게 인사하리라. 우리의 아버지들의 모든 것을 알게 되리라. 어느 누구도 더이상 나를 민들레라 부르지 않으리라.

 마틸드가 미소지으며 날 바라본다. 파리에서 재미있었지? 그 정신 나간 짓거리들 하며! 강철 핏줄을 가진 벨라돈나!* 난 엄마의 어깨에 기분 좋게 머리를 기대고 잠이 든다. 나는 또다시 벙커와 마엘 꿈을 꾼다, 이 분장실 저 분장실을 기웃거린다, 나의 로렐라이 우리가 간다, 우리 정령세계의 열렬한 전사들이.

---

* 이탈리어로 '아름다운 여인'이라는 뜻.

2부

그리스도의 성의(聖衣).

어떤 신앙심 깊은 작가가 쓴 책에서 읽은 적이 있는데, 전설에
따르면, 그리스도가 어린아이였을 때 성모 마리아가 옷을 한 벌 지
어주었는데 그가 자라자 옷도 함께 자라났다고 한다.

일기, 1850년, 키에르케고르

변하는 것이라곤 아무것도 없는 빌렌, 난 여전히 고철을 납작하게 찍어누른다. 우리는 다시 예전처럼 일한다. 납작해진 파이프와 철판들을 포개 하나의 마그마로 만든다. 그런 것들이 마당에 잔뜩 널려 있다. 조르주가 떠나자, 우리는 마당이 텅 비어버릴까봐 두려워했다. 하지만 든든한 밑천을 마련한 우리는 싸구려들을 차곡차곡 사모은다. 우리 손에 떨어지는 것이라면 모조리 사들인다. 19세기의 잿빛 금을, 떼지어 몰려오는 노예들을.

마틸드와 나는 매일 아침 차양 아래에 앉는다. 엄마의 다리 사이로 고철들이 줄지어 지나간다. 그녀의 손은 낮이면 거칠어진다. 쇠붙이와 씨름을 벌이는 생살. 나는 꿈의 기계장치에 대고 곡괭이질을 해댄다.

며칠 만에 우리는 다시 예전 모습으로 돌아와 있다. 우리는 도(道) 전체에서 몰려드는 고물들을 박살낸다. 조르주는 떠났지만 우리는 남았다. 고철 더미 사이에. 우리는 희귀한 부속, 돈 되는 함석들을 발라낸다. 우리는 슐레지엔의 용광로와, 수수께끼 같은 고철의 용도를 생각한다.

나는 또다시 쇠처럼 뻣뻣해진다. 불쑥 치미는 분노, 꽉 다문 턱, 예전의 조슬랭이다. 나는 편집광처럼 집요하게 고물을 부순다. 손봐야 하는 이 모든 쓰레기들. 악취가 진동하는 이 더러운 잿빛 쓰레기들. 마당에 늘어놓으면 그것들은 금방 부식된다. 다행히도 베베르와 캉탱이 그것들을 몽땅 실어간다.

프레임? 좋아. 모루? 그것도. 그들은 이 말밖에 모른다. 내가 맡지. 전자회로? 좋아. 구리열선? 훌륭하군. 우리는 도무지 이해할 수가 없다. 하지만 그건 중요하지 않다. 중요한 건 팔아치우는 일이다. 그들에게 우리의 장기(臟器)들을, 그 점액을 넘기는 것이다. 마틸드와 나는 구역질을 하고 만다.

파리는 금방 잊혀져갔다. 세련된 거리, 로비와 포석, 그 향기를 이젠 기억할 수 없다. 분명하다, 우리는 결국 그것들을 꿈꾸게 될 것이다.

당분간 우리는 하얀 숲속, 이곳의 강가를 거니는 것으로 만족한다. 마틸드와 나는 독일 근처에 사니까.

매주 월요일 새벽, 캉탱과 베베르가 온다. 앞서거니 뒤서거니 거대한 트럭을 끌고. 우리는 그들에게 우리가 가지고 있는 금을 넘긴다. 그들은 찬탄의 눈빛으로 그것들을 살펴본 후 일주일 여정의 여행을 떠난다. 둘이 함께 가니 겁이 덜 나는 모양이다. 아버지가 있었으면 했겠지만, 어쩌겠는가! 그는 자신의 길을 택했으니. 슈빔브로트도 여전하다. 집시들이 벌이는 소동? 아, 그래야 가끔씩이라도 신이 나지!

금요일, 그들은 녹초가 되어 돌아온다. 일요일이 되어서야 돌아올 때도 있다. 그들은 우리에게 우리 몫의 달러를 건네준다. 물론 그들 몫은 따로 있다. 얼마인지는 모르지만 마틸드와 난 따지려 들지 않는다. 가발을 살 만한 돈이 들어오기만 한다면!

다람쥐 쳇바퀴 도는 듯한 생활이 이어진다. 영원히 계속될 것처럼. 가끔 나는 그 대가로 우리에게 돌아오는 게 뭐지? 하고 자문한다. 쌀? 눈〔雪〕? 이에 으깨지는 딱딱한 감자?

저녁이면 난 마틸드를 씻어준다. 우리는 이제 금요일을 기다리지 않는다. 나는 그녀의 등, 팔, 뺨, 발, 배를 문지른다. 그녀는 예전처럼 미지근한 물에 손을 불린다. 나 역시 그렇게 한다. 언제나 준비가 되어 있어야 하니까. 나는 묵직한 세탁비누와 재를 사용한다. 그리 우아하지는 않지만 묵은 때를 벗기는 데는 그게 최고다. 나도 부드러워지려고 애쓴다.

찌든 때를 문질러 벗기다보면 끝내는 말끔해질 날이, 꿈결처럼 부드러워질 날이 오리라고 되새겨본다.

나는 내 방으로 올라가 로렐라이를 읊는다. 모아쥔 손, 곤두선 털, 난 자세를 잡는다.

> Mein Herz, mein Herz ist traurig.
> Doch lustig leuchtet der Mai ;
> Ich stehe, gelehnt an der Linde,
> Hoch auf der alten Bastei.*

상자에서 흠집 하나 없는 나의 마엘, 눈부신 머릿결이 반짝이는 검

---

*내 마음은, 내 마음은 슬프다.
오월은 이렇게 찬란히 빛나건만
나는 서 있다, 보리수에 기대어,
저 높은 곳 옛 성(城) 위에.

은 사진을 꺼낸다. 그녀가 남긴 몇 안 되는 낱말들을 어조를 바꿔가며 수없이 읽어본다. 나 말 못하는 식물, 나는 사랑스러운 그녀를 누일 거대한 진홍빛 잎새를 꿈꾼다. 잠이 오지 않는다. 나는 마틸드처럼 쇠고리로 손을 긁어댄다. 피부를 긁는 쇠의 감촉에는 이미 익숙해져 있다.

역에서 집으로 돌아올 때 우리는 황량한 빌렌을 걸어서 가로질렀다. 조제핀이 우리에게 인사를 하러 내려왔다. 어이, 파리지앵들! 어땠어? 그녀는 몹시 들떠 있었다. 엄마의 허리를 감싸안고는, 말해봐 마틸드, 재미 좀 봤어? 콘서트에 간 그날 밤, 나한테 얘기해줄 거지?

헤어질 때 그녀가 나에게 다가왔다. 쿠바색 스타킹을 신은 미녀가 사나이에게 찰싹 들러붙어 그의 어깨에 한 손을 올려놓았다. 그리고 나 조슬랭은 그녀의 허리를 확 휘어잡았다. 그녀가 불현듯 말했다. 네 생각 많이 했어, 조슬랭, 무슨 말인지 조금 있다 알게 될 거야. 마틸드는 듣지 못했다. 그리고 나는 내 침실에서 내 몸을 적셔줄 향유 한 병을 발견했다. 애정 어린 선물. 매번 날 쫓아냈던 그녀가! 내가 사나이가 됐다는 걸 알아차린 거야. 그래서 이젠 그녀가 굽히고 들어오는 거야, 기중기 운전사, 벤조디아제핀*의 왕, 분을 바른 파괴자, 나 조슬랭 14세에게.

이승의 여행객, 나 조슬랭은 마엘이 오지 않나 살핀다, 나는 너를 향해 걸어간다, 이번에는 팔을 뻗기만 했지만 다음에는 너에게 가 닿으리라.

---

* 항불안제의 일종.

검은 동쪽은 우릴 위해 뭘 준비하고 있는 거지? 어떤 거래를? 방사능에 오염된 우리 몸에 또 어떤 줄무늬를?

뭐든지 닥치는 대로 먹어치우는 그들은 도무지 말이 없다. 우리는 그들에게 우리가 가지고 있는 쓰레기를 가져다준다. 바다처럼 넘실대는 용암, 부수고 녹이는 작업의 순환, 전례 없는 가혹한 고문.

사람들이 떼를 지어 동쪽의 얼굴들을 향해 달려갔다. 오, 나의 어린 양, 구걸과 매춘에 지쳐 잠든 나의 집시여인, 오 치마를 입은 나의 아이, 그리고 더럽혀진 너의 레이스! 그건 온통 괴테의 동쪽이다, 오 나의 괴테 나를 용서하소서, 그들이 무슨 짓을 하고 있는지 난 모르나이다.

수송행렬이 어두운 강을 향해 끝없이 이어지고 있다고 한다.

런던에서도 난 그것들이 불타고 있는 걸 보았다. 숫돌처럼 검은 아침 난 강철이 출발하는 걸 보았다. 사람들은 그걸 기계 옆구리에 케이블로 고정시켰다. 그러고는 남쪽으로, 이어 동쪽으로 내달렸다. 변두리, 바다, 한없이 늘어선 굴뚝, 창고들을 거쳐.

난 아침마다 바퀴가 네 개 달리고 지붕을 하나 없은 매혹적인 조그만 고물차를 몰고 금속의 길을 달렸다. 나는 그 거대한 괴물들이 굴러가는 걸 보았다.

백작이자 플랜태저넷 왕가의 후손, 나 조슬랭 드 빌렌*은 런던을 떠돌아다녔다. 도주와 사랑, 그리고 세월이 흐른 후에, 마엘 난 널 찾아 북구의 성벽들을 헤매었어. 넌 우리 아버지들의 얼굴을 내게 이야기해주었지.

하지만 난 지금 이유 없이 달리고 있다. 여긴 빌렌. 난 열여섯 살이다.

밤이면 우리는 정해진 시각 없이 잠자리에 든다. 내가 곁에 몸을 누이면 마틸드는 어린 시절의 슐레지엔에 대해 이야기해준다. 사람들이 삼층 높이에서 큰 통 속으로 쇠붙이를 던져넣는다. 용광로는 몇 주 전부터 시뻘겋게 타고 있다. 하늘을 향해 불꽃을 뿜으며 몇 톤이나 되는 쇠를 집어삼킨다. 2킬로미터나 떨어진 곳에서도 풀이 뜨거운 공기에 타 붉게 변색된다. 숨도 제대로 못 쉰다. 심장이 벌떡거린다, 잠시도 멈추지 않는 그르렁거리는 소리, 훨훨 타오르는 불, 옮겨지고 삼켜지는 금속.

작업복을 입은 사람들이 오간다. 그들은 질식할 것처럼 헐떡인다. 뼈를 발라낸 트럭들 틈에서 일하는 그들 사이엔 이상한 침묵이 감돈다. 석유 기름 고무가 녹아내리는 열기의 세계. 통째로 구워지는 느낌이다. 하지만 기계가 돌아가기 시작하면, 어쩔 도리가 없다.

마틸드와 나는 볼이 발갛게 달아오른다. 내 손 위에 얹은 그녀의 손, 나는 동쪽을 잊고 잠이 든다.

---

* '빌렌의 조슬랭'이라는 뜻.

꿈틀대는 영상들 중에서 난 클레르를 본다. 조슬랭, 나야. 생각나니? 시체안치소에서 보낸 며칠이 끔찍하긴 했지만 이젠 모든 게 나아졌어! 내 다리를 좀 봐, 사람들이 말끔히 지워버렸어. 톱밥으로, 내 살이 얼마나 부드러운지. 내 손은 순결해. 나도 너처럼 블라우스를 풀어헤칠 거야, 여기 단추들이 있잖아, 활짝 열어, 손으로 여기, 저기, 이 하얀 피부 나의 조슬랭. 네 거야! 그래 네 거야! 난 차디찬 지하에선 아무것도 보지 못했어. 난 완전히 새사람이야, 알아, 튼튼한 골격, 어깨엔 지옥의 실리콘! 가까이 와! 나야, 클레르라고! 네 손을 쥐 봐, 차갑기도 해라, 맥박이 정말 느리구나!

나 구세주 조슬랭에게 이런 목소리가 들려온다, 못 믿겠으면 가까이 와봐, 나는 내 뻣뻣한 손을 그녀의 어깨와 가슴에 올려놓는다, 내 오른손이 미끄러진다, 정말 신비로울 만큼 부드럽구나, 클레르, 곁에서 들려오는 달콤한 그녀의 목소리, 내 손이 왼쪽으로 내려간다, 이런 상처잖아. 그래, 피야 조슬랭, 난 근원이고 생명이야, 네 손을 거기다 놓아둬, 내 사랑!

마틸드는 자고 있다. 난 창문을 열고 잠시 심호흡을 한다. 그리고 언제나 이 말, 꿈에서 꿈으로, 지중해에서 영불 해협으로 떠도는 이 말, 도대체 왜.

가끔 엄마는 아침부터 마르셀 퐁텐에게 달려간다. 그에게 계획이 있는 모양이다. 공장을 살리기 위해 구식 옷들을 짜겠단다. 시트, 속옷, 가공되지 않은 부드러움. 더이상 정전기의 뻣뻣함 속에서 살지 맙시다! 머리칼을 곤두서게 하는 목욕가운을 벗어던집시다! 예전처럼 진짜배기를 입어 몸을 소중히 합시다!

그래서 우리의 당통*들은 기계를 두고 모의를 한다. 그들은 빌렌 입구에 있는 창고에 하루 종일 틀어박혀 지낸다. 짜고 풀고 다시 짜는 데에 몇 시간을, 며칠을 보낸다. 난 그렇게 자유로운 엄마의 모습을 본 적이 없다.

그러니 고물상에서는 내가 대장이다. 그렇다고 농땡이를 피운다는 말은 아니다. 나는 저녁시간을, 나의 일당을 기다린다. 엄마는 내게 몇 푼을 쥐여준다, 그만한 일을 했으니까. 그러면 난 극장으로 간다.

처음에 마니피카는 겁을 집어먹었다.

안녕! 어떻게 지내세요! 난 소리쳤다. 저 기억하시죠? 우리 예쁜이

---

* Georges Jacques Danton(1759~1794), 프랑스의 혁명가, 정치가. 로베스피에르에 의해 숙청당했다.

들은요?

그는 나를 다신 못 볼 거라 생각한 모양이다. 보통, 열흘간 땡땡이를 치면 얼굴을 디밀지 않는 것이 정상이다. 나는 분장실로 올라갔다. 예쁜이들, 클로틸드, 프랑스, 베레니스를 안아주었다. 모여봐, 파리 이야기를 해줄 테니까. 그들은 날 경외의 눈길로 바라보았다.

내 상자 속에는 가발 두 개, 밑창에 금박을 입힌 무도화들. 잠깐 사이에 난 다른 사람이 된다. 하얀 머리털, 나란히 채운 단추, 완전히 장군이야, 풀을 먹인 듯 뻣뻣해져서 나는 볼에 분칠을 한다. 누군가 내 입술에 연지를 발라준다.

단원들의 움직임이 바빠진다. 난 그들보다 앞서 무대로 나간다. 쇠막대를 든 손으로 장막을 헤치고 살금살금 무대로 나간다. 조명이 비치자 난 여왕처럼 빛을 발한다. 오늘 저녁 관객은 많아야 쉰 명 남짓이다. 내 왼쪽에 앉은 예쁜 여자 한 명이 나를 보고는 몸을 부르르 떤다. 난 이미 그녀를 쳐다보지 않는다. 내 타이탄 막대가 진동한다. 나는 또다시 빌렌에 천둥을 날려보낸다. 놀라운 마술, 상상 속에서 그들에게 내 몸을 던진다. 자 이건 널 위해서야, 들어봐! 모조리 벗을지어다. 또 한 번, 난 웅성거림이 멈추기를 기다렸다가 바닥에 엎드린다. 더이상 난 존재하지 않는다.

막이 열리고 배우들이 등장한다. 나는 늘 하던 대로 자정까지 어슬렁거린다. 나는 귀를 기울여 듣다가 브리타니쿠스에게, 성가신 그 모든 인물들에게 대꾸를 해댄다. 난 빈둥거리며 시간을 보낸다. 하지만 감히 마엘을 찾아갈 엄두를 내지 못한다…… 내가 보낸 꽃을 보고 무슨 생각을 했을까? 그리고 그녀의 엄마는? 그녀가 있는 곳…… 7번 분장실…… 그곳을 알고 있는 지금에 와서는 적어도 귀를 기울이

거나 복도를 살펴봐야 하는 것은 아닐까.

극이 끝나자 나는 예쁜이들에게 파리에 대해 이야기해준다. 빙 둘러앉은 그들 가운데 서서 나는 연기를 펼친다. 검은 옷의 아가씨 얘기 내가 해줬던가? 난 에스컬레이터 앞에서 나날을 보냈어. 음산한 바다, 밀물, 매번 피곤에 찌든 얼굴 하나, 어린아이 하나, 사람들이 서로 밀친다, 두 녀석이 키득거리고 있다, 말다툼, 추적, 감정을 전혀 드러내지 않는 개 한 마리, 갈색 가죽옷을 입은 형사들.

나는 담배를 입에 물고 방청석을 쓰윽 둘러본다. 이야기를 끊어 긴장을 고조시킨다.

그때 예쁜 여자 하나가 아래에서 불쑥 나타난다. 더위에서 탈출한 여자는, 저 아래는 푹푹 찌니까, 남의 시선은 아랑곳 않고 치마를 올려 다리 하나를 쑥 내민다. 나는 거기 서서 관찰한다. 그녀가 나를 보고 살짝 웃는다. 담배를 피워문다. 여긴 금연구역이다.

나는 온통 검은색으로 차려입은 그녀를 몇 미터쯤 쫓아간다. 평판도 안 좋고 지저분한 시골 촌놈, 나에게는 전혀 가능성이 없다.

담뱃재가 그녀 발치에 떨어진다. 여러 사내가 그녀를 뒤를 따른다. 아마 저런 식으로…… 알 수 없는 일이다. 머리 위에서 감시 카메라 하나가 삐걱거리며 돌아간다. 그녀를 겨냥한다. 그들 역시 그녀를 포착했다.

잠시 후, 샤틀레 역, 그녀는 객차에 오른다. 거대한 역, 샤틀레, 그건 지옥이다, 복도에서 풍기는 케케묵은 냄새, 쫙 깔린 짭새들, 소음. 특히 그 부자연스러운 조명, 푸르딩딩한 얼굴들, 다른 몸들 아래 있는 그 몸들!

곧바로 내 새 여자친구는 문을 향해 돌아선다. 한 손으로 쇠기둥에 매달린다. 그녀는 기다리고 있다. 사람들이 내린다.

갑자기 꼼짝도 않고 그녀가 짐승처럼 길고긴 비명을 지른다. 무슨 영문인지 모를 끔찍한 비명. 그녀가 문을 향해 나아간다. 어쩌려고? 그녀의 손만이 떨리고 있다. 그녀는 입을 다물고 있다 울지도 않는다. 그녀는 신호가 떨어지면 열차에서 뛰어내릴 준비가 되어 있는 살덩이다. 추락이라도 하듯 플랫폼에 주저앉는다. 멍한 표정으로 사람들이 멀어지기를 기다린다. 그녀는 주위를 살핀다. 두 손을 내민다. 열차가 어둠 속으로 사라지자 소리를 지른다. 사람 살려, 살려주세요!

침묵.

대단한 이야기꾼이네, 조슬랭 녀석! 또다시 나 혼자다. 늦은 시각이다. 난 잠들지 않는다. 역시 집으로 돌아가야 하는 게 아닐까? 하지만 이미 너무나 많은 걸 알고 있다. 해볼 테면 해보라는 듯이 열려 있는 마니피카의 사무실에서 난 앞으로 몇 주간의 공연 프로그램을 찾아낸다. 마엘의 초상. 나의 우상. 이제 곧 넌 풀비아* 역을 하게 될 거야.

하지만 지금 넌 내 거야. 결국에는 들어가고야 마는 너의 분장실에서, 나 시마르는 비단을 만지고 호랑가시나무 향을 맡는다. 너 꽃의 아이, 잉걸불을 삼키는 여자, 내 사랑.

---

* 율리우스 카이사르가 죽은 뒤 권력투쟁에 참여한 마르쿠스 안토니우스의 아내.

양조업에 종사하는 아버지, 또 하나의 운명!

고철상의 아들인 나에게도 술을 삭히는, 어마어마한 통을 굴리는 그런 직업은 우습기만 하다. 그들은 우선 낡은 나무를 고른다. 그 안에서 벌레는 편안하게 너도밤나무를 포식하고, 향을 잔뜩 품은 버섯, 세균, 나르시스 갈대들은 포도주를 놓고 다툰다. 이 모든 썩은 것들이 오랜 세월 동안……

자르조 집안 사람들은 대대로 술에 절어 살았다. 분홍빛을 띤 손가락, 멍하게 풀린 눈, 불룩 나온 배, 지방 유지의 전형적인 모습! 오를레앙의 셰에라자드*들은 식초 상인들과 결혼한다.

석면 장갑을 끼고 마스크를 한 채 직접 일하는 건 노예들이다. 그들은 알코올에 대항해 싸운다. 미친 듯이 증발하는 알코올. 식물이건 동물이건 닥치는 대로 먹어치우는 알코올. 핵폭탄이나 베수비오 화산이 폭발한다 해도 그보단 나을 게다!

하하, 과장이 심했다. 마뒤살렘도 놀라자빠질 정도로. 양조통은 부

---

* 『천일야화』의 화자. 술탄에게 밤새 이야기를 해주는 대가로 목숨을 부지한다.

식되지 않는다. 식초는 그리 독하지 않다. 보잘것없는 소시민적인 직업이다. 그리고 식초는 더이상 발효하지 않는다. 그것은 '제조된다.' 나무와 벌레들 그리고 검게 물든 입으로.

알베르 자르조가 스무 살이 되자 집안에서는 그에게 식초를 팔러 다니라고 종용한다. 점잖고 부드러운 성품의 그가, 루아르 강가에 앉아 몽상을 즐기던 그가, 모래들의 친구인 그가 장사꾼이 될 수 있을까? 아무튼 견본 몇 개가 든 가방 하나 달랑 든 채 그는 험난한 장사의 길로 뛰어든다. 식초를 만들어 파는 건 쉬운 일이 아니다. 제조도 까다롭고 이문도 박하다. 알베르는 하루 종일 식초 얘기만 한다. 자르조? 대대로 전해내려오는 집안의 마크다. 뭐라고요? 모르셨다고요? 1682년 코르넬리우스 자르조 설립. 미주가에다 향신료 전문가인 걸출한 수도승, 코르넬리우스 자르조가 시조인데! 대단한 인물이었죠. 연금술에 일가견이 있는. 신앙인이자 인간사에 관심이 많은 발명가이기도 했어요. 그분은 공식의 대가였어요. 자르조만의 비법이 있죠. 완벽한 식초를 만들어내는.

알베르는 구구절절 읊어댄다. 가게주인이 너무 비싸다고 인상을 찌푸리면 그는 병을 하나 딴다. 플라스틱통에서 싱싱한 샐러드 잎 한 장을 꺼내 병에 넣은 다음 흔든다. 잘 보세요, 녹색 잎에 맺히는 붉은색 금을. 펄펄 끓잖아요!

맛 좀 보세요! 끝내줍니다! 세월이 익힌 은은한 색에다, 언제나 변함없는 감칠맛……

가끔 그는 주인에게 떠밀려 밖으로 쫓겨난다. 어린 수도승 놈, 지가 뭐나 되는 줄 아나보지? 완전히 수다쟁이 코르넬리우스로구만! 입 닥치고 꺼져! 가끔은 그의 말발에 녹아나는 통통한 돌 부인 같은 여자와 마주치는 경우도 있다. 어쩐지 귀족스러워요, 당신 얘기, 시 같기도 하구! 어쩜, 멋있게도 생겼지. 하지만 알베르는 그 이상을 원한다.

알베르는 차를 몰고 다니지 않는다. 기차를 타고 다닌다. 교외로 영업을 나가는 요즘, 그의 가방은 견본, 사진, 참고서류들로 한층 더 무거워졌다. 우리의 효소가 최고라는 걸 납득시키는 일은 쉽지 않다. 될 수 있으면 짙은 갈색 병을 사용하고 지하창고가 화강암으로 되어 있다고 선전해야 한다. 우리에겐 먹여 살려야 할 처자식이 있어요! 싸게 드릴게요! 가격을 좀 보세요, 힘 좀 써주시죠! 세 병이 두 병 가격이에요. 그 이상은 안 됩니다.

알베르는 기차, 택시, 교외버스 속에서 살다시피 한다. 정류장을 서성이며 차를 기다려야 하고 사람들이 가방에 대고 발길질하는 걸 막아야 한다.

이봐요, 조심하세요, 깨지는 물건이 들었으니까! 안에 유리가 있어요!

아, 유리라고, 대관절 뭔데 그러슈?

식초요, 자르조 표 식초병들이죠, 예쁘게 만들어주는 식초 말이에요.

아 그래요? 애들아, 저기 좀 봐, 넥타이 맨 저 친구 가방에 잔뜩 넣고 다니는 게 뭔 줄 알아? 식초란다! 훌륭하구만! 우리 맞바꿀까? 당신 가난 가질 테야?

알베르는 상인들의 웃음이, 아줌마들의 은근한 눈길이, 1톤이 안 되는 물량은 받아주지 않는 싸늘한 창고들이 무얼 뜻하는지 안다. 식초는 항상 뒷전이라는 걸, 겨자, 식용유, 마요네즈, 절인 오이 다음이라는 걸, 그게 일반적인 순서라는 걸 안다.

이 친구야, 자네도 알다시피 식초는 주요품목이 아닐세. 우리한테도 식초는 있어, 싸구려에다 단순한 걸로, 그래도 잘 팔린다는 걸 명심하게.

어느 날, 자르조 가족은 동쪽으로 진출하기로 결정한다. 알베르가 동부전선으로 파견된다. 가족들이 그를 격려한다. 프랑스 만세! 애야, 가거라, 싸우는 거야, 자르조를 널리 알리는 거야, 스트라스부르, 뮐루즈, 국경과 숲, 승리를 위한 프로그램은 이미 짜여 있어. 마음을 굳게 먹어, 애걸도 하고 협박도 하고, 신념을 가져야 해! 이렇게 해서 스물두 살의 알베르는 파리 동역 근처에 진지를 구축하게 된다. 한때는 잘나갔던 구식 호텔로 일주일에 이틀을 묵는다. 1인용 침대, 책상, 그 밖에 잡동사니들이 갖추어진 독방을 월세로 얻었다. 남잔지 여잔지 분간이 안 되는, 같잖게 거들먹거리는 아줌마 하나가 '부인의 길'이라고 불리는 이 호텔을 꾸려나간다. 사업가와 사제가 주고객인 호텔이다. 여긴 여자들은 안 받아요, 창녀들은 절대로, 세상의 악덕과는 철저히 차단된 쉼터죠.

수주일을 전장에서 보낸 알베르는 끝없는 잠에 빠져든다. 역의 북쪽 구간이 내다보이는 창, 방수포를 씌운 화물차들의 삐걱거림, 끊임없이 이어지는 덜컹거림. 인부들은 밤새 셈을 한다. 주고받는 목소리들이 아련히 들려온다.

우리의 알베르는 이 역을 그리 좋아하지 않는다. 루아르 강가의 모래가 손가락 사이로 빠져나간다. 그는 아무것도 없는 하얀 평원을 꿈꾼다. 그는 아슬아슬하게 꿈의 울타리를 탄다. 때때로 소스라쳐 잠에서 깨어난다, 못이 박혀 피투성이가 된 손.

아침, 베아트리스가 노크도 없이 들어온다. 커피를 가져왔다. 엄마 말로는 특별 서비스였단다.

알베르는 이 고된 생활에 점점 익숙해진다. 그는 이해할 수가 없다. 대대로 물려받은 재산, 그들의 성과 지하창고들, 그들의 술통과 하녀들! 그런데 왜 그만 쫓겨나 세상의 문을 두드리고 다녀야 하는 거지?

식초를 들고 들락날락거리는 동쪽의 알베르는 마치 쥐 같다. 모든 좌석, 모든 테이블, 모든 계산대 위에 똑같은 오렌지색 플라스틱……안녕하세요 부인, 자르조 식초의 알베르 자르조입니다. 그러고는 삼바가 시작된다. 예, 부인, 여긴 정말 참한 도시, 아 예, 죄송합니다, 마을이었군요, 예, 물론 식초죠!

친근하고도 큰 목소리로 말하자니 죽을 맛이다. 매일 저녁, 긴 기차여행이 끝나면, 여기저기 형편없는 호텔들, 기다림에 지친 할 일 없는 늙은이들. 결국 그는 '부인의 길'을 좋아하게 된다. 익숙해진 분위기. 냄새. 타일이 떨어져나간 샤워실.

그는 언제나 창백한 열일곱 살의 베아트리스 역시 좋아한다. 그 귀여운 미소! 그 나이 또래의 가난한 여자아이는 본 것도 들은 것도 없다. 그녀는 아무것도 모른다. 그녀는 서민의 딸이다. 다시 말해, 고운 목소리, 예쁜 몸매를 가졌어도 제대로 교육을 받지 못했다는 말이다. 언제나 그렇다. 어린 시절이라는 강물에 말쑥히 씻겨지긴 했지만 투박하기 그지없다. 손질이 안 되어 있다.

하지만 우리의 베아트리스는 영리하다. 포탄을 짊어지고 전선을 향하는 식초군단의 졸병, 알베르가 상처받고 있다는 걸 그녀는 알아차린다.

처음에는 그 역시 다른 사람들과 다를 바 없는 손님, 동쪽으로 사라지는 생기 없는 장사꾼들 중 하나에 불과했다. 돌아왔다가. 떠났다가. 이틀, 사흘, 열흘. 다시 돌아온다. 이틀 동안 잠만 잔다. 그러고나서 편지를 쓰고 전화에 대고 소리를 질러댄다. 도무지 뭘 하는지 수수께끼 같다. 그의 방 역시 마찬가지다. 가방들, 식초상자들, 도대체 뭘 하는 사람이지? 위스키를 밀매하나?

매일 아침 베아트리스는 노크를 하고는 자신의 개인 장비, 빗자루, 스펀지, 비누를 들고 방으로 들어간다. 눈 깜짝할 사이에 방을 말끔하게 청소해놓는다. 창문을 열어 한 시간쯤 환기를 시키고 오지 않는 손님을 기다린다.

또다시 베아트리스는 노크를 한다. 오늘은 수요일이다. 알베르가 잠을 자다 벌떡 일어난다. 아니, 아니, 괜찮아요, 들어와요, 나한테는 신경 쓰지 말아요!

노예는 분주히 움직인다. 날개 꺾인 예쁜 벌, 베아트리스는 바닥을 쓸고 몸을 굽혀 바닥을 닦는다. 알베르는 아무것도 보지 못한다. 그는 자고 있다. 베아트리스는 침대 시트는 그냥 두고 간다. 오후에 다시 들를 것이다. 그가 아직도 방에 있다. 담배를 피우며 전화를 하고 있다. 그녀는 케케묵은 냄새가 밴 시트를 갈아준다. 알베르가 그녀에게 인사한다.

베아트리스는 또다시 노크를 한다. 오늘은 목요일이다. 아무도 없다. 금요일, 알베르가 금방 대답한다. 들어오세요! 그는 침대에 누워 담배를 피우고 있다. 예, 예, 일 보세요. 저는 신경 쓰지 마시고, 우리 격식 차리지 말기로 합시다. 베아트리스는 서로 대등하다는 식의 이런 말투를 좋아하지 않는다. 얘, 우리 말 놓고 지내자, 그냥 오빠처럼 여겨. 다 좋은데 말이지, 변기는 네가 닦아야 해.

엄마, 그 말은 심해요, 알베르는 착한 사람이에요. 그는 베아트리스를 눈여겨본다. 저 계집애 쓸 만한데. 몇 살이에요? 열일곱? 난 스물둘. 여기서 일한 지 오래됐어요? 열셋부터. 열셋이요? 어린애한테 일 시키는 거, 그거 불법 아니에요? 베아트리스는 청소하느라 몸을 숙이고 있다. 머리카락을 쓸어올리며 웃는다. 어린애요? 어떤 어린애요?

아, 미안해요, 아가씨죠, 그럼요, 하지만 그 말이 그 말 아니에요?

베아트리스는 일을 계속한다. 거울, 세면대, 유리창들. 날이 갈수록 그들의 대화가 잦아진다. '부인의 길'에서는 금지된 일이지만 아줌마도 정상적인 연애는 반대하지 않는다.

알베르가 조잘댄다. 자신이 무슨 일을 하는지, 어딜 그렇게 돌아다니는지 보여주고, 대대로 전수되어 내려오는 제조공법에 대해, 세금에 대해 설명해준다. 오를레앙의 지하창고들에 대해, 고품질의 식초에 대해 자랑스레 떠벌린다.

한번 마셔볼래? 보통 식초들하곤 달라. 와인이라고 해도 속을 거야. 그 정도라는 말이지. 이것 봐, 1942, 이건 제조년도야. 자, 맛 한

번 봐!

　베아트리스는 식초에 취한다. 알베르는 기분이 좋다. 이제 그는 자주 파리로 돌아온다. 아침 여섯시만 되면 일어나 머리를 빗고 새 동전처럼 말끔한 모습으로 그녀를 기다린다.
　베아트리스! 안녕 나의 천사! 그녀는 노크도 하지 않고 살며시 들어온다. 이제 청소는 그의 몫이다. 그녀는 다리를 꼬고 침대 위에 앉아 분주히 움직이면서도 쉴새없이 입을 놀리는 알베르의 이야기에 귀를 기울인다.

　베아트리스는 그녀가 낳을 딸과 무척이나 닮았다. 금발에다 마르고 탄탄한 몸매, 못 말리는 변덕쟁이, 가끔씩은 단호하고, 지나칠 정도로 변화무쌍하며, 조금은 타인의 감정을 이용할 줄 알고, 우아하기 그지없고, 언제나 순결하며, 외곬에다 야망에 찬 영혼.
　알베르는 금방 알아차린다. 그녀를 쉽게 안으려 들면 안 된다는 것을. 그는 무릎을 꿇는다. 그녀는 후작부인이다. 나의 여왕이시여 신께서 당신 손에 징표를 남기시도록 이리 내려오소서.
　나 이제 너의 얼굴을 덮고 있는 베일을 걷노라. 오 이름 없는 나의 여인! 너에게 꿈에 취한 아이를 너에게 자랑스러운 턱을 가진 아이를!

　그리고 얼마 안 있어 배가 부른 창백한 베아트리스는 무거운 몸을 이끌고 말없이 파리를 걷는다. 그녀는 이제 거의 일하지 않는다. 그녀는 식초상 알베르를 기다린다. 그녀는 자신의 배를 살핀다. 그리고 먼 훗날의 나는 벌어진 그녀의 다리 사이에서 자라고 있는 내 사랑을 본다.

어머니, 내 사랑을 나에게 주오! 나에게 주오! 베아트리스는 봄에 요정 같은 공주를 낳는다. 아, 내 사랑, 눈을 떠, 마엘, 한번 크게 울어봐, 생명인 나 조슬랭이 진작부터 널 기다리고 있었어.

조제핀이 나에게 관심을 가지기 시작했다는 걸 난 잘 알고 있다. 약간 늦었다. 난 변했다. 동쪽에 대한 미련은 이제 버렸다. 세상을 갈망하는 내 새로운 눈에 보이는 것은 마엘과 그녀의 연극뿐이다.

성가시기만 한 여자들은 내가 피해다닌다. 두 범죄 사이에서 난 명상에 잠긴다. 책을 읽는다.

아니, 난 잊지 않았다, 도서관의 그 빌어먹을 년들! 책을 반납하나 봐라, 두고두고 괴롭혀주마. 쇠막대로 위대한 세기를 여는 아이, 나! 좀 배웠다고 날 무시해, 절대 용서하지 않을 테다.

매주 수요일, 모범 초등학생처럼 머리를 빗고 가방을 멘 나는 내 카드를 제시한다. 등록번호 127256, Sir, yes sir! 아래 서명한 나 조슬랭 시마르는 온 세상 사람들을 노래하게 하는 『노래집』을 11개 언어로 아직 그리고 계속 읽고 있다는 사실을 확인하는 바입니다. 뭐야? 불만 있어? 새사람 된 시마르한테 감히 덤빌 사람 있어? 아무도 없어?

매주 반복되는 바보 같은 절차.

안녕 조슬랭, 이번주에는 뭘 빌려갈 거니?

나는 그녀가 빗자루를 타고 날아다니는 마녀 이야기, 만화책 또는 나도 모를 뭔가를 던져주기 전에 한껏 미소를 지으며 소심한 아이처럼 말한다.

이번주에도 헨리 훈의 『노래집』을 다시 빌리고 싶은데요.

하인리히 하이네라고 발음해야 한단다.

아 그래요 전 몰랐어요.

확인도장, 증명서, Ja whol mein Generalisismus,* 잘 읽거라, 그럼 다음주 수요일에 또 보자, 조슬랭!

나는 그녀에게 웃어보인다. 나는 그녀가 날 증오한다고 생각한다. 흠 잡을 데가 없으니까. 아무것도. 만약 내가 책을 훔친다면? 태운다면? 홍 어림없지, 파손은 없어, 완전무결하게 보관해주지, 종이가 삭아 노랗게 변하는 거야 어떡할 수 없을 테니까 한 이 년쯤 끌다가 템스 강에 모조리 던져버려야지.

마틸드는 거의 날 잊고 지낸다. 그래서 난 두 배로 일하고 두 배로 소리를 질러댄다. 난 장 발장처럼 수레를 들어올린다. 금속세계에 닻을 내린 콜럼버스로서 난 기적처럼 기계들을 짊어진다.

여기저기서 사람들이 날 부른다. 나는 베베르와 함께 간다. 나는 비탄에 잠긴 사람들을 앞에 두고 전문가 행세를 한다. 한껏 무게를 잡는다. 100미터 전방까지 사나이 냄새를 풍긴다. 사람들은 고물을 이것저것 꺼내놓는다, 엄청난 양. 언제나 노예의 팔, 사십 년이라는 순교의 세월, 구멍 뚫린 허파. 아, 그 빌어먹을 공장의 세기, 그것도 그리 나쁘지는 않았다!

---

* '그럼요, 총사령관님' 이라는 뜻의 독일어.

리허설 사이사이 난 짬짬이 공부를 한다. 잡지들을 닥치는 대로 읽는다. 광석분쇄법 입문, 프로 기중기 선집, 트레일러 공식 카탈로그. 기름 냄새가 나는 문학. 나는 그것이 아스팔트 냄새, 자신의 짐승 아래 길게 누워 있는 야만인의 냄새를 풍길 때를 좋아한다.

가끔씩이지만 나도 책을 산다. 나 자신도 놀란다. 희곡 혹은 이야기책. 마틸드가 퐁텐에게 가고 나면 ─ 그에게는 이제 집이 있다, 파산자의 무릉도원이 ─, 난 내 방에 처박혀 대사를 읊는다. 책을 펼쳐놓고 서서 자세를 잡은 뒤 말도 안 되는 소리를 지껄여댄다. 역할이란 역할은 다 해본다. 집달리 형제들, 그들 마누라 역까지도. 나는 마치 문장을 제대로 읊는 것이 금지되기라도 한 양 문장을 뒤죽박죽으로 만들어놓는다.

난 내 프시케를 들여다보며 내 입술을 관찰한다. 나는 사랑인가 자작인가? 후작인가 가발인가? 나는 서열을 이해하려고 애쓴다. 최악의 경우는 피해야 한다. 역할을 하나 맡기로 다짐을 받았다. 그 정도도 안 해주면 마니피카는 정말 나쁜 사람이다. 애정 어린 부드러움에 길들여져 있는 그곳 계집애들은 나를 좀 무서워한다!

집에 돌아온 마틸드는 어둠 속에서 혼자 대사를 중얼거리고 있는 나를 보고는 위층으로 꿈꾸러 올라가버린다. 나는 혼자 남아 진이 빠질 때까지 읊어댄다. 독일어의 운들을 수없이 반복해본다. 그 기계적인 공식들은 지루하기 짝이 없다. 셰익스피어 만세! 그의 경우라면 내 마음대로 만들어낼 수 있다! 말 한마디, 돌 하나면 모두 다 알아먹는다! 이게 바로 진짜 연극이다!

아침이 되면 고철이 기다리고 있다. 하지만 난 피곤을 모른다. 이전보다 열 배의 힘을 발휘한다. 당신이 날 본다면…… 건장한 어깨…… 상대를 떨게 하는 목덜미…… 파리에서 돌아오자 나는 환골탈태한다. 갑자기 내 뼈들이 나무로 변한 것 같다. 어린 시절의 연골이여, 젖니여 안녕! 검게 탄 피부, 온몸을 뒤덮고 있는 황토색 털, 숫처녀들의 공포의 대상. 사람들이 날 쳐다본다. 나에게 아양을 떤다. 나는 내 속에서 꿈틀대는 힘을 느낀다.

민들레도 그리 나쁘지는 않았다. 하지만 이제, 난 그 이상을 갈망한다. 내가 원하는 것은 포스터에 찍힌 내 상판대기, 명성, 장갑 그리고 내 상대역을 맡을 마엘이다. 그렇소, 신사숙녀 여러분, 배우 말이오! 밤의 왕, 나 어린아이 시마르는 대사를 읊는다, 사람들이 나의 시에 귀를 기울인다, 사람들이 웃는다, 얼마나 큰 기쁨인가 나는 커간다, 하루가 다르게 배운다, 의상이 몸에 너무 꽉 긴다, 계집애들이 저 안쪽에서 키득거리고 있다, 조금만 기다려봐 뭔가 보여줄 테니.

누가 나를 부른다.

조슬랭! 조슬랭!

나는 뒤돌아선다. 이번에야말로 나는 진면목을 드러낸다.

며칠째 잠을 설친다. 말들이 무섭다. 나는 런던에 있다, 무슨 영문인지는 모르지만 하여튼 난 그곳에 있다. 하늘이 노랗다. 난 사람들이 벗어나려 하지 않는 도시를 벗어나려고 애쓴다. 한없이 이어지는 동네들을 가로지른다. 벽돌로 지은 높은 건물은 눈에 띄지 않는다.

한참 동안 홀랜드 파크 머라일본을 따라 달린다. 도시들을 관통하는 고속도로로 접어든다. 풀엄에 이어 세들스컴브, 퍼트니브리지, 반즈, 평범한 이름의 동네 그리고 벌판과 숲.

그것은 길들이 이어지는 꿈이다. 왼쪽으로 오른쪽으로, 난 잘 보지도 않고 달린다, 사람들이 웃으면서 날 추월한다, 아 저놈의 프랑스인들, 정말 못 말려, He is driving a giant yoghurt!* 나는 소음의 물결 속에 파묻혀버린다.

나는 런던의 남서쪽을 달리고 있다. 왼쪽에 여왕의 저수지가 보인다, 런던 대공습과 같은 기습공격에 대비해 비축해둔 물이다. 무슨 일이 있을지 어떻게 알겠는가! 그만큼 런던은 불타길 좋아하니까. 이제 곧 공장지대다, free killing zone, 음울한 워털루.

---

* 커다란 요구르트 병을 운전하고 있잖아!

이제 그리 멀지 않다는 걸 난 느낀다. 내가 가고 있어 그래 내가 간다고. 하지만 난 찾지 못한다. 밤새 내 꿈을 찾아 금속지대를 헤맨다. 새벽 두세시는 족히 된 것 같다. 울타리, 살문,* 방책을 단단히 한 담장들이 어렴풋이 보인다. 맥주공장들을, 저장해놓은 닭들을 보호하기 위해 저 모든 걸?

새벽의 잿빛 어둠 속에서 난 내가 무엇을 입었는지 볼 수 있다. 아스텍 풍의 윗도리, 오렌지색 줄무늬 바지, 벨벳 가슴장식, 나는 전방 300미터까지 빛을 발한다.

나는 입에 알약을 털어넣는다. 늦은 시각이다. 달, 진창, 이제 다 왔다. 쇠로 된 큐브 근처에 함석으로 지은 가건물이 있다. 한 친구가 여자친구를 세워놓고 사진을 찍고 있다.

나는 차에서 내린다. 검은 포장도로, 떼지어 몰려온 멋쟁이들. 젊은 여자들은 가죽치마를 입고 있다. 그들의 살엔 도대체 뭐가 남아 있지? 런던의 과부들은 짙은 화장으로 나이를 가렸다.

에덴이 멀지 않다. 오렌지색 용암이 내 팔 위에 흐른다. 곧 수많은 사람들이 하늘을 향해 두 팔을 벌리고 기도를 올린다. 우리는 음악을 따라 떠다닌다. 천천히 흐르는 잿빛 달.

가마솥 위에 거대한 내 양손, 쇠사슬에 묶인 우리 안에서 여자들이 도마뱀처럼 기어다니고 있다. 우리는 리듬에 맞춰 발을 구른다. 우리는 도대체 무슨 무덤을 파고 있는 거지?

---

* 내렸을 때는 다리로 쓰고 올렸을 때는 문으로 쓰는 유럽식 성문.

오, 꿈, 오, 런던, 음악이 바뀌었다가 사라졌다가 다시 들려온다. 엄청난 음의 파동이 내 배를 친다. 몸이 해체된다. 목이 마르다. 나는 몇 시간 내내 걷는다. 그림자들이 팔꿈치를 괴고 앉아 있는 바(bar), 내 양손에서 꿈의 피가 흐른다.

나는 한 여자를 찾고 있다. 순간 난 너를 본다, 풀비아, 너는 거의 벌거벗은 채 춤추고 있다, 어설픈 변장. 너는 챙 없는 내 모자를 보고 웃는다. 난 군중 속에 묻혀버린 네 얼굴을 읽으려 애쓴다, 나는 네 어깨를, 무서울 정도로 유연한 네 몸을 가늠해본다. 검게 변한 네 눈, 낮게 깔린 연기에 묻힌 네 다리를. 우리를 더럽히기 위해 또 무슨 놈의 공장을 지은 거지? 나는 다가간다, 네 입술, 나에겐 네 말밖에 들려오지 않는다, 미안하다는 네 말만, 하염없이 되풀이되는.

선풍기들이 매달려 있는 그 곰팡이 슨 천장 아래, 스페이드 무늬가 별처럼 촘촘히 박힌 그 조명등 아래에서, 나의 꿈 너는 쓰러진다, 네 어깨가 쓰러진다, 나는 빨리 네 얼굴을 본다, 나는 달려가고 너는 넘어진다, 풀비아 왜 네 몸은 벌써 널 배반하는 거니?

사람들이 길을 터준다. 너와 나는 어둠 속으로 나간다. 너는 깃털처럼 가볍다. 자 내 윗도리야 걸쳐 입어. 비행기 한 대가 바론스 코트, 금박으로 장식된 파고다,* 배터시 발전소, 이름의 대양을 가로지른다.

우리는 숨을 돌린다. 축축이 젖은 제방이 가냘픈 우리 몸을 감싼다. 아름다운 젊은 여자는 내 윗도리를 품에 꼭 껴안고 있다, 너무나

---

* 불탑, 사원.

짧은 치마, My God, 나는 좀더 다가가 긴 손을 뻗는다, 그녀가 웃는다, 손이 닿자 검은 비, 뭐야 자기, 이 진창, 이 피, 당신 또 넘어졌군요, 더러운 강 무릎을 꿇고 난 당신을 찾는다, 아무것도 없다!

　나는 겁에 질려 흠칫 물러선다, 나는 두 눈을 감는다 샤잼!* 그러자 네가 다시 나타난다, 나체로 물에서 태어난 아름다움, 더럽혀진 광산의 로렐라이, 나 가발 쓴 시마르, 악을 치료하는 배우 시마르는 앞으로 나아간다, 너의 부드러운 머리에 한 손을 얹고, 오 빛이여 오 소리여, 쿵쾅거리는 심장, 베일에 가린 내 사랑, 이번에는 유리가 비가 되어 쏟아진다, 뭐라고, 내 영혼이여 이 유리 조각들이 진정 당신입니까, 이렇게 떠나다니! 게다가 당신은 나를 여기, 이 주차장에 버려두고 떠나시는 겁니까? 정말 실망스럽군요! 난 눈물을 흘린다, 당신의 푸른 유리를 발로 밟는다, 악! 비명! 내 오른쪽 발에 박힌 이 황금못, 나 상처입은 자, 그리스도에게 미친 자는 두 팔을 벌린다, 난 세상을 소멸시킨다, 오라 내 사랑이여 부활하라!

---

* 물체를 사라지거나 나타나게 할 때 외는 주문.

아래에서 사람들이 날 기다리고 있다.

내 여자친구들, 내가 포옹해준 여자들, 질투가 심한 그들을 그려본다. 오늘 저녁 삐끗했다가는 난 영원히 추방이다.

그들은 얌전히 앉아 있다. 옆이 트인 사리*를 입은 래티시아, 그 붉은 입술은 네 오빠가 칠해준 거지, 늘 그렇듯 짤막한 미니스커트를 걸친 나의 성녀 클로틸드, 그런다고 내가 넘어갈 것 같니, 나도 이젠 그럴 나이는 지났다구 하지만 누가 알겠어? 베레니스 왜 항상 토가** 만 입니, 자기 몸을 숨길 필요는 없어. 스물두 갈래 머리타래의 프랑스, 검은 머리채, 다정한 사람, 내가 대사를 읊도록 도와준 너, 상류층 사람들이 환영하는 너!

그리고 당신네 남자들, 아니, 당신들은 국물도 없어. 당신들은 옛날부터 날 미워했지. 난 당신들의 질투를 잘 알아. 나를 위해 춤추는 마엘, 너무나 비열한 마니피카…… 아무렴 어때. 난 여자분들을 위해 연기를 할 테니까.

마니피카가 제일 앞줄에 서서 일장 연설을 하고 있다. 신참이 첫선

* 인도, 파키스탄 등에서 힌두교도 성인 여성들이 몸을 감싸는 무명이나 명주 천.
** 고대 로마 시민이 입은 겉옷.

202

을 뵈는 거야! 이건 보통 일이 아니지! 선정을 해야 하고 과반수의 찬성, 그리고 소수의 동의가 있어야 해. 게다가 너희들도 잘 아는 시마르, 걔는 기질이 있기는 하지만 재목이 어떤지 어떻게 알아? 그러니까 다들 신중히 선택해.

모르긴 해도 마틸드 역시 와 있을 것이다. 그리고 내가 좋아하는 꽃집 여주인, 의상담당 조제핀도, 마르셀 퐁텐은 박수부대를 이끌고, 베베르와 캉탱은 한껏 차려입고 발코니에. 극장에 발을 들여놓는 법이 좀처럼 없는 시마르 일당이 오늘은 다 모였다. 구식 줄무늬 넥타이를 매고, 지나칠 정도로 우아하게 차려입고.

나는 분장실에서 천천히 준비한다. 오늘 나는 내 여인을 연기한다. 나는 역을 위해 분장을 한다. 로렐라이를 위한 금색 가발, 역에 맞춰 미리 준비해놓은 구겨진 아마천으로 만든 흰색 드레스, 두꺼운 스타킹, 목까지 꼭 채운 칼라, 아무것도 드러내지 않을 테야. 목에는 신자들이 거는 목걸이, 이건 말해야겠는데, 나 떨려.

주교님들, 기사님들, 빨리 피신들 하시지! 그리고 너희들, 한창 물오른 아가씨들, 현녀(賢女) 로렐라이를 조심해, 저 라인 강 창녀의 눈초리를 좀 봐, 너희들 홀리는 건 일도 아닐 거야. 몸짓 한 번에 네까짓 것들은 바위 발치에, 헤어나올 수 없는 물 속에, 엄청난 피해라고 할 수 있지, 눈 깜짝할 사이에 너희들 허파 하나쯤은 가득 채우고 말걸!

여자애들이 날 알아볼까? 나는 내 손에 분을 칠했다. 아가씨 같지, 그래, 그리고 내 다리는, 이것도 보여주고 싶어……

누군가 노크를 한다.

조슬랭? 준비됐어? 다들 기다리고 있어.

그래 갈게, 이제 가야만 한다, 나는 옛 시절이 좋았다고 잠시 생각해본다. 바닥을 두드리고는 사라지는 것, 그것도 그리 나쁘지는 않았다. 청소년 연극제의 개시를 알리던 시절, 무엇이든 할 준비가 되어 있던 그 아이들, 아를캥*들! 그땐 정말 신이 났다, 바닥을 세 방 때리고는 안녕! 이젠 너희 차례다, 얘들아! 그런데 지금 난 복도에서 진땀을 흘리고 있다. 계단을 내려가는 다리가 후들거린다. 쇠막대 소리가 내 귀에 울려 퍼진다. 난 아직 내 안에서 마엘의 미소를 찾아내지 못했다. 프시케 뒷면에 대고 시를 읊조리지 않았다. 난 다른 이들의 욕망에 따라 내 몸을 만져본 적이 없다. 증오할 만한 자, 나 조슬랭이 과연 배우가 될 수 있을까?

진정해 이 친구야! 진정하라고! 우아함, 부드러움, 평온함! 나는 막을 젖히고 어둠 속으로 나아간다, 조명이 들어오자 얼굴이 화끈거린다, 난 눈을 내리깔지 않는다, 빌어먹을 조명, 객석이 텅 빈 것만 같다, 프랑스, 마니피카, 클로틸드, 엄마. 난 비탄에 잠긴 두 손을 교차시켜 포갠다, 털로 뒤덮인 용감한 창녀, 자 이제 시작해.

찢어질 듯한 목소리, 이어 그래 됐어, 숭고한 동쪽세계에 어울리는 어조를 찾았어.

> Da drunten fliesst der blaue
> Stadtgraben in stiller Ruh;
> Ein Knabe fährt in Kahne,
> Und angelt und pfeift dazu.**

---

* 울긋불긋한 옷을 입고 나무칼을 찬 광대. 고전 희극의 주인공으로 자주 등장한다.
** 저 아래로 푸른 물이 흐르네
  조용한 안식 속의 해자(垓子).
  작은 배를 탄 소년 하나,
  낚시를 드리우고 피리를 부네.

나는 미친 듯이 시를 읊어나간다. 50개의 절, 1,000개, 이젠 어느 누구도 날 멈출 수 없다. 나는 앞뒤 없는 문장들을 노래한다. Ach Lolelei, vom Süden und vom Norden,* 널 위해서라면 뭘 말하지 못하리! 마침내 끝났다. 난 가발을 벗어던지고 입을 다문다. 두 손을 배 위에 모은 채 나는 기다린다. 이젠 끝났어, 그런데 지금, 내가 누구지? 풀비아의 오빠? 롱 존 실버? 하녀 푸타나? 화장한 얼굴에 땀이 방울져 떨어진다. 눈물이 비 오듯 흐른다, 아냐 아무것도 아냐, 감정이 격해져서, 피곤 때문에 그러는 거야, 로렐라이의 죽음, 라인 강에 몸을 던지다니 도대체 무슨 짓을 한 거야, 우리 이제 더이상 숨지 말자.

저 아래에서 사람들이 가타부타 토론을 벌이고 있는 걸 난 느낀다. 다들 날 내쫓길 원하는 것 같다. 마니피카는 연신 히죽거리고 있을 것이다.

신사숙녀 여러분, 저는 10음절 시구 3,562개를 독일어로 읊었어요. 잊고 빼먹은 것도 있을 거라고요, 아뇨, 단 한 개도! 음성학의 놀라운 전설로 남을 일이에요! 오늘 저녁을 위해 내가 얼마나 노력했는지 이제 아시겠지요.

서늘한 두 손이 내 눈을 가린다. 고마워 대천사, 앞으로 와서 내게 말해주렴. 이마로 내 머리를 비비다가 이제 어깨에 살짝 기댄 얼굴이 내게 말한다 정말 아름다웠어 조슬랭 다들 좋아했어 찬성이야 너에

---

* 아 로렐라이, 저 남쪽, 저 북쪽에서부터.

게 공식적으로 작은 배역을 주기로 했어 이제 된 거야 긴장으로 뻣뻣한 내 목덜미에 와 닿는 입술 그 말들 Die schönste Jungfrau sitzt dort oben* 나는 휙 돌아선다 Feucht stürmisch** 배우가 된 나는 손을 뻗어 너의 뺨 너의 어깨를 어루만진다 그러자 마침내 웃고 있는 너의 검은 두 눈이 모습을 드러낸다, 마엘.

---

* 가장 아름다운 처녀가 저 위에 앉아 있네.
** 눈물을 머금고 폭풍처럼.

생략할 수 없는 인사치레가 끝나자 우리는 왁자지껄 떠들어대는 단원들의 곁을 떠난다. 『노래집』을 번역해준 프랑스에게는 다정한 입맞춤. 다른 애들에 대해서는 말하지 않겠다. 애무와 탄식들! 나는 이제 너희 내 여자들에게 작별인사를 한다, 래티시아 마들렌 안녕, 클로틸드 안녕 베레니스 안녕, 오랫동안 나의 사랑을 갈구한 너희지만 난 이제 독약을 택했다.

나는 자리를 뜬다. 몇 안 되는 내 패거리도 모습을 감춘다, 마르셀, 캉탱, 베베르 등등.

난 이제 오로지 내 꿈속에 있다. 난 이제 숨쉬지 않는다. 마엘이 나에게 손을 내밀었다. 우리는 모든 것을 두고 왔다. 우리의 몸, 우리의 흔적들, 이제까지 우리가 가졌던 두려움들. 악취를 풍기는 기억들은 불 속으로! 살도 불 속으로! 가발도 벗어 불 속으로! 우리는 텅 빈 도시를 뛰어다닌다. 우리는 소리조차 지르지 않는다. 내 가슴이 폭발한다 내 가슴은 뜨거운 여름이다, 그래서 우리의 입에서는 연기가 뿜어져나온다, 내 몸이 펄펄 끓어오르고 손은 용암을 쥔 듯하다.

모든 것이 생소하다. 거리, 광장, 철책들. 난 빌렌을 새삼스레 발견한다, 돌 위에 석유 비가 내린다, 맙소사 이 비, 오늘 밤 우리의 손, 우리는 변두리에서 극장으로 단숨에 내달린다, 어느 누구와도 마주치지 않고, 때때로 오 그림자들, 다리로 전해지는 묵직한 리듬, 도약의 리듬이라고나 할까, 우리 살아 있는 신들 그녀는 화살 나는 하늘, 사바나 도레미 요정 오 마엘!

순간 난 그녀의 손을 놓친다, 난 두 손바닥을 하늘을 향해 뻗는다, 나는 신비교도들 중 가장 부드러운 여인을 내 쇠로 붙잡았다, 마엘 난 널 기다렸어, 네 말을 따랐어, 독일을 돌아다녔어, 나는 수치심으로 눈물을 흘린다, 여기 있어, 이 빌어먹을 손 좀 잡아줘, 사람들이 거기에 못을 박았어, 대천사여 난 너를 위해 모든 걸 다 했어, 네 손가락 하나하나에, 네 아홉 열 손가락에 입맞춰줄게, 그래, 얼마나 위대한가요 내 조상님들, 저 너머에 계시는 아버지, 여자를 등쳐먹는 기둥서방인 당신, 당신의 아들을 잊어요, 그가 아름다움 그 자체를 얼마나 사랑하는지 보세요, 함께 하늘을 열어요 금가루를 뿌려요, 오 순백의 여인.

우리는 이제 신비에 젖은 지방도시, 빌렌의 해자(垓字)에, 한 아케이드 위에 와 있다, 마엘은 철책이 있는 곳에 멈춘다, 그녀는 철책에 얼굴을 대고 서 있다, 나는 다가간다, 그녀가 돌아본다, 우리의 얼굴, 우리 뺨에 묻은 이 석유, 어떡하나 우리는 눈물을 흘린다, 진창 속에서 서로 찾는다, 우리를 더럽히는 일은 이제 그만둬요! 우리는 뒤엉켜서 떨고 있다, 놓친 손을 서로 잡는다, 내 품에 안긴 마엘 자르조, 이제 떨어질 줄 모르는 우리의 얼굴, 꽃잎이여 내 너에게 입맞추노라, 모든 것이 녹는다, 내게로, 내게로!

마엘에게 이 입맞춤을 바친다, 천체물리학적인 그 광채를 잘 보세요, 궁륭 아래에서 우리는 춤춘다, 꿈은 이제 끝이다, 여기 검은 마엘이 있다, 베아트리스의 아이, 라인 강의 여왕은 마침내 품에서 풀어준다, 남자를.

나는 밤의 불을 뿜어낸다. 마엘은 로렐라이에게 몸을 던졌다, 내가아직 내 드레스 내 치마를 입고 있으니까, 나는 빌렌의 미친 여자다, 우리 사랑에 빠진 여자들은 입을 맞춘다, 스캔들, 눈들 감으세요, 가벼운 키스를 나누는 성녀 한 쌍이니까!

긴 드레스를 입은 나 조슬랭, 연약한 장딴지를 가진 조슬랭, 소리를 빽빽 질러대는 고철장수인 나. 그녀 회색 모직을 걸친 사랑에 빠진 여인, 우리 축복받은 위대한 우연을 향해 나아가자. 우리는 이제꽃 앞에 다다른다. 꽃집 여주인은? 이 시간에? 내 1,200개의 꽃다발은? 그녀는 알고 있는 걸까?

쉿! 아무 말도 말아요 내 사랑. 이제 보게 되겠지만 내 침실은 굉장히 넓어요, 여긴 우리집이에요 그러니 조용히 해야 해요 나의 조슬랭, 평소엔 엄마와 나뿐이니까.

나는 마엘을 품에 안는다, 그대로 이층으로 데리고 간다, 아 모세의 계단! 내 허리를 휘감은 마엘의 다리, 내 목을 감싸안은 이 부드러운 손! 이제 다 왔다. 꽃으로 장식된 층계참, 물론, 베아트리스 앙즐랭과 마엘 자르조의 집에.

문을 연다. 마엘이 내게로 온다, 그녀의 발을 내 발 위에, 그녀의입술을 내 뺨 위에, 우리는 이렇게 한 마리의 학처럼 침묵 속을 나아간다. 오른발, 왼발. 문. 마침내 도착했다. 우리는 아무것도 건드리지않는다. 불도 켜지 않는다. 이젠 네 얼굴이 보이지 않아. 나 가련한 어릿광대, 파란, 노란 그림, 성급한 손.

나의 기다림 내가 여기 있어. 오 나의 꿈 나를 안아줘.

마엘이 머리를 푼다, 난 모자를 벗어던진다, 인간 본연의 모습으로 돌아가자. 나는 그녀의 하얀 블라우스를 연다, 흠 없는 몸, 다져진 눈〔雪〕, 벗겨야 할 하나의 베일, 난 내 무거운 드레스를, 두툼한 코르셋을 풀어헤치는 그녀의 손을, 내 배에 와 닿는 그녀의 젖가슴을 느낀다. 나는 그녀의 어깨를 잡고 그녀에게 키스를 한다, 나 조슬랭 맞아? 하나의 이름 속에 무엇이 있는 거지? 나 빌렌의 시마르가 감히, 우린 그녀의 발치에 있다, 그녀의 모직치마 오 이건 아무것도 아냐, 은총을 잃을 정도는 아닌 가벼운 죄, 그 다음의 비단들은, 말하지 않을래, 네 것 하나, 내 것 하나 우리의 스타킹은 바닥에 떨어져 있다, 우리의 슬립, 여기 단 하나의 진정한 밤, 피처럼 붉은 우리의 입술, 이제 우리 조슬랭 마엘, 자유로운, 광대한, 마침내 물에서 태어나, 거대한 강에서 완성된.

마엘이 나에게 기대어 잠자고 있다. 무겁고 부드러운 머리, 파리한 살덩이가 사나이의 어깨를 묵직하게 누른다. 난 한 손으로 그녀의 옷을 더듬는다. 하얀 블라우스도, 네 다리를 가리던 모직도 없다. 네 다리가 내 배를 누르고 있다.

　나는 그 옷들을 집는다. 얼굴을 묻고 깊이 숨을 들이마신다. 질식할 것 같아 마엘, 그토록 기대했던 이 향기, 분장실에서 밴 이 습기, 매혹적인 우리의 의상, 빌렌의 성벽 아래에서 동쪽의 석유를 뒤집어쓰고 나눈 우리의 입맞춤, 나는 그것들 속에 얼굴을 묻는다.

　나, 가발을 쓴 조슬랭은 비단 속으로 빠져든다. 쿠바색 스타킹은 아무것도 아냐, 이게 진짜야. 마엘 만약 네가 나를 본다면, 네 삶을 뒤지고 있는 내 붉은 손들을!

　네가 미소를 짓는다. 그래 정말 너야, 넓은 이마, 이 어깨, 바로 너 태초의 날들을 읊는 여자. 나는 손가락으로 네 젖가슴을 어루만진다. 네 심장 고동에 맞춰 콧노래를 흥얼거린다. 즐겁게 헤아리자, 120개의 불안을. 너는 꿈을 꾸고 있는 게 틀림없어.

　오, 밤 이전의 내 밤이여, 넌 내게서 잠을 앗아갔구나. 우리는 소리 없이 사랑을 나누었다. 무릎을 꿇은 너 네 발치에 엎드린 나, 난 그

둘을 네 맑은 눈 속에서 보았다.

그리고 꽃을 파는 너의 엄마는 숨을 죽이고 우리 방을 엿들었다! 우리는 그녀가 안다는 걸 알고 있다, 스치는 옷의 바스락거리는 소리를 듣고.

나는 밤새 횡설수설한다. 나 자신에게 옛날이야기를 해주기도 한다. 새벽이 밝아올 때쯤 나는 잠든다, 고철 더미 속에 파묻혀.

내 앞에 있는 건 마엘이다, 그녀는 변화의 다리〔橋〕, 그녀는 오만한 순백의 아케이드, 두 손으로 내 눈을 가리고, 맞혀봐 내 사랑 너의 꿈이 누구였지, 생각하지 말고 말해봐, 나는 너의 엄마도 롤라도 꽃집 아줌마도 루이즈도 어느 누구도 아냐, 난 생명이고 또 바로 나야, 7번 분장실의 꽃무꽃, 내가 누구야 말해봐!

내 뺨 위에 길고 슬픈 머리카락 한 올, 하나의 입 하나의 몸, 나는 이 모든 걸 어떻게 취해야 하는지 알고 있다, 남김없이 삼켜버리면 된다, 나 트럭 운전사의 아들에게 주어진 하나의 생명, 부드러움 그 자체, 나는 저주받은 영혼을 펌프질해올린다, 나는 목까지 차오르는 걸 소리쳐 뱉어낸다.

오늘은 일요일, 이른 시각이다. 베아트리스는 가게에 있다, 벌써. 글라디올러스, 페넬로페, 묘지에 불어닥치는 열풍, 돌아가신 어머니에게 용서를 빌며, 잊지 않았다는 입맞춤의 선물을. 일요일은 그녀의 날이다. 우리 두 벌거숭이는 위층에서 춤춘다, 때로는 서서, 방향을 잃은 정신, 하나로 일치된 몸.

첫날밤의 숨막힐 듯한 사랑, 아무것도 아닌 것들, 섞여서, 나는 결국 소리를 지르고 만다, 우리는 토가 차림으로 시를 읊는다, 머리에

터번을 두른다.

My very contemptuous love.* 마호메트. 푸타나. 산초. 우리는 인물 갤러리다. 우리 동쪽의 꼬맹이들이 연기를 펼친다. 자 이제 판토마임의 시간이 왔다.

네 차례야 조슬랭, 시작해! 맥베스가 되어봐! 나 쓰레기의 기사는 나의 여인을 찾아 앞으로 나아간다. 내 시트 방패, 피로 얼룩진 야망, 왕국의 살인자…… 마엘은 심각한 표정으로 내 연기를 관찰한다. 좋아 조슬랭, 너의 손, 감정을 드러내지 않는 배, 브라보! 하지만 너무 싱겁잖아.

좀 그럴듯한 걸 해봐. 만들어내! 똑바로 서서! 내가 여기 있잖아, 너의 마엘이, 그러니 날 위해 네가 평생 가도 못 할 걸 한번 해봐.

내 자존심을 건드렸어, 마엘. 매끈매끈한 성기를 끄덕이며 난 피에 젖은 내 월계관을 집어던진다. 나는 여섯 지옥의 악녀다.

나는 쓰러져 무릎을 꿇는다. 손을 비튼다. 그녀가 물러선다 나는 쫓아간다, 나는 그녀의 베일을 벗겼다, 그녀는 환한 빛 속에 드러나 있다, 나는 고개를 든다, 나를 보고 웃고 있는 그녀의 얼굴을 바라본다.

나는 이성을 잃는다 애원한다. 주문을 외듯 한없이 속삭인다, 마엘, 마엘, 그녀의 몸, 그녀의 다리, 그녀의 발을 만지며, 그녀가 자지러지게 웃는다, 영원히 멈추지 않을 것처럼 웃는다, 나는 그녀의 배를 어루만진다, 나는 이제 맨몸의 그녀를 안다.

마엘 넌 내가 이 병을 여는 걸 본 적이 없지, 나는 뿔들을 활짝 열

---

*내 경멸스러운 사랑.

어젖힌다, 나는 네 발 위에 향을 붓는다, 네 손도 이리 줘, 나는 일어
선다, 나는 네 목 위에 네 젖가슴 위에 몇 리터를 쏟는다, 나는 갇혀
있던 바다를 모두 비워낸다, 널 위해서야, 아름다운 사랑의 희극! 나
는 힘없이 쓰러져 너의 아름다움에 눈물 흘린다, 오 이 향기, 너의 몸
에 하나의 대양, 어느 누구도 감히 하지 못했다, 나는 믿을 수 없을
만큼의 성유(聖油)를 너의 몸 위에 부었다.

　이번에는 네가 무릎을 꿇는다, 조슬랭, 하나뿐인 내 사랑, 안아줘,
안아줘, 난 널 따르기 위해 모든 걸 버렸어.

난 씻지 않는다, 너 역시 마엘. 우리의 몸은 더없이 민감하다. 사람들이 꿈꾸는 모습의 상처, 불에 탄 비단 같다. 숨겨진 모든 말들, 나는 내 입술에서 그것들을 느낀다.

우리는 뒷문으로 슬쩍 빠져나간다. 베아트리스는 꽃 파느라 정신이 없으니 놓아두자. 베아트리스, 나중에 알게 될 거예요. 여기 내 드레스와 신발을 놓고 갈게요. 마엘이 구겨지는 아마천으로 된 멋진 바지와 구식 와이셔츠를 찾아냈다. 나는 식초의 왕으로 변신한다, 나한테 꼭 맞네요 알베르!

마엘은 한여름에 입는 드레스, 푸른 천으로 지은 원피스를 입었다. 우리는 극장으로 달려간다. 나는 마술사처럼 분장실들을 연다. 내 분장실에는 거의 아무것도 없다. 광대 같은 내 옷들은 마엘의 방에 놓아두고 왔다. 마엘 네 방에서 난 아무것도 보지 못했어, 네 얼굴밖에는. 네 입술이 내 눈을 삼켜버렸어. 나는 감히 예전처럼 사진들, 기호들 속을 뒤지지 못한다. 네가 내 손을 꽉 쥔다.

뭐야, 겁먹은 거야? 변한 건 아무것도 없어! 어쨌거나 넌 잘 알잖아!

나는 얼굴을 붉힌다. 오른편에 쿠션이 터져 솜이 비어져나온 망가진 의자, 거의 텅 빈 조그만 책상 하나, 몇 권의 책. 그리고 이 오페라 거울, 십칠 년 동안 한 번도 찾아온 적이 없는 알베르의 선물.

마엘은 낡은 의자에 앉는다. 그녀는 담배를 피워문다. 담배연기를 훅 하고 뱉는다. 나는 콜록거린다. 아직 습관이 안 들었구나, 조슬랭, 넌 순수해 아주 깨끗하다구. 상냥한 조슬랭, 손에 굳은살이 박인 조슬랭, 이리 다가와 나의 쇠. 또다시 나는 무릎을 꿇는다. 나지막한 의자를 붙들고 난 외친다. 내가 증명컨대 나를 사랑하고, 나를 원하고, 나를 타락시키는 건 바로 너야 마엘.

극장의 기계장치에 생각이 가 닿는다. 도르래, 말뚝, 그린 배경들, 기울어진 무대, 떠다니다 사라지는 모든 것, 사람들이 들고 흔들어대는 금속판, 수녀님, 변심, 그것은 나의 극장이기도 하다.

바로 이것이 비단처럼 부드럽고 금빛으로 찬란한 내 삶이다. 나라는 존재만 모습을 드러내지 않는다면.

영광 속의 오늘 토요일, 양 무릎을 품에 안고 벽에 기대앉아 나는 대사를 읊어대는 마엘을 경탄의 눈빛으로 바라본다. 부드러운 목소리로, 말들을, 하나의 밑그림을 그려낸다. 마엘은 나를 잊는다. 그녀는 자기 대본을 읽는다. 몸짓, 머리를, 허벅지를 긁는다. 마치 몸 없이 홀로 있다는 듯이.

그녀는 몇 시간에 걸쳐 자기 배역을 반복해 연습한다. 무슨 이야긴지 알겠지 조슬랭, 난 풀비아야. 로마 여자지. 나이는 몰라 아마 우리 나이, 열다섯은 더 됐어, 열여덟쯤, 난 사레그민*의 이탈리아 여자야,

---

* 독일 국경 근처에 있는 프랑스의 작은 도시.

그리고 난 배신할 거야.

난 그녀를 쳐다보지 않는다 난 이미 막시무스이다, 입을 다물고 눈을 크게 뜬 채 먼지가 되어 무대 위를 떠다닌다.

조슬랭! 듣고 있는 거야? 미친 듯이 화가 난 그녀가 벌떡 일어선다, 나에게 대본을 집어던진다 난 달아난다. 그녀는 분장실까지 나를 추격한다, 우린 인디언들처럼 소리를 질러댄다, 사방은 텅 비어 있다, 나는 의상을 입고 기어오른다, 나는 그녀에게 장갑을, 지팡이를 집어던진다, 그녀가 내 팔을 끌어당긴다, 우리는 위쪽을 향해 계속 날아오른다, 먼지투성이 하늘을 향해, 숭고한 몸 둘이, 나중에 조슬랭, 너도 일을 해야지, 다음에 봐, 자 이제 가!

집이다. 나는 또다시 때려부순다. 나는 마당에 널린 잔해들을 차곡차곡 접는다. 오 이제 몇 킬로그램만, 그 이상은 못 해! 기록은 이미 깨졌다. 하루에 2톤이 내 기록이었다. 완전히 해체된 자동차 한 대, 모터 바퀴, 크랭크암, 동력전달 축들, 차체 그리고 또 뭐야!

이제 힘이 빠진다. 마음은 콩밭에 가 있다. 나는 녹을 묻히고 손을 숨기고 피한다. 난 요정처럼 상상의 나래를 편다, 가볍게, 멀리. 이 고철 더미 속에서 내가 죽기라도 한다면?

나는 흥얼거리며 쇠를 발라낸다. 말들이 떠오른다. 한 방, 명예와 정열, 너 주교 막시무스, 내 널 따르리, 그토록 사랑했던 누이의 가슴에 함께 비수를 꽂자.

이젠 고철 따위는 안중에도 없는 마틸드를 기다린 지 수세기는 된 듯하다. 그녀는 아예 퐁텐의 집에서 살다시피 한다. 나는 뭔가 잔뜩 걸치고 있는 그녀를 본다, 뭐하러 저 모든 걸? 옛날 천? 나이트 캡?

스타킹 밴드? 하녀로 변장한 거야? 아니다, 그건 난쟁이, 알리바바, 신비의 마신, 바로 그를 위해서다! 마르셀은 시장(市長), 은행 사람들, 절뚝거리는 시(市) 전체를 데리고 온다. 과연 그 사람들이 우리 기계들을 살릴 수 있을까?

엄마다. 안녕! 잘되가요? 예전에는 아내였고, 교감을 통해 베티나이기도 했으며, 한때는 은행들을 휘젓고 다닌 그녀, 정말 우아하군요! 핀을 꽂아 몸에 딱 붙는 붉은 드레스, 케네디 식으로 데이지꽃을 꽂았다. 그녀는 부활했다, 버림받았던 그녀가. 그녀의 옷은? 구식이지만 상관없다, 다들 모르셨어요? 요즘은 복고풍이 유행이에요. 빗자루 하나만 있으면 완전 섹시한 마녀네. 옛날 천은? 네오프렌* 허리띠는? 형광(螢光)으로 빛나는 가슴은?

이게 마틸드다. 구식이 잘 어울리는 잘빠진 시골여자. 고백하건대, 썩 잘 어울린다. 그녀가 콧수염 무성한 유산 상속인, 마르셀의 손에 놀아나는 꼭두각시라고 말해도 믿는 사람은 아무도 없을 것이다.

안녕 조슬랭 잘 지냈어? 날 쳐다보는 것 좀 봐, 웃기는 아줌마네! 괜찮아? 정말? 그래 잠은 잘 잤어?

나는 그렇다고 대답한다. 난 내 신데렐라와 즐겼어요. 아무것도 정말 아무것도 잃어버리지 않았어요. 크리스털 신발 한 짝도. 도리어 망치로 두들겨 그걸 만든 건 나예요, 아실지 모르겠지만 하나의 실루엣을!

마틸드가 웃는다. 그럼 좋았겠네?

---

* 미국에서 개발한 최초의 합성고무.

말해봐, 조슬랭, 그래도 조심은 하고 있겠지! 그 아인 여배우야 잊지 마, 창녀나 다름없다니까!

지금 날 모욕하는 거야? 그녀가 감히? 그럼 엄마는, 그놈의 공장 주인과 조신하게 노시나?

아니에요 마틸드, 컴컴한 교회의자에 앉아 그리스도에게 난 마엘을 외칠 거예요. 흉내뿐인 눈물은 이제 끝이라고요! 수많은 종(種)들, 수많은 발명들!

화가 나 창백해진 나는 고철 속에 파묻힌다. 나는 피를 흘린다.

모데나* 아름다운 모데나, 줄지어 들어선 공장들, 폭격당한 교회들, 사방에 널린 수라장, 하얀 가루. 열다섯 살에 풀비아는 근친상간도 마다하지 않는 다정한 오빠 막시무스의 강요로 몰래 매춘을 한다. 모든 예술가들에게, 조각가, 도공, 화가, 홀로그래피 작가들에게 팔려간다. 그들 모데나의 왕자들에게! 오 공주들에게도, 풀비아는 모든 것을 주었다, 선물 하나 레이스 달린 속옷 한 벌 돌아오지 않는다, 물론 그녀는 코카인에 취해 산다. 코에 인이 박인 향, 유리 테이블에 코를 처박고 약을 들이켜는 그녀를, 구역질해대는 그 구겨진 얼굴을, 진이 밴 그 손가락들을 보아야만 한다.

어린 시절의 숲에서 끌려나온, 정숙해 보이는 짙은 푸른색 치마를 입은 풀비아, 정숙한 여자라는 인상을 주는 것, 그건 중요한 일이다, 품행이 방정한 어린 숙녀처럼 보여야 돈이 되니까. 아 꽃과 보석으로 뒤덮인, 달러가 넘쳐흐르는 카르미나 로(路) 12번지, 빌라 델라 스카로스체 5번지, 그 앞을 영리한 원숭이처럼 데리고 산책하며 선보이는 자기(磁器), 풀비아! 수백만의 사랑을 받은 예쁜 여왕, 발톱으로

할퀴고 나서 씻기고 닦아주고, 괜찮아? 어땠어, 좋았어?

그녀는 모범생처럼 행동한다. 묵묵히 일만 한다. 그녀는 고객들의 취향을 잘 알고 있다. 재갈을 물고 헐떡이는 못생긴 뚱보들, 올리브 열매처럼 졸아붙은 불알들, 그 모든 것들이, 갖은 모욕을 당한다 해도 그것에 순순히 응하는 것이 거리로 나서는 것보다 백배 낫다는 것을 그녀는 알고 있다.

열일곱 살에 풀비아는 아오스타* 계곡에 있는 그랜드 파라다이스 공원에서 오빠 막시무스를 따돌린다. 어떻게? 그건 아무도 모른다. 인권의 나라가 지척에 있다. 그녀는 그곳에서 쉬면서 두 달을 보낸다. 그녀는 미칠 듯한 유혹을 뿌리치고 가지고 있던 하얀 가루를 팔아치운다. 이제 보나파르트의 땅, 프랑스다. 무엇이든 할 준비가 되어 있지만 우선은 조신하게 지내자. 그러고는 샹젤리제로 올라가는 거야.

여자아이는 살아남았다. 그녀는 기차를 타고 가다 동쪽 끝의 도시 사레그민에서 무작정 내린다. 금발의 아이, 풀비아는 이렇게 해서 사레그민로 흘러든다.

모든 사람에게 그녀는 말한다. 아주 명확한 발음으로, 앞뒤가 맞지 않는 몇 마디를, 서투른 말을, 불완전한 문장을. 그러면 사람들은 이 귀여운 이탈리아 여자에게 웃어준다. 게다가 성녀 같은 그 몸, 모든 이에게 그녀는 말한다, 로마에서 왔노라고. 모데나는 존재하지 않는다.

사레그민 남자들은 그녀가 지나가면 휘파람을 불어댄다. 고것 참 예쁘기도 하지. 풀비아는 뒤돌아보는 법이 없다. 놀고들 있네. 그들 군인들은 엉덩이를 슬쩍 만지기는 해도 그녀에게 아무 짓도 하지 않

---

* 이탈리아 북서부의 도시. 살라시 족의 거점이었으며 BC 25년에 로마에 정복당했다.

는다. 풀비아는 거의 미소짓는 법이 없다. 그녀는 당신을 쳐다본다, 똑바로 한 시간, 깔깔대고 징징 울고 생각하며 한 시간, 오랜 역할에서 온 습관.

그녀는 루이스 마랭을 사랑한다. 이곳에 처음 도착했을 때, 그녀는 한 가지 호사를 부렸다. 역에서 택시를 탄 것이다. 아저씨, 분위기가 정숙한 호텔 좀 알아?* 깨끗한? 혼자 잘 부인을 위한?

루이스는 웃는다.

혼자 잘 부인을 위한? 지금 천국을 찾고 계시나요? 하나 있긴 하지요, 여기, 사레그민은 군부대가 많은 동쪽 도시라서, 이름이 '약혼녀 호텔'이야. 휴가까지 못 기다려서, 알겠죠 무슨 말인지. 먹는 건 잘 먹는데 잠자리가 허전하다, 이 말이지. 그곳으로 갈까요, 부인? 부인은 스페인에서 오셨나? 이탈리아에서? 이탈리아, 카로 디아망토, 난 그곳을 꿈꾸지, 카푸치노 캄포 포르미오, 로마, 프라 안젤리카** 등등, 당신처럼 예쁘게 생긴 아가씨들, 여름을 그곳에서 보낸 적이 있거든, 오래 전에! 내 사촌 풀비아, 내 누이 널 그곳에 데려다주지, 가방도 들어다줄게, 여기선 부인들을 이렇게 대접해, 필요하면 루이스 마랭을 부르세요, 당신 소식을 들으러 나중에 다시 들릅지요, 나의 셰에라자드.

그러고는 매일 아침 그는 '약혼녀 호텔' 앞에 대기한다, 번쩍거리는 택시, 가죽장갑, 말끔히 면도한 턱. 매일 아침 그는 그녀에게 인사한다. 친절한 루이스, 그는 그녀를 따라다녀도 추근대지 않는다. 나

---

* 위에서 밝혔듯이 풀비아는 프랑스어가 서툴다. 그래서 존대말과 반말을 섞어 말한다. 다음에 나오는 루이스의 말도 그에 대한 응대로 이해하면 된다.

** 풀비아가 프랑스어에 서툰 것과 마찬가지로 루이스도 이탈리아어를 몰라 틀린 이탈리아어 낱말들을 나열하고 있다.

중에 봐요, 예쁜 아가씨.

이어 사랑이 찾아왔다. 그녀가 그의 문을 두드린다. 암늑대 풀비아, 안녕 루이스 날 초대하시지 않았나요? 제가 왔어요.

그녀는 루이스의 집에 와 함께 산다. 나의 천사, 내 집이려니 하고 지내. 그는 틈틈이 그녀의 언어를 배운다. E pericoloso sporgersi.* 자신의 죽음을 뜨개질하며 고약한 세월을 보낸 그녀는 그의 선한 마음에 자신을 바친다.

주중에 루이스는 일찍 일어난다. 그는 도시를 돌아다닌다. 여기도 루이스, 저기도 루이스, 부지런하기도 하지. 이국적이라 사람들이 좋아하는 이름이다. 루이스는 서른둘, 풀비아는 열여덟이다. 하지만 그 나이도 안 되어 보인다. 미성년을 막 벗어난 예쁜 여자, 열여덟이면 모든 게 허락된다, 남색까지도. 그들은 평온하고 멋진 삶을 누린다. 욕심만 부리지 않는다면 꿈같은 세월이다. 풀비아는 담배색 벽지, 네오프렌 신발, 건물의 외벽을 덮고 있는 화강암을 무척 좋아한다. 남쪽에서 보낸 지옥의 세월에 비하면 얼마나 우아한가!

처음에 그녀는 심심해한다. 그래서 무슨 말인지 알아들을 수 없는 그 지방 사투리도 배울 겸 루이스를 따라나선다. 사레그민에서는 택시를 소리쳐부르지 않는다. 택시회사 사장, 프랑시스 씨에게 전화만 하면 된다. 그러면 그가 노예를 한 명씩 보내준다. 루이스를 보내드립죠! 그는 수화기에 대고 소리친다. 오케이 로바스모크 부인, 파비앙을 보내드립죠! 제라르를 보내드립죠!

보내드립죠, 그는 이말밖에 모른다. 프랑시스 씨는 정말 못 말리는

---

* '얼굴이나 팔을 밖으로 내미는 것은 위험합니다' 라는 뜻의 이탈리아어.

사람이다, 하루 종일 마이크에 대고 소리를 질러댄다. 풀비아 앞에 놓인 지옥상자가 지직거린다. 팽스네 가(街)? 즉시! 도리오 거리? Ja whol mein* 프랑시스! 택시기사들은 무전기로 하루 종일 감시당한다. 그늘에서 낮잠이나 좀 즐기려 해보지, 웬걸 프랑시스가 한 가없은 할망구를 위해 소리를 질러댄다. 할망구는 뒷좌석에 앉아 목발에 몸을 기대고 길을 살핀다. 오른쪽으로, 왼쪽으로, 거 참 참한……

루이스와 동료들은 이를 간다. 어디 두고 보자 프랑시스, 자기 걱정 마, 아랫도리가 축축해질 정도로 한번 왕창 겁만 주고 말 테니까. 그러고 나면 우릴 선생님이라고 부를 거야. 발 아래 엎드려 동지라고 할 테지.

---

* '예, 알았습니다!' 라는 뜻의 독일어.

주말이면 그들도 서쪽에 사는 사람들처럼 숲으로 간다. 산업화 때문에 숨막힐 듯한 도시, 시도 때도 없이 막히는 길, 지리적 강박에서 벗어나 걷는 순례길! 루이스와 풀비아는 소나무 아래로 몇 시간 동안 걷는다. 손에 손을 잡고 그들은 한껏 그 부드러움을 맛본다. 가을에도 소나무들은 한껏 싱싱하다.

풀비아는 얼룩무늬가 있는 단순한 모직치마를 입고 있다. 그들은 함께 보낼 삶에 대해, 그들이 서로 얼마나 사랑하는지에 대해 이야기한다. 그래, 이 사랑의 아름다움, 결혼 못 할 이유가 어디 있어. 돈 역시 필요할 것이다.

그러니 풀비아, 자기도 뭘 좀 해보면 어때? 찾다보면 슈퍼마켓이나 식당 종업원 같은 조그만 일자리를 얻을 수 있을 거야. 시청에 프랑수아 마셰즈라고 아는 친구가 하나 있어. 면담을 한번 신청해봐. 그 친구 자길 마음에 들어할 거야. 우릴 위해 힘도 써줄 거고.

풀비아는 이제 프랑스어로 말한다. 그녀는 망설인다. 이곳 사투리를 아직 완전히 이해하지는 못한다. 목구멍에서 말이 뱅뱅 맴돌기만 한다. 그래서 동네 아줌마들에게 인사를 건네기가 두렵다. 동네 사람들은 부자가 대를 이어 운전사로 일하는 마랭이라는 청년과 함께 지내는 예쁜 아가씨 풀비아를 다들 좋아한다.

프랑수아 마셰즈와의 면담, 그들은 두 주 내내 그것에 대해 이야기한다. 마셰즈, 시청의 구직연대 서민담당 보좌관, 겉보기엔 친절한 친구다. 풀비아는 금발 머리를 곱게 빗어넘기고, 늘 그렇듯 짧게, 하지만 루이스가 가정주부처럼 보여야 한다고 주장했기 때문에, 조신하게 차려입는다.

그녀가 이제 길을 나선다, 걸어서. 시청은 그리 멀지 않다. 5월의 봄바람을 쐬며 삼십 분 정도.

루이스는 걱정이 된다. 오전 내내 안절부절못한다. 그럴 필요가 없었다, 정오가 되자 그녀가 눈을 반짝이며 돌아왔으니까. 운이 좋았어요, 풀비아가 눈물을 흘리며 말한다, 정말 운이 좋았어요 루이스, 그 사람이 시청에 조그만 일자리를 하나 찾아주겠대요, 주말쯤이면 알게 될 거래요! 그 사람한테 아파트에 대해서도 말했어요, 두고 보재요, 운이 좋았어요, 나 풀비아, 이탈리아 창녀가 진짜 직업을! 감격한 루이스에게는 아무 말도 들리지 않는다. 자기 여자를 껴안는다, 오 나의 첫 여인이여!

저녁이면 루이스는 가끔씩 어디론가 사라진다. 그는 프랑시스 택시회사의 동료들과 함께 일을 꾸미고 있다. 풀비아는 그런 저녁을 좋아하지 않는다. 그는 슬며시 어디론가 갔다가, 맥주에 취해, 그리고 분노에 취해 돌아오곤 한다. 그러고는 모데나 이래로 그 어느 때보다 격렬하게 그녀를 안아준다. 담배연기 자욱한 저녁모임, 한껏 열이 오른 다섯 명의 친구들, 말, 말, 갈수록 접입가경, 없애버리자, 목을 매달자, 물에 빠뜨려 익사시키는 게 어때, 배꼽이 빠져라 웃어댄다, 맺힌 건 풀어야 한다, 조심, 정말 해를 입혀서는 안 돼, 장난으로 혼을 빼놓는 거야, 그놈의 프랑시스가 겁 좀 집어먹게, 정신이 좀 들게 말이야, 마이크에 대고 질러대는 그 빌어먹을 고함 소리는 이젠 정말 지긋지긋하니까.

지난 겨울부터 그들은 거사를 준비해왔다. 이번엔 정말 해치우는 거야. '여우들'은 칼을 간다. 계획? 아주 간단하다. 여름이 다가오면 프랑시스 영감은 집에 있는 부인은 아예 잊고 지낸다. 그는 나이 스물여섯에 아직 홀몸인데다 배우처럼 깜찍하게 생긴 매혹적인 카트린을 차에 태운다. 사레그민 사람들은 다 안다, 프랑시스가 밤에 정부를 데리고 사무실로 간다는 걸. 얘야, 타거라, 아이고 깜찍한 것, 서류뭉치와 전화기 사이에서 그들은 열심히 일한다. 삼교대로 밤일하느라 힘드시겠구먼, 프랑시스!

카트린도 싫은 기색은 아니다. 월말이면 수입이 짭짤하니까. 사장님은 친절하기도 하서, 격식을 차려 무슈라고 부르지는 않지만 그녀는 그래도 그에게 존대를 한다. 그에 대한 각별한 애정의 표시다. 그냥 프랑시스라고 부르거라, 애야. 카트린은 그의 말을 따른다. 보스에게 반말이라 어쨌거나 빠르다, 소문이 퍼진다, 구르는 돌처럼, 여자들은 모이기만 하면 깔깔거리며 그 얘기다.

'여우들'은 프랑시스 영감에게 겁을 주려 한다. 심장마비를 일으킬 정도로는 말고! 밤에 은밀히 사랑을 나누다가 약간 비명을 지를 정도만. 복면을 쓴 대여섯 명의 사내가 차를 가로막는다. 아가씨는 정중하게 따로 모셔두고, 진짜 발레하듯, 남자 무용수 루이스가 프랑시스를 끌어낸다. 이리 나와, 병신 같은 놈아, 잘 들어, '우리 여우들'은 네가 마음에 안 들어. 배에 칼을 댄다, 여기를 푹 찌르면, 무섭지, 응, 어휴 파랗게 질리는 것 좀 봐, 왕창 겁을 먹었구먼, 하지만 이건 아무것도 아냐, 아직은! 턱에 대고 한 방. 오 틀니, 프랑시스, 우린 몰랐어. 그리고 가발도. 정말 실망이 커, 아가씨, 아가씨도 상당히 실망했지, 아냐? 대머리에다 피투성이인 저 영감태기와 아직도 그 짓 할 생각이 들어? 난 구역질이 다 나는데.

동료들이 그의 손목을 꺾는다.

잘 들어, 열흘 주겠어. 열흘 후에 같은 장소, 같은 시각에 이 아가씨랑 같이 나와. 우리가 원하는 건 낡은 소액권으로 10만 달러야. 당신은 구할 수 있을 거야. 약속을 어기면, 한 쪽 귀, 다음엔 두 쪽 다, 그 다음엔 네 정부, 차례로 생살을 발라버릴 테야!

'여우들'은 사라진다. 겁에 질려 보낸 여드레 동안 프랑시스는 가지고 있던 구좌란 구좌는 모두 비우고 자신의 동산과 여자들을 저당 잡힌다. 그는 정해진 날, 정해진 장소에 출두한다. 아무도 나타나지 않는다. 다음날도, 12일째도, 보름째도, 영영 아무도 나타나지 않는다. 더이상 위협이 없다. 그러니 수사도 끝! '여우들'이여 안녕! 운전기사들, 그들은 즐겁기만 하다. 하얗게 질린 프랑시스가 감히 집 밖에 나설 엄두도 못 내니까.

풀비아는 시장에서 공모자들 중의 하나, 바스티앙의 아내와 마주친다. 바스티앙이 떠벌린 모양이다. 장난이란 말만 쏙 빼고. 여자는 자신의 남편이 자랑스럽다. 그래서 풀비아에게 그 사실을 털어놓는다. 위험할 것 같지 않아? 아무리 그래도 유괴에다 몸값을 요구하는 건데. 그 돼지 같은 프랑시스야 어찌 되건 상관없어. 하지만 우리 남정네들 자칫 잘못되면 모르긴 해도 감방에서 한 십 년은 썩게 될 텐데! 풀비아는 파랗게 질린다. 시간이 없어서 가봐야겠어요, 그녀는 약속장소로 달려간다.

이건 짐승 같은 노골적인 사랑이다. 풀비아도 순순히 응하지는 않는다. 안 돼요, 프랑수아 안 돼요, 보좌관은 여자가 반항하는 걸 무척 즐긴다. 이리 와 이 창녀야, 가만히 있지 못해, 넌 아직 날 잘 몰라, 나 사레그민의 프랑수아 마셰즈를! 이리 와, 풀비아는 달려간다, 웃는다, 온전히 자신을 바친다, 뭐든지 말만 해요, 자기, 난 자기 좋으니까, 그는 그녀를 유린한다, 반도에서 온 그의 동정녀를.

사랑이 끝나자, 그녀는 그에게 '여우' 프로젝트를 이야기해준다. 프랑수아는 심각한 표정이다. 뭐야, 다들 미쳐도 단단히 미쳤구먼, 네 남자도 낀 거야?

우리의 무뢰한들이 불쑥 나타나 카트린을 땅에 엎드리게 하고 프랑시스의 멱살을 잡고 마구 흔들며 바보들의 연극을 펼치고 있을 때, 갑자기 경찰이 들이닥친다. 루이스 마랭은 혼비백산한다. 그냥 장난이었다고? 모두 끌고 가! 납치기도에 불법감금이라 십오 년은 족히 살아야 할걸?

풀비아는 동쪽의 보도 위에 서서 눈물을 흘린다. 그녀는 꿈을 배신했다. 그 대가는 톡톡히 치르리라. 뭐하러 말을 했을까, 엉뚱한 환상에 지나지 않는 것을?

나 조슬랭은 막시무스의 역을 맡을 것이다. 사투리 때문에 쉬운 역은 아니다. 매일 저녁 나는 연습을 한다. 물론 마엘과 함께. 공연 포스터에 당당히 모습을 드러낸 그녀는 풀비아를 연기할 것이다. 비극적인, 전대미문의, 백 퍼센트 허구의 인물 풀비아를.

파리에 다녀온 후로 난 매주 2천 달러씩을 받는다. 난 그 돈을 펑펑 쓰고 다닌다. 옷, 크림, 책들! 당신들도 이젠 날 못 알아볼 걸요. 나, 롤라의 조슬랭은 날로 세련되어간다. 때로는 젠틀맨으로, 또 때로는 노동자로.

당신들은 내게 이렇게 말하겠죠, 아니 조슬랭 그 돈은 도대체 뭐야, 어디서 나는 거야? 나치가 빌렌에 숨겨놓은 금이라도 찾았나? 암거래? 세금이고 뭐고 모조리 챙기는 거야? 완전히 미쳤군, 조슬랭? 지금이 무슨 광란의 1930년대쯤 되는 줄 알아? 알 카포네와 바더 쿨의 시대?

살 날이 얼마 남지 않았다는 걸 나도 잘 알고 있다. 당신들은 사랑받기를 원했던 한 사내의 전설도 모르세요? 사람이 천년만년을 사는 건 아니잖아요. 그래서 나는 마엘에게 옷을 사주고 내 뼈에 금가루를 입힌다.

나, 백색 땅의 엘프*, 이제 더이상 명분을 찾지 않는다. 영혼 없는 육체들이 날 따라다닌다.

---

* 북유럽 신화에 나오는 요정.

이 모든 짓거리들이 마틸드를 불안하게 만든다. 당연하다. 드니즈만 해도! 창고를 드나드는 창녀, 행실 나쁜 파리 여자, 주제넘게 나까지 넘보다니!

엄마, 그러니까 이 예쁜 여자들 때문에 불안하우? 내가 말씀드리지요, 마엘은 키가 큰 처녀예요. 근육이라고는 조금도 없는. 보면 알겠지만 힘은 못 써도 사랑하기엔 좋은 팔을 가졌어요. 마엘은 말랐어요. 내 손만으로도 힘들이지 않고 목 졸라 죽일 수 있을 정도로. 우아한 마엘, 말, 그 부드러운 독일어, 여차하면 쓰러질 정도로 약하지만 고집 세고 자존심이 강해요!

간혹 내 일을 돕는 날이면, 마틸드는 흘깃거리며 나를 관찰한다. 내 입이 비뚤어지기라도 했수? 최근 들어 내 머리라도 쓰다듬어준 적 있수? 아들을 위해 건배한 적은?

마틸드가 나를 도와 철판을 접는다. 그녀가 힘을 주자 등에 근육이 불끈불끈 솟는다. 저게 여자야? 땡볕 아래 나처럼 젖가슴과 다리를 다 드러내놓고 그녀는 녹슨 철판 앞에 앉아 익어간다. 예전의 모습 그대로 우리는 서로 사랑하고, 깔깔대며 장난을 친다.

나 역시 그녀의 사랑들을 알고 있다! 브라보 마틸드, 또 누구한테 돈을 줄 거유? 그 갈보집이나 다름없는 트레일러를 데우라고 베티나에게 5만 달러? 힘 못 쓰는 그 불쌍한 시마르를 보살피라고 그 돈을 몽땅!

그리고 당신의 그 마르셀 퐁텐. '종점'에서 그 사람 고생깨나 했죠! 그 사람 애쓴 거 다들 알아요! 그리고 그의 루이즈는? 그녀는 어디 있죠? 누구 좋으라고 엄마한테까지 사치, 집, 공원, 레이스 달린

옷, 달콤한 막대사탕을 줘? 갑자기 사업가가 투자를 하고 일거리를 줘? 완전히 신(神)이로구만. 놀라운 마술이야! 나 마피아의 조각가는 세상이 그렇게 녹록한지 미처 몰랐어.

나는 다섯 시간 동안 고철과 씨름한다. 마틸드는 그 절반도 안 한다. 하지만 나를 관찰하기에는 충분한 시간이다. 내 속에 마엘이 벌여놓은 일을 염탐한다. 그녀는 내가 밝아졌다고 느낀다.

끝으로, 나는 『노래집』을 반납했다. 새것처럼 깨끗한 상태로. 선반을 책으로 꾸미는 일은 이제 끝났다. 나는 도서관의 책벌레들을 훌쩍 뛰어넘었다. 더 높은 곳에 내 성경을, 더 높은 곳에! 나는 도서대출증을 찢어버린다.

마틸드는 내가 큰 근심 없이 사랑, 돈, 여자를 조용히 즐기게 내버려둔다. 나도 이젠 마르셀 퐁텐과의 일로 그녀를 들볶지 않는다. 내가 마틸드에게 보석처럼 빛나는 미소를 얼마나 흘렸는지 당신들이 안다면! 이제 행복하우? 엄마의 남자는, 아를캥? 호색한? 마엘은 한 마리 잔인한 깨새, 유년기의 천진난만한 얼굴이에요.

이제야 알겠다. 마틸드가 태도를 바꾼 건 무엇인가를 성사시키기 위해서다. 그녀는 아버지의 옷, 팔꿈치가 닳아 구멍나고 검게 때가 탄 푸른 작업복을 찾아내기까지 했다. 이것 봐, 조슬랭, 엄청 낡았지!

그녀는 내 비위를 맞춘다. 아양을 떤다. 협박을 한다. 난 그 여우짓 뒤에 숨어 있는 질문들을 기다린다. 드디어.

있잖아, 조슬랭, 네가 공장에 와서 우리 일 좀 도와주면 어때? 기계는 네가 빠삭하잖아, 아냐? 한쪽에는 실패, 직물기, 일손. 다른 쪽에는 너, 톱니바퀴, 드라이브, 펜치들. 퐁텐이 그걸 한다고 상상해봐!

물론 일당은 줄게. 꿈꾸던 삶이잖아. 쇠에 매달려 열 시간, 비단 속에서 열 시간, 무대 위에서 열 시간.

좋아요, 근데 조건이 있어요, 딱 하나. 마엘도 써주세요. 연극, 그건 아무것도 아니에요. 우리한텐 돈이 필요해요. 우리한테도 계획이 있어요. 그러니 그녀도 취직시켜줘요! 엄마가 손해볼 게 뭐 있어요?

좋아.

자, 이제 작업복을 입게 된 나의 계집아이, 눈부신 목과 팔목, 천을 짜는 미칠 듯한 기쁨. 공장 안에서, 그 소란중에 우리는 사랑을 나눌 것이다. 마엘, 나의 손은 섬유, 너는 길게 누운 매끈한 직물, 오 생생한 피부의 부드러움.

아들 알베르가 오를레앙에 도착했다. 그는 아무에게도 인사하지 않았다. 그는 거실에 우뚝 서서 던지듯이 말했다.

딸아이 이름은 마엘이에요.

스물셋의 예수가 자신의 처자식에게 보여준 그 미소란! 그는 일주일 내내 식초가방은 팽개쳐두고 베아트리스 곁에서 샴페인을 터뜨렸다.

진통이 이어지는 동안 그는 내내 그녀 곁을 지켰다. 들이쉬고 내쉬고, 그래 잘하고 있어, 발타자르와 멜시오르*를 사다놓았어, 나에게 향을, 그 살덩어리를 줘, 오 네 품에 잠들어 있는 그 붉은 생명, 안아봐도 돼? 나 알베르 자르조 2세는 딸 마엘을 품에 안는다, 베아트리스, 몸조리 잘하고 있어, 아버지한테 후딱 갔다 올게, 두고 봐, 새 생명은 모든 걸 훌훌 털어버리게 하니까, 숨결처럼 불꽃처럼, 그들도 받아들일 거야.

단정한 옷차림, 말끔하게 면도한 턱, 놀라운 판매실적, 알베르는 이 모든 걸 면밀하게 준비한다. 오로지 잘 보이기 위해. 오를레앙에서도 그를 축하해줄 준비를 하고 있다. 장하다, 애야! 동쪽은 이제 우

---

* 샴페인의 일종.

234

리 손아귀에 들어왔어! 자르조 가(家)가 온 세상에 빛을 발하는구나, 조국에 영광을! 그래서 말인데 얘야, 지난 일 년간 아들 노릇을 톡톡히 했으니 이제 숙소를 옮기는 것이 어떠냐? 지금 그곳은 너무 음침해, 잘나가는 회사 주소로는 안 어울려, 그러니 시트도 깨끗하고 욕조도 있는, 좀더 고상한 곳으로 옮기려무나, 그러면 여자친구도 데려갈 수 있을 거고 말이야, 권하는 것은 아니다만 네 나이면 그런 쪽에도 경험이 좀 있어야 하지 않겠니?

알베르는 기회를 놓치지 않았다. 그는 단숨에 모든 걸 털어놓았다. '부인의 길', 베아트리스 그리고 그들의 딸. 그 바보들은 멋지게 한 방 먹었다! 망연자실. 전술적 후퇴. 퇴각! 참호 속으로! 전략을 재점검해야 해! 서둘러!

뭔가 유보된 듯한 어색한 분위기 속에서 그들은 그에게 축하해준다. 어색한 아버지의 악수, 그래 장하구나, 내 아들, 공주라, 그럴 수도 있지, 어색하게 떠도는 생각, 어색한 쾌활함, 그들은 찜찜한 기분으로 축배를 든다.

그날 저녁, 알베르는 베아트리스에게 전화를 한다. 그녀는 이미 알고 있다. 갓난애를 품에 안고 그녀는 자기 남자를 기다리고 있다. 목 멘 소리,

알베르, 당신은 아무것도 얻어내지 못할 거예요. 그들은 당신을, 아니면 나를 쫓아버릴 거라고요. 지하창고에 가둬놓고 썩어가게 놔둘 거예요. 우릴 떼어놓고 말 거예요. 영원히. 슐레지엔! 카토비체!* 그

---

* 폴란드 중남부에 있는 주(州). 유럽 최대의 석탄지대.

어디선가 어느 날 아침 사람들은 입을 벌린 채 죽어 있는 날 발견하겠죠. 아, 나쁜 사람들, 당신은 그들에게 충직한 개나 다름없는 존재예요. 당신이 뼈빠지게 일하는 동안 그들이 뭘 하고 있었는지 봤죠!

이어 설득이 시작된다. 아버지가 말하고 엄마는 거든다. 루아외르 영감님도. 마을의 원로. 선의의 태양. 알베르, 애야, 네 엄마와 함께 많이 생각해봤단다. 너 정말 네가 무슨 짓을 한 건지 잘 알고 네 스스로 결정한 거냐? 넌 이제 겨우 스물셋이야, 아직 어린 나이지, 네 앞길은 이제 탄탄대로야, 우릴 위해 애도 많이 썼고, 하지만 스물둘이면 사고를 치기도 쉬운 나이지, 우리 성인들끼리 솔직히 터놓고 이야기해보자꾸나, 나이 스물에 도대체 무슨 생각이 있어? 그래, 나도 알아, 혈기왕성할 때지, 하지만 이건 아냐! 내가 말해줄까? 네 나이 땐 사랑을 몰라, 말은 그럴듯하게 해도 그 짓거리를 즐기는 것뿐이야! 100달러짜리 예쁜 창녀, 그게 바로 너희 또래한테 필요한 거야, 나나 네 엄마나 그건 충분히 받아들일 수 있어! 그런데 그 케케묵은 방에서 그 빌어먹을 베아트리스와 도대체 뭔 짓거리를 해버린 거야!

뭐, 파리 변두리의 금발 소녀? 예쁘게 생겼다고? 넌 그 계집한테 물린 거야, 이 멍청아! 머릿속이 텅 빈 그런 여자가 정숙하고 신실한 엄마가 될 수 있을 것 같으냐? 젊은 혈기에 못 이겨 한때 놀아나는 건 영감님이나 우리나 이해할 수 있어. 하지만 집안에 받아들이는 건 다른 문제야. 네 200달러짜리 계집, 그 계집의 진짜 정체가 뭔지 알기나 해? 행동거지가 어떤지 자세히 살펴보기나 했어?

세월이 많이 좋아졌지만 사람이라고 다 똑같은 건 아냐, 위생, 지능, 교육이 문제지. 알베르, 너도 잘 알다시피 세월이 누구에게나 다 좋은 건 아니지 않니. 우린 옛날로 치면 귀족이야. 나보다 네가 더 잘

236

알 거다, 코르넬리우스를 입에 달고 사는 너니까! 다른 사람들에겐 입에 풀칠하기 급급한 세월이야.

나도 한땐 많이 굴러먹었어! 이 여자 저 여자 많이 건드리고 다녔지! 그 속에서 허우적거리며 한세월 보냈어! 그것들은 벗겨만 봐도 같은 세계의 사람이 아니라는 걸 금방 알 수 있지.

베아트리스를 벌거벗겨 나에게 데려와봐. 그러면 난 너에게 말할 거야, 두말할 것도 없이 예쁘구나. 30달러라면 나도 이해해. 난 또 이렇게 말할 거다, 오를레앙 여자가 아니구나. 멋진 몸매, 아름다운 금발, 네 딸을 먹일 젖으로 탱탱한 가슴, 훌륭해, 하지만 그녀는 여기 사람이 아니야. 내 말이 틀리면 손에 장을 지지마.

애야 알베르, 걔 나이 이팔청춘이니 한때의 불장난 따윈 금방 잊을 거야. 네 엄마와 난 널 잘 알고 있어, 그 하녀 같은 여자 따윈 그냥 내버려두거라. 오가는 사람들 중에 자기 짝을 찾을 수 있을 거야. 하지만 넌 다르잖니, 난 네가 잘되기만을 바래, 멍청하게 그런 애한테 물리면 안 돼! 베아트리스는 흑심을 품고 있어, 그건 분명해! 너의 재산, 너의 명민함. 그 아이 부모가 부추긴 게 틀림없어. 이상하지도 않으냐, 느닷없이 아이라니? 어쩌다 건드렸더니, 덜컥, 애가 들어앉아! 누구 씨인지 어떻게 알아?

알베르는 분에 못 이겨 침실에 틀어박힌 채 눈물을 흘리고 있다. 이런 천박한! 동역(東驛), 잠에 빠진 아기, 마엘이 자라고 있다. 알베르는 그날 밤 전화를 하지 않았다. 그는 사랑한다고 말하지 않았다, 그는 끓어오르는 분노를, 이해할 수 없는 잔인함을 되씹고 있었다.

이튿날, 그는 아무 말 없이 집을 나와버린다. 몽파르나스 직행, 이어 동역, 날 안아줘, 내 사랑, 날 위로해줘, 아무 얘기나 좀 해줘, 내 사랑 베아트리스, 내 순백의 성녀, 모든 걸 용서해줘.

무슨 이유 때문인지는 모르지만 이 이야기의 끝을 나에게 들려준 것은 바로 마틸드다.

알베르가 돌아오자, 베아트리스는 달려가 그를 끌어안는다. 그들은 함께 눈물을 흘린다. 이제 할 건 다 했다.

베아트리스에게 무슨 일이 있었는지도 훤히 짐작이 간다. 그들은 그녀를 창녀로 몰아 더럽혔을 것이다. 그녀의 얼굴에 대고 침을 뱉었을 것이다. 아들을 훔쳐간 도둑년을 곱게 볼 까닭이 있겠는가? 순진한 자르조를 꼬드겨 타락시킨 창녀를.

'부인의 길', 그들은 알베르가 쓰던 방을 함께 사용한다. 좁은 침대, 마엘을 위해 빌린 요람 하나. 베아트리스는 나무랄 데가 없다. 그녀는 헹구고 문지른다. 쾌활한 얼굴, 아무 일도 하지 않는 사람처럼 고운 손, 검소한 차림새, 기껏해야 두세 벌의 드레스.

이틀 밤을 보내자, 알베르는 다시 가방을 들고 동쪽으로 떠난다. 그는 사흘간 아내와 딸을 버려둘 것이다. 전처럼 당당한 자르조 집안 자식으로서, 살아 있는 코르넬리우스로서! 그는 집안의 대표이고 왕들과 바보들을 위한 식초 그 자체다.

매입 주문서, 총천연색 전표, 무엇을 위해 망망대해를, 100리터들이 식초? 어디나 비슷한 교외의 아파트촌, 케이블, 전기선, 교외선 철도, 가난, 철조망들이 얼기설기 엮여 있는.

알베르는 매일 그의 베아트리스에게 전화를 한다. 나의 천사, 추호도 의심하지 마, 난 당신을 사랑해, 그들도 이젠 어쩔 수 없을 거야, 정말이야, 그들은 당신을 욕했지만 난 당신을 알아. 집에 돌아갈 날만 기다리고 있어, 우리 영원히 변치 말아.

오늘은 1,200리터를 팔았다. 운이 좋은 날이다. 알베르는 여전히 최고다. 어느 누구도 꺾을 수 없는 자르조, 그게 바로 그다. 그는 자신의 이름과 삶을 굳게 믿는다. 그는 매일 저녁 주문서들을, 그리고 매주 주말에는 명세서들을 발송한다.

그는 자신의 조상들을 잊는다. 그는 자신의 손과 얼굴을 더럽힌다. 그 온갖 추악함, 쇠, 고통, 뒷거래, 그 방대한 유통에 윤활유처럼 제공되는 여자들.

오를레앙에서는 여전히 소식이 없다. 베아트리스는 걱정이 된다. 그래서 알베르를 조른다. 마엘을 생각해서라도 용기를 내요, 알베르. 전화를 해요! 하지만 그는 계속 기다리기만 한다.

베아트리스는 많이 야위었다. 그녀는 전에 하던 식으로 호텔 일을 조금 거든다. 하지만 기력이 예전만 못하다. 시트 두 장만 갈아도 숨이 가빠오고 계단을 한 번만 오르내려도 기진맥진하고 만다. 그래서 알베르가 전적으로 생계를 맡는다. 이제 곧 육 개월이 되는 마엘을 위해 그 모든 것을, 그는 이만저만 뿌듯한 게 아니다!

이번주는 드랑시의 까만 친구들을 방문한다. 식구들이 번갈아 일하며 밤낮없이 열어놓는 열 개 남짓의 식료품 가게. 그들이 먹어치우는 식초만 해도 장난이 아니다!

그는 버스를 타고 드랑시로 간다. 사은품을 잔뜩 가져가 그 위험한 알코올 중독자들에게 아부할 참이다. 단골손님들이니 쉬운 하루였을 것이다, 그 세 녀석이 알베르 앞에 나타나지만 않았다면. 도시순환도로 가에 잡역부들이 고개를 숙인 채 짐을 싣고 부리는 유통창고가 하나 있다. 아냐, 그게 아냐, 그 친구들이 원하는 건 바로 너야. 그들은 슬그머니 다가와서 알베르의 가방을 걷어찬다. 병들이 산산조각이 나면서 23도의 피를 줄줄 흘린다. 그윽한 향이 퍼지고, 난장판이 벌어진다.

알베르가 막아보지만, 그들은 그를 밀치고 쇠파이프로 무릎을 퍽, 그가 쓰러진다, 어이 오늘이 네 제삿날인 줄 알아, 허리에 대고 또 한 방, 으드득으드득 손가락 꺾는 소리, 유리 조각들, 하나씩 깨져 부스러지는 작은 뼛조각들, 애써 묶은 포장끈들이 풀어지고 모든 것이 산산조각난다, 남자의 급소에 대고 또 세게 한 방, 세 명이 한꺼번에 달라붙어 린치를 가한다, 오 피곤죽이 된 불쌍한 알베르, 깨진 병 속에 남은 식초를 그의 얼굴에 대고 끼얹는다, 아따 이 자르조 놈 냄새 한 번 지독하네, 엄청 퍼마신 거야 뭐야, 어이 알베르 요깟 일로 우는 거야? 아이고 피가 많이 나시네, 가방에는 신경 꺼, 끝장났으니까, 귀에 대고 무지막지하게 또 한 방, 일어나, 그래, 아 못 일어나시겠다? 무릎이 안 펴져? 엄살 아냐? 다시 약하게 빵 빵 빵 그러고는 가버린다, 잘 들어 이 병신아, 넌 아직도 우리가 왜 왔는지 이해 못 한 거야? 그런 거야? 우리 셋이 몸소 먼길을 행차하셨는데도 말이야?

병원에서 퇴원하자 베아트리스가 밤낮없이 알베르를 돌본다. 상처투성이의 다리, 고약을 덕지덕지 바른 성기, 붕대를 친친 감은 손, 오 가여워라! 두 달 동안 알베르는 눈물만 흘린다. 죽이리라. 부모라는 그 악랄한 사람들을. 그는 서슬 퍼런 증오로, 혐오감으로 이를 간다. 그들은 그를 재산이나 축내는 놈팡이로 취급했다. 그들은 그를 처형했다.

더 생각할 필요가 있을까? 오를레앙에는, 그 음흉한 자르조 집안에는 두 번 다시 발을 들여놓지 않으리라!

이제 마엘을 돌보는 것은 불구자 알베르다. 목발을 짚은 채 우유도 먹이고 기저귀도 갈아준다. 그는 마엘이 옹알거리는 소리에 귀를 기울인다. 표정, 몸짓, 마엘은 금세 배운다. 눈에 보이는 것이면 뭐든 집으려 든다.

베아트리스는 호텔 일을 다시 시작했다. 악취가 풍기는 변기, 얼룩진 시트, 다림질해야 하는 옷들…… 아줌마는 그녀가 안돼 보여서 다시 일을 시킨다고 한다. 불쌍한 것, 이제 갓 스물인데 불구인 남편에다 애까지 딸렸으니!

자르조에게는 이보다 더한 치욕이 없다! 아내를 그 일에서 해방시킨 게 바로 그였는데! 그런데 그녀는 또다시 돈을 위해 허리 굽혀 일하고, 마엘에게 먹일 밀가루, 물에 잘 풀리는 분유를 위해 팁을 구걸한다. 창백한 얼굴, 뻣뻣한 허리, 지칠 대로 지친 베아트리스.

하지만 그녀는 미소짓는다. 생계를 도맡아 하면서도 고분고분한 엄마. 오 그녀는 아무것도 용서하지 않았다! 하지만 그녀는 몸바쳐 일한다, 청소, 빨래, 호텔에 묵는 상인들의 온갖 뒤치다꺼리.

저녁마다 그녀는 와이셔츠들을 다림질한다. 비눗물에 전 손을 말린다. 자물쇠에 기름칠을 한다. 알베르는 침대에 누워 그 모습을 바라본다.

둘 다 배고픔에 시달린다. 밤을 주워먹기도 하고 소금 푼 물을 마셔 주린 배를 채우기도 한다. 그는 또한 질투에 시달린다. 그녀에게 빌붙어 먹고살다니! 마엘의 우윳값마저도! 아무것도 아니었던 그녀, 이제 왕자를 돌봐야 하는 신데렐라는 양말을 깁는다!

알베르는 간신히 목발을 짚고 복도로 그녀를 조금 따라가본다. 그에게는 그게 소일거리다. 그는 일하는 그녀를 바라보는 것이 좋다. 하지만 어느 날 저녁, 우유로 배를 채운 마엘은 잠이 들었다. 도대체 뭘 하고 있는 거지, 베아트리스는? 그는 이층으로 올라가 그녀를 부른다. 214호실, 그래 그랬군, 오 순전히 돈을 위해 그짓을, 재주 한번 좋군, 몸을 파는 애엄마, 성스러운 창녀, 정말 숭고해, 식초장수는 비틀거린다, 눈물을 떨구며 간신히 밖으로 나온다, 피의 강, 차를 얻어 타고 오를레앙까지 간다, 그러고는 두 번 다시 돌아오지 않는다.

오늘 아침 카토비체에서 온 한 사내가 날 찾는다. 더 먼 곳에도 날 아는 사람들이 있다, 살아 있는 순례지, 살아 있는 전설 조슬랭!

러시아인, 독일인, 수없이 많은 슬로베니아인, 코소보인들, 일종의 바벨 선단이다. 그들 동쪽에 사는 사람들이 모두 빌렌을 존중한다. 아, 예사롭지 않은 놀라운 도시! 시(詩)의 수도! 그렇다, 우리도 알고 있다, 달러를 찾아 번득이는 눈, 금빛 눈썹, 우리의 친구들, 그들이 정강이에 칼 하나 달랑 차고 속속 도착하고 있다.

베베르와 캉탱도 그 괴짜들과 교류한다. 예전에 동구와 서구 사이에 벽이 있을 때는 국경만 나타나면 간을 졸여가며 멈추지 않고 줄기차게 달렸다. 하지만 요즘에는 조직망을 구축한다. 주요 환승역마다, 브레스트*의 주요 집하장마다 누이나 딸이라도 살해할 각오가 되어 있는 노예가 버티고 있다.

어릴 적부터 그들은 눈을 치우고 시체들과 장작을 나른다. 조금 크면 초원을 달리고 피오르에 다이빙을 한다. 아이들을 강건하게 키우는 그 사람들의 전통이다.

---

*러시아의 국경도시. 모스크바와 바르샤바를 잇는 철도. 도로 교통의 요지이다.

카토비체, 난 그곳에 가본 적이 없다. 왜냐하면 나 조슬랭은 아무 것도, 정말 아무것도 아는 게 없으니까. 얘기는 많이 들었다. 슐레지 엔 고원, 높기도 하지! 그리고 납가루에 중독된 악마들!

동브로바, 글리비체, 비톰, 후주프. 당신들도 모르세요? 변두리 도시들 이름? 범죄명의 철자? 석탄을 가득 실은 화차, 산책하듯 그냥 그렇게 도시를 흘러다니는 용암! 허파를 뒤집어놓는 소용돌이! 밤이 면 색 바랜 욕조에 몸을 담그고 다른 어딘가를 꿈꾸는 아름다운 여자들, 자꾸 빠지는 금발! 마주치는 몸, 그 퀭한 얼굴, 노랗게 전 그 손들!

이 지옥에 대한 얘기를 들었다, 육 개월마다 토해내는 피, 너무나 짤막한 다리들, 납에 중독된 두뇌, 오 약속된 땅이여! 유순하고 젖이 흘러넘치는 가슴을 가진 어여쁜 아가씨들은 탈출한다, 서쪽을 향해 달아난다.

카토비체의 사내는 트럭을 몰고 왔다. 그는 인근에서 고철을 수집한 다. 그는 푸른색 작업복을 입고 있다. 때가 잔뜩 낀 손을 들어 인사한 다. 어이 시마르! 그는 키예프에서 오는 길이다. 단번에 1,700킬로미터 를! 운전석에는 하얀 원피스를 입은 젊은 부인이 조신하게 앉아 있다.

나는 한잔 하자고 그들을 초대한다. 갑시다 친구, 저쪽 분도. 나는 한 손을 들어 트럭의 앞유리창을 가리킨다. 아니 신경쓰지 말게, 조 슬랭. 그녀는 거기가 좋을 거야. 바깥에서 가만히 있는 게.

우리는 널려 있는 보물들을 둘러본다. 해저 케이블, 쇠축, 석유 시 추용 드릴 하나. 그는 전문가답게 쓸 만한 물건 두 개를 고른다.

이어 사업얘기들이 오간다. 밀수입에 관한 것이라면 줄줄이 꿰고 있는 나 시마르 2세 그리고 힘깨나 쓰는 그, 우랄의 사나이.

언제나 똑같은 이야기, 비용, 시장상황, 수송에 따르는 위험…… 조슬랭 얼마 전에 말이야, 우리 화물이 습격을 당했어. 엄청난 양의 구리 주괴(鑄塊)가 크라스토야르스크에서 사라져버렸어. 장장 6천 킬로미터에 걸쳐 도로분기점이 147개나 되는 침엽수림 지대를 두고 벌여야 하는 수색을 상상 좀 해봐, 끝이 없는 거지. 결국 아무것도 못 찾았어.

아, 이 짓도 이젠 정말 힘들어! 집시들도 한몫 잡겠다고 뛰어들었으니. 그들도 보통이 아냐. 알루미늄 값이 좀 떨어져보지, 완전히 사막이야. 싹쓸이지. 물건이 없는 거야. 정말 자유로운 그 빌어먹을 놈의 자본주의! 그러다 톤당 22달러로 다시 올라가면, 세상에, 온 천지가 다 알루미늄이야, 완전히 널렸어, 울며 겨자 먹기로 값을 내릴 수밖에 없지.

조슬랭, 네 아버진 그 흐름을 참 잘 읽었지! 그가 때려치웠다니 참 안된 일이야.

비탄에 잠기는 우리의 마피아, 위스키를 너무 많이 마셨나, 조슬랭 넌 아주 기운이 넘쳐 보인다만 너희 집 물건은 형편없어, 젬병이라고! 우리한테 필요한 건 물건이야! 일거리는 아직 있어, 하지만 딴 놈들이 먼저 가로채면 끝장이지. 베베르와 캉탱은 순한 양들이야, 그들의 트럭은 텅텅 비어 있단 말이야.

그러니 네가 날 도와야 해. 사람들 말이 여기 북쪽에 공장들이 통째로, 쇠가 지천으로 깔려 있는 곳이 있다면서. 그걸 어떻게 해봐! 해보라고!

거인이 일어난다. 내 주머니에 100달러짜리 지폐를 찔러준다. 비틀거리며 골라놓았던 물건을 싣고는 떠난다.

공장을 통째로. 웃기는 생각…… 그런데 어디? 빌렌에 있는 공장이라면 지금으로서는 퐁텐과 그 동업자들의 공장밖에 없다. 마엘과 나는 계약서에 서명했다. 마틸드가 우리를, 우리 위대한 세기의 방직공들을 감시하고 있을지도 모른다. 그녀가 우리에게 서류들을 건네주었다, 모르는 일이니까 모두 읽어둬, 보험, 근무시간표, 수익성, 위생, 도난방지 쇠사슬, 시간 측정기, 기쁘기도 하여라 이제부터는 기계에 들러붙어 지낼 거야! 내일부터 시작이다, 마엘은 하루 종일, 난 오후에만, 기계관리를 위해.

그리고 환한 빛에 싸여, 그녀가 들어온다, 갈증에 시달리는 나의 여인이, 금속기 시대의 잿빛 정원으로.

오늘 마엘은 모든 걸 알고 싶어한다. 마틸드, 사업상 출장중인 조르주, 마니피카, 기, 나의 조제핀, 드니즈, 그리고 다른 비밀들에 대해.

아버지와 엄마가 문을 잠그고 저 위에 틀어박히면 나 홀로 지새워야 했던 그 피비린내 나는 밤들에 대해 난 그녀에게 이야기해준다. 그녀는 가만히 웃기만 한다. 난 듣기 좋으라고 꾸며 말하지는 않는다. 지나간 나의 삶을 생생하게 묘사해준다. 치마를 걷고 앉아 자신의 생살을 벗겨내는 마틸드, 연신 욕을 퍼부어대는 열세 살 혹은 열다섯 살 먹은 아들, 나. 그 가운데에, 산더미처럼 쌓인 썩은 고철들. 멋있지, 아냐? 구도잡는 감각 한번 끝내주지!

그녀는 내 생동감 넘치는 묘사에 빠져든 게 틀림없다. 조슬랭, 너 정말 그렇게 살았니? 난 이야기 보따리를 한꺼번에 풀어놓지 않는다. 교활하게도. 난 그녀의 호기심을 자극한다. 밀매란 건 정말 끔찍한 직업이야, 너무 많이 알려고 들지 마! 알아봤자 어차피 널 위한 건 아니니까 괜히 귀만 더럽히지 말라고!

나는 묵시록의 분위기를 조장한다. 얽히고설킨 쇠, 미증유의 고통, 환영(幻影), 유목민들. 마엘은 근심스런 표정을 짓는다. 나는 그녀에게 아무것도 숨기지 않는다.

나는 큰 소리를 지르며 5번, 6번 도로를 긋는다. 보헤미아 키르기
지스탄, 물론 그녀가 그것들을 알고 있었을 리가 없다. 군사도시들
은? 길 위에서 저질러지는 범죄들은? 3천 킬로미터를 내달리고 난
후 뻣뻣해진 팔은?

마엘, 자유롭고 까탈스럽고 창백한 나의 집시여인. 난 그녀에게 캉
탱과 함께 방치된 고철들을 뒤지며 보내는 밤들에 대해 설명해준다.
가끔 아주 처치곤란한 일들이 벌어지기도 한다. 신원불명의 시체를
발견한다거나 무기들을 찾아낸다거나!

엄마와 아버지가 나에게 모든 걸 가르쳐주었다. 가죽장갑을 꼭 껴
야 한다는 것, 달러를 버는 방법, 피해야 할 길들, 아우토반의 휴게소
들. 정말이야, 고철은 어디에나 있는 법이야. 겨울밤에 사고가 나면
우리한테 치워달라고 연락이 오는 경우도 있지.

쓸 만한 건 이리로 가져와. 가끔 형사들이 와서 둘러봐. 일상적인
일이지 뭐, 텔레비전이나 깨작거리다가 가지, 트루펜퓌러*에게는 항
상 예라고 대답해야 돼, 그럼 열흘 동안은 아무 일 없어.

내가 제일 잘하는 건 바로 이거야. 고철을 박살내는 것. 봐 정말 낡
았지, 여기저기, 온갖 금속 잡동사니들. 내가 손목을 한 번 돌리지,
휙, 더이상 차도 없고 천문관측 기구도 없어, 톱니바퀴 덩어리밖엔
아무것도.

내가 한번 보여줘? 정말?

---

* Truppenführer, '대장'이라는 뜻의 독일어.

마엘이 나를 쳐다본다. 이 남잔 날 감동시킬 거야, 틀림없어. 첫 영성체를 받드는 모든 여자들처럼 그녀는 두 손을 배 위에 모으고 있다. 얌전히 있어, 나의 비둘기.

난 번개같이 내 도끼를 쥔다. 발로 눌러 꼼짝 못 하게 해놓고, 퍽! 나는 쇳덩어리를 팬다. 꾸르륵거린다, 그 금속덩이가, 거품이야 뭐야, 주홍빛 소용돌이들. 나는 손을 바꿔가며 계속한다. 몸통, 팔다리, 뼈, 이 모든 게 순식간에 분리된다.

그리고 부서진 금속의 냄새, 사방으로 흩날리는 날카로운 꽃잎들! 마엘은 넋을 잃고 바라본다, 꿈틀거리는 그 살, 쇠를 갈아 부수는 그녀의 조슬랭 로렐라이! 나는 도끼를 내려놓는다. 그녀가 나 관능을 향해 다가온다. 그녀가 내 목에 키스한다. 내 등을 껴안고 보호를 청한다.

너희 집, 구경해도 돼?

그녀가 앞서 계단을 오른다. 우리는 에덴을 지워나간다. 아, 성소에 발을 들여놓는 그녀. 나는 그녀를 뒤따른다. 우리는 웃는다. 엄마의 침실에 들어서자 왠지 어색하다. 아버지가 벌써 일 년째 폴란드에서 돌아오지 않고 있다는 걸 마엘은 알고 있다. 그녀는 엄마 그리고 나의 침대를 발견한다. 그녀는 붙박이장을 뒤진다, 농담을 한다, 이게 바로 그 유명한 밤을 위한 마틸드의 의상들이군! 너를 존재하게 해주는 의상들! 그것들이 없었다면 극장으로의 유배도 없었을 테니까!

어디 보자…… 이거? 아냐, 내 스타일이 아냐. 그럼 저거? 야 이 옷 멋진데! 정말 야해! 어디 한번 입어봐야지, 이런, 이거 입으면 나도 네 엄마처럼 헤픈 여자 되는 거 아냐? 그러고는 나의 공주가 음악에 몸을 싣는다, 춤을 춘다, 나는 망연자실해 있다, 바닥에는 신발들, 벨벳 드레스, 그녀의 몸에는 비단, 마엘 안 돼, 너무 파여서 벌거벗은 것 같잖아, 솔직히, 아마천이 떨어진다 그래도 그녀는 계속한다, 그대로 두면 스트립쇼가 될 판이다, 네 엄마 정말 웃긴다, 그런데 네 아빠 도대체 뭘 찾으러 동쪽으로 간 거지? 이젠 조금 염려가 된다, 나는 슬며시 그녀의 손목을 붙든다, 이제 장난 그만 쳐 마엘, 마틸드가 보면 뭐라고 하겠니?

내 방에 와서도 그녀는 계속 장난을 친다, 미처 못 입은 옷을 왼손에 든 채. 장난 그만 치고 좀 진지해지자.

서랍을 열어봐. 네 사진들, 너의 그 친애하는 마니피카에게서 훔친 너에 관한 자료! 훌륭하지, 안 그래? 여기서 난 널 위해 시를 읊었어. 두 발로 서서, 자랑스럽게, 꿈을 꿨던 거지.

나의 풀비아가 감격한 모양이다. 그녀의 방문을 기념하기 위한 마지막 절차로, 나 조슬랭은 초상, 그녀의 벨벳, 그녀의 자료, 그녀의 하얀 의상들을 들고 가 모조리 불태운다. 마엘은 타오르는 불꽃을 바라보며 미소짓는다, 나는 그녀를 껴안는다 그녀를 안고 쓰러진다, 쾌락의 골짜기, 재, 벌거벗은 몸들, 아무것도 걸치지 않은, 그녀와 나이젠 모든 걸 떨쳐버렸다.

결정됐다, 이후로 우리의 의상담당은 조제핀이다. 내가 원하는 모습은 잔인한 오빠다. 잘생겼겠지? 아마, 난봉꾼일 테고.

마엘은 가게 안에서 조제핀과 음모를 꾸미고 있다. 오, 순결한 약혼녀여, 다가오라, 새 의상을 입은 나의 풀비아여!

'만인을 위한 린네르', 이제 여긴 그리 자주 오지 않는다. 고약한 날씨 때문에 텅 빈 가게, 오른편에 탈의실들, 여자들이 즐겁게 시간을 보내는 곳이다. 나의 여도둑들*이 바로 거기서 재잘거리고 있다.

심심하지는 않으신 모양이군! 나는 소리를 빽 지른다.

뭐하러 숨겨? 할 수만 있다면, 저 여자들을 감금해놓고 채찍맛을 좀 보여주고 싶다, 마엘이 나에게 입을 맞춘다, 이어 조제핀도, 거의 벌거벗은 마엘, 곧 조제핀도. 나는 질투에 사로잡힌 폭군이다, 화를 내지 않으면 불안하고 항상 사랑받고 있는지를 확인하는. 자 조슬랭, 이것도 한번 입어봐, 이탈리아식은 어때, 마피아 거물들 스타일은?

조제핀은 마엘 주위를 맴돈다, 눈꼴 실 정도의 정성, 다독거림, 이

---

* 그리스도와 함께 십자가에 못박힌 도둑들.

건 좋지 않아, 그녀의 허리를 더듬는 손, 그런데 여기, 너무 조이지 않아? 어떤 게 좋겠어?

풀비아는 오빠에게 강간을 당하는 열여섯 살짜리 계집애야, 그녀에게 필요한 건 팬티스타킹, 미니스커트, 성모 마리아 목걸이, 틀어 올린 머리라고!

조제핀은 신이 났다. 젊은 여자가 '만인을 위한 미라들'에 발을 들여놓은 게 얼마 만이던가! 아예 기대도 않고 지냈는데. 갑자기 눈에 넣어도 아프지 않을 어린아이가, 너에게는 1호, 어머, 이럴 수가, 도저히 믿어지지가 않네, 6호만 팔던 내가!

마엘의 몸에는 군더더기가 없다. 조제핀은 정신을 못 차린다. 아예 얼싸안고 춤을 춘다, 우아하기도 하지, 정말 기가 막혀, 좀더 보게 괜찮으면 이것도 한번 입어봐, 그걸 입은 건 한 번도 본 적이 없어.

색상은? 좀더 기다려, 조슬랭, 기다리란 말이야······

난 발을 동동 구른다, 내겐 오로지 한 가지 생각뿐이니까, 마엘과 내가 연습을 해야 한다는 것.

난 남쪽나라의 한 짐승 역을 해야 한다. 고백하건대, 막시무스 역을 맡은 나에게 쏟아질 증오를 느끼는 것, 그것도 그리 나쁘지는 않다. 오, 무대 위에 드러날 그 추악함! 살내음이 풍기는 돈, 나의 누이 풀비아가 긁어모은 금으로 몇 달 동안 온통 휘젓고 다녀주마! 나는 벌써 그 증오를 느낀다. 객석의 그 시선들, 두들겨맞아 턱이 또 깨지더라도 난 두렵지 않다.

막시무스, 그건 심혈을 기울인 내 작품이 될 것이다. 마엘 내 널 위해 기꺼이 악역을 맡으리. 절정에 이르면 그녀가 날 칠 것이다. 나도 그녀를 피 흘리게 할 것이다. 결국에 가서는 그녀가 떠나리라는 걸, 나를 잊으리라는 걸, 날 망쳐놓으리라는 걸 우린 어차피 알고 있으니까.

　오늘 우리는 아주 간단한 한 장면을 연습한다. 우리는 아무 말도 하지 않는다. 오빠와 여동생 사인데, 제기랄, 내가 자길 사랑한다는 걸 잘 알고 있으면서도 말이다! 우리는 손에 손을 잡고 무대 가장자리를 걷는다. 때때로 눈길만 줄 뿐. 미소조차 짓지 않는다. 이삼십 분쯤 흘렀을까. 휙! 나는 그녀의 손목을 낚아채 탱고를 춘다. 균형을 잃고 넘어지는 그녀를 품안 가득 껴안는다.

　내가 제대로 이해한 거야? 오빠와 누이? 그가 이렇게 안고 가는 건 풀비아다. 그들은 사랑을 나눌까? 아냐 자기, 더 복잡한 거야, 다른 거라구, 이런 빌어먹을 대본, 마니피카가 도대체 무슨 짓을 해버린 거야. 그럼 미풍양속은! 대장이라고 자기 마음대로 해도 되는 거야?

　자기 분장실에서 마엘은 나에게 걷는 법을 가르쳐준다. 그래 조슬랭, 근데 왠지 불안해 보여. 나도 모르겠어. 넘어질까봐 겁나?
　여기 바닥엔 못 하나 튀어나와 있지 않아, 전혀 위험할 게 없다고. 그러니까 제발 좀 발레화를 신어! 바닥이 아주 얇아, 전혀 무겁지도 않고, 자, 5미터 정도 걸어봐, 한번 보게.
　아냐 그게 아냐. 네 발 벌어진 것 좀 쳐다봐! 잘못 길들인 뿔닭 같잖아, 조슬랭!
　무슨 말인지 알겠어? 발도 연기를 하는 거야. 그러니까 네 발이 되어봐! 무용수가 되어보라고. 호수 위를 떠도는 백조를 상상해봐, 모

254

든 사람들이 깜짝 놀라 환호를 터뜨려, 그래 백조처럼 우아하게 브라보, 물결 위에서 균형 잡는 것 좀 봐, 그의 아버지가 보면 얼마나 자랑스러워할까!

　예전에 쥐새끼들의 사랑을 받았고 땡전 한푼 없는 노동자였던 나 조슬랭이 발레를 한다. 나의 길, 분필로 그어놓은 선을 나는 따른다, 숨쉬지 마 조슬랭, 허리를 쭉 펴고, 입은 하늘로, 팔을 한껏 벌려! 나는 몸을 좌우로 흔든다, 누군가 이 모든 걸 멈추게 한다면 막시무스는 속으로 쾌재를 부를 것이다, 벌써 두 시간째 벌을 받고 있다, 이렇게 해 저렇게 해 춤을 춰, 오늘이 며칠인지 지금이 몇시인지 그녀도 나도 모른다, 하지만 난 어쨌든 피곤하다
　위대한 밤이 오면 우린 말없이 걷는 침묵의 한 쌍이 되리라는 걸, 너무 늦지 않았다면 열렬한 키스를 나누리라는 걸 나는 이제 안다. 내 사랑, 내가 너의 옷들을 모두 태워버린 지금 뭐가 걱정이야, 이제부터야말로 제대로 살아보자구.

이리 와 내 사랑, 전원으로 나가자. 가서 들판에 머물자. 아침 일찍 일어나 포도나무들을 살피러 가자. 오렌지나무에 꽃이 피었는지. 우리의 나무들이 서로 얽혀 열매를 맺을지 살펴보자. 공장으로 가서 꽃무늬 옷감을 두른 우리의 몸을 보자. 하지만 마엘 오늘 아침 너는 오지 않았다. 전화도 받지 않고. 시작이 좋지 않다.

마엘 자르조? 묵묵부답. 사람들은 나 조슬랭을 쳐다본다. 아니 나도 몰라요, 뭐야 내가 알고 있어야만 하는 거야?

첫날부터 난 불안에 떨고 있다. 마엘, 조제핀의 가게에서 발끝에서 머리끝까지 온통 파란 옷을 샀잖아, 가슴과 엉덩이에는 비단, 다리에는 부드러운 면 그리고 그 야한 구두, 그렇게 프롤레타리아다운 것은 못 됐지, 사실이야, 너를 보고 동지라고 부르긴 어려웠을 거야. 난 사람들이 이렇게 생각하길 원해, 그녀가 프랑스를 떠나기 전에, 내 속에 있는 프랑스가 그녀를 사랑했노라고, 초원의 야생화, 알베르와 베아트리스의 딸, 마엘 자르조, 그녀는 사랑받았노라고.

동지들! 스파르타쿠스를 따르는 내 친구들이여, 입 좀 다물고 조용히 해주세요, 모르긴 해도 마엘은 늦잠을 잤을 겁니다. 여배우들처럼 말이죠. 하지만 그녀 역시 고통받는 프롤레타리아입니다, 그것도 이중으로 고통을 받는. 실수로 훈장을 받은 신앙심 없는 여자에게 연민의 정을 베푸세요. 공주가 여러분을 기다리게 합니다, 그게 무슨 대숩니까. 용서들 하세요. 여러분에게 반환될 겁니다. 메달, 연마된 강철로서의 평판, 전도유망한 미래, 이익률의 지속적인 하락.

계급이 사라진 첫날, 난 공장장인 엄마에게 말했다. 엄마, 심각하게 여길 것 없어요, 그럴 수도 있는 일이니까, 한때 그러다가 말겠죠, 젊을 땐 다들 그러잖아요, 사태를 무마시키려고 안간힘을 쓰는 박쥐 한 마리. 그의 바람은 오로지 하나, 마엘이 용서받는 것뿐이다.

오 감동적인 연설! 애 많이 쓰는구나 조슬랭! 그녀가 퐁텐에게서, 그 변태적인 콧수염에게서 달아나려는 건 나도 이해해. 하지만 나 조슬랭은, 그녀가 날 잊을 수 있는 거야? 헌 책 버리듯 이렇게 날 팽개쳐도 되는 거야?

홀로 쓰라린 속을 태우며 난 작업장을 들락날락한다. 마틸드가 심혈을 기울여 조직해놓은 할머니 팀은 정말 놀랍다. 죽음의 기병대. 시체나 다름없는 일곱 할머니. 나도 안다, 그들은 엄청난 경험을 가진 사람들이다. 요정 같은 손놀림, 교활할 정도의 능숙함, 이런 수준의 여공들은 그리 흔치 않다.

구식 코르셋을 짜내기 위해 철저히 무장된 부대! 사실 이렇게 해놓아야 퐁텐이 딴 생각을 못한다. 일터에서 싹트는 사랑, 그것 때문에 많은 가정이 골치를 앓는다. 눈길을 주고받는 성가대 아이들, 길가를 살피는 트럭 운전사들, 봉사활동에 나선 선량한 누이들, 도피자금을 숨겨둔 침대매트에 등을 기대는 연인들. 이 분야에선 엄마가 경험이 좀 있다. 이제 아무도 그녀를 속일 수 없다. 불쌍한 퐁텐, 마틸드와 함께 공장에 갇혀서! 아무것도 감출 수 없는 우리, 소리는 들리지 않고 얼굴만 보이는, 저 위, 온통 유리로 된 사무실에 앉아 있는 퐁텐.

나는 할머니들과 어울리지 않는다. 그들은 내가 열두 살밖에 안 된 어린애라고 생각한다. 하지만 내 나이 벌써 열일곱이다. 우리는 같은 파트에서 일하지도 않는다. 할머니들은 미친 듯이 도는 실패담당이지만, 난 기계에 문제가 있을 때만 개입한다. 부품을 하나 교체해야 한다고? 그러면 그들은 전문가, 조슬랭 시마타모르를 부른다.

어쨌거나 나는 그들의 얘기를 이해하지 못한다. 전쟁 전 이야기만 하는데다 유령들처럼 변화 없는 톤으로 우물거리기 때문에 도무지 알아먹을 수가 없다. 겁먹지들 말아요, 치마를 들추거나 하지는 않을 테니까.

난 구석에 콕 처박혀서 내내 관찰만 한다. 난 배운다. 엄마와 퐁텐, 정말 야심만만한 한 쌍이다! 직공들을 감시하고, 휴식시간과 점심시간에 호루라기를 부는 건 마틸드다. 그녀는 근무시간도 조정한다. 당신은 좀더 해, 당신은 가서 뒈져 이 할망구야. 간단하지, 아냐? 그녀는 모두의 친구다. 만약 직공들이 누군가를 위해 파업을 한다면, 그 누군가는 아마 마틸드가 될 것이다.

하지만 그녀는 할머니들의 신경을 건드리기도 한다. 들에서건 공장에서건 그녀는 흰색 튜닉으로 멋을 부린다. 노예들에겐 눈부시게 예쁜 여주인보다 더 미운 건 없다! 그들이 꿈꾸는 건 남자처럼 생겨먹은 스탈린 시대의 여감독관이다!

임자 없는 남자처럼 구는 퐁텐은 그 점을 잘 간파했다. 그녀는 그녀고 난 나야. 오 공공연하게 모습을 드러내지 말아요, 팀워크가 우선이니까! 하지만 그는 그녀의 말을 듣지 않는다. 그래도 그녀는 정말 열심이다! 충고, 의견, 거긴 좀더 붉게, 아냐, 좀더 촘촘하게 짜야지, 그리고 이 코르셋, 베이지가 들어가니까 노티나잖아!

상처를 주는 경솔한 말. 저기 두 할망구한테 가서 노티라는 말 한 번 더 해보지? 하던 일 때려치우고 당장 집에 가버릴걸. 그러면 당신들은 얼마 안 가 파산이야. 그런데 노티나는 것, 그게 바로 어느 누구보다 영리한 퐁텐이 바라는 바다. 노티나는 옷을 몸의 선이 드러나게 입으면 더 섹시해 보이는 법이다!

헌것과 더불어 새것? 이게 그의 좌우명이다. 포석, 뚜껑 달린 사륜마차, 간통, 낡아버려도 여전히 유행인 게 어디 한둘인가! 퐁텐은 신중하다. 조심조심 간섭한다. 말 한 마디. 두 마디. 몸짓 하나. 우리 할머니들은 눈치챘다. 사장은 마르셀이야. 파리 사람 퐁텐 씨가 여기서 여자 하날 꿰찬 거야. 누구에게나 못된 버릇은 있는 법이니까, 안 그래?

전체적으로 어떻게 돌아가는 건지는 도무지 알쏭달쏭하다. 뒤죽박죽이다. 원사(原絲)도 가지각색, 아마, 삼 등등. 나는 작품을 곰곰이 살펴본다. 스타킹 밴드, 꽃무늬 레이스.

얼마 안 가 빌렌 사람들이 공장으로 몰려든다. 아가씨들은 궁금해한다. 금속고리, 핀, 그것들이 어떻게 작동하는 건지. 내가 안내역을 맡는다. 조심하세요, 우리 아가씨들, 내가 호들갑을 떤다, 자 다들 비켜주세요, 기계라는 게 아주 위험한 거예요, 신과 같은 안내원, 오 조슬랭 그만둬! 네가 뺑치는 거 누가 모를까봐! 좀 보게 놔 둬, 그들은

만지작거리고 조잘댄다, 마르셀, 그가 옳았다, 황금빛 젊음이 난봉을
부린다, 이제 곧 생 제르맹에서 그것밖에 볼 수 없을지도 모를 일이
다, 공장에서 나온 성녀들의 팬티거들, 그리고 나는 죄악 속에서, 놀
라운 무질서중에도 오직 너만을 생각해, 마엘.

이튿날, 그녀는 아무 일도 없었다는 듯이 정시에 출근했다. 날 건드리지 마, 안달하는 나에게 그녀는 먼저 말했다.

　일이 시작된다. 일이 시작되고 몇 시간 동안 내가 할 일이라곤 아무것도 없다. 아무도 나 시마르를 부르지 않는다. 기계가 다 알아서 한다. 마엘은 늙은 프레데공드의 도움을 받는다. 사람들은 비웃지만 트렁크에 처박아두었다가 방금 꺼내놓은 듯 쪼글쪼글한 프레데공드는 단단히 한몫을 한다. 마엘은 거미의 손아귀에 잡혀 있다. 그녀는 내 시선을 피해 기계만 들여다본다.

　엄마가 보는 앞이라 난 끙끙 앓는다. 따분해 미칠 지경이다. 3미터 앞에 네가 있다, 스코틀랜드식 바지, 검은색의 얇은 카디건, 냉정한 살로메. 이런 모습의 너를 전에는 본 적이 없어, 마엘, 납작한 구두 굽, 싸우기라도 한 양 차갑게 굳은 표정.

　할머니들이 키득거리면서 날 관찰한다. 이런 영세한 공장에서는 식구처럼 서로 모르는 게 없는 법이다. 마르셀 퐁텐이 날 보러 온다. 어때 조슬랭, 잘 돌아가? 예 잘 돌아가요. 이제 왕자는 그다. 나 '종점'의 친구는 아무것도 아니다.

오전 내내 마엘은 배운다. 쉬는 시간에도 그녀는 계속 일한다. 실패와 블라우스 본에 대해 뭔가 이야기를 해가면서, 치마를 들어 꼼꼼하게 살펴가면서. 나는 기다린다, 질투에 사로잡혀. 나는 팔목을 그으러 화장실로 달려간다. 약 두세 알을 허겁지겁 입에 털어넣는다. 구름 위를 거닐듯 걸어나온다.

오 세월의 희생양이여, 난 이제 마엘이 더이상 존재하지 않는다는 것을 안다. 정해진 시간에 내 근무가 끝나자, 나는 펜치를 집어던지고 밖으로 뛰쳐나온다. 앞에는 빌렌으로 이르는 가로수길. 길 양쪽에 늘어선 볼품이라고는 조금도 없는 허름한 건물들. 나는 결심이라도 한 듯 뜨거운 눈물을 쏟는다, 나 깨진 턱의 시마르는.

숨이 턱턱 막힌다. 날 건드리지 마, 그녀가 말했다. 귀먹은 마엘, 우리는 더이상 성스러운 순교자들을 생각하지 않는다. 납처럼 무거운 내 눈물, 오 아름다움!

난 땅끝을 향해 나아간다, 정말 끝장낼 작정을 하고, 누가 내 등을 두드렸을 때 난 옳거니 하고 돌아선다, 무작정 주먹을 날릴 작정이었다, 분이나 실컷 풀게! 멍청한 조슬랭, 양고기 구이용의 연한 살을 가진 영양(羚羊), 나는 눈을 질끈 감고 주먹을 날린다, 동시에 외침,

조슬랭! 조슬랭! 멈춰!

마엘. 오 간사한 마음, 난 그녀를 향해 두 팔을 벌린다. 오 나의 더러운 창녀 도대체 왜, 나도 모르겠어 내 사랑, 이리 와 으슥한 연인들의 공간으로, 까맣게 타들어간 내 입술, 나는 너의 혀를, 너의 목을 깨문다, 내 등을 휘감는 너의 손, 땋아늘인 검은 머리채, 화해의 몸짓들, 마엘 나 엄청 겁먹었어.

그리고 우린 걷는다, 내 방에 도착할 때까지 단 한마디 말도 없이.

우리는 땅에 널린 오물을 피해 걷는다. 안녕 카토비체! 내 방, 우리는 또다시 세상의 톱니바퀴 속에서 옷을 벗는다.

공장에서는 마르셀이 안절부절못한다. 마틸드는 가만히 웃고만 있다. 아, 발랄한 아이를 둔 엄마의 즐거움, 그녀도 할 수만 있다면 우리와 함께 했을 것이다. 우리를 쓰다듬어주고 우리의 생채기에 붕대를 감아주었을 것이다.

제기랄, 그럼 공장은? 퐁텐은 자신이 세운 질서에 금이 가는 것을 본다. 코르셋 파트의 계집아이 자르조, 그건 좋아, 하지만 일 년에 2천 개를 납품해야 한다고!

알아들어? 2천이란 말이야! 뉴 크라스토야르스크의 사로야 마코 포츠카조차도 물건을 빨리 보내달라고 난리야! 그런데 애들이 그 짓이나 하면서 시간을 보내면, 난 어쩌라고, 나는?

그리고 할망구들은, 내가 해고하지 않은 저 할망구들은, 불쌍해서 데리고 있는 저 골동품들은, 내가 다 쫓아내야 속이 시원하겠어? 그게 당신이 원하는 거야? 브라보! 분위기 한번 좋군! 소리나 질러대는 당신의 그 또라이 아들놈이 여자친구하고 틀어져서 이 지경인 거야? 이 도시에서 가장 더러운 년 때문에? 좋아, 다 좋다고! 그럼 우리 사업은? 게다가 동쪽의 거래처들은? 내 말 잘 들어, 마틸드, 당신이 알아서 해, 당신이 직접 돌아다니면서 걔들을 찾아보라고. 땅을 파서라도 찾아내. 난 당신들 병자들이 한 사람도 빠짐없이 제자리에서 일하는 걸 봐야겠어!

엄마는 빌렌으로 부리나케 달려온다. 우리는 커다란 침대에 누워 있다, 우리 성(聖) 가족은. 엄마 미안해요 우리가 죄를 지었어요, 마

엘이 욕먹어서 네가 좋을 것 없잖아, 자 옷들 입어, 나도 좀 생각해줘
야지, 조슬랭, 제발, 공장으로 가자, 다들 기다리고 있어, 나도 힘들
어, 조르주는 떠났지, 마르셀은 고함만 질러대지!
　　잠깐 사이 우리는 준비를 마친다.

　　난 작업중인 마엘을 바라본다, 분주히 움직이는 조그만 해골들, 기
계가 사방으로 돌아간다, 오직 마엘만이 그게 어떻게 돌아가는지 안
다, 가끔 그녀가 작업을 멈춘다, 사람들이 숨을 돌린다, 박수를 친다,
그러고는 다시 미친 듯이 돌아간다, 팽이처럼 도는 실패들, 직물들이
펼쳐진다, 조끼, 셔츠, 치마들이 그녀의 손가락 사이에서, 하나의 향
락, 하나의 질서, 난 그 우아함이 어디서 오는 건지 도무지 알 수가
없다, 그녀는 둘둘 말린 비단을 집어서, 엮고, 끊는다, 그녀의 몸은
성능 좋은 기계, 나의 자유롭고 즐거운 밤으로부터 퐁텐이 앗아간.

결국 베아트리스가 우리의 사랑을 알게 되었을 때, 나는 그들의 집에서 잤다. 베아트리스는 아름다웠다, 전혀 늙지 않은 채. 그녀는 나를 잘 대해주었다. 마엘에게도. 우리는 잠자리에 들었다.

  알베르 자르조는 돌아오지 않았다. 그는 두 번 다시 딸을 찾지 않았다. 나처럼 그녀의 볼을 어루만지지도, 그녀의 입술, 아기 발 같은 그녀의 발을 가지고 장난을 치지도 않았다. 그날 저녁 그는 짧은 사랑의 유산으로 남은 목발을 짚고 떠나 오를레앙에 틀어박혔다. 오 집안의 경사! 집 나간 아들의 귀환! 그들은 돼지를 잡아 피를 뺀다. 흥겨운 잔치, 환호, 포옹, 알베르, 우리를 버리지 않았구나, 우린 널 이해해, 우린 널 잘 알아, 너에게 필요한 게 무엇인지 우린 잘 알고 있어.

  며칠 뒤, 알베르와 집안의 대장이 마주 앉아 의논을 했다. 둘 다 아버지 된 입장에서 마엘을 자르조 호적에 올리기로 결정했다. 너그럽게 처리하도록 하자! 젊은 한때의 잘못이긴 하지만 어쨌거나 네가 저지른 일 아니냐! 아시시의 성 프란치스코도 결국은 클라라에게 키스를 해주었고, 그래서 그녀는 나중에 성녀가 되지 않았니?

이건 다른 문젠데 금전적인 거야. 너의 그 베아트리스는 우릴 협박하려 들 게다. 너의 재산을 노릴 거야. 염려하지 말거라. 우리 변호사가 상식적인 선에서 합의서를 준비했으니까. 봐라 알베르, 이기적인 생각에 한때 우리에게 돌을 던졌던 너에게 우리는 한결같은 관용을 베풀잖니.

이게 그 합의서다. 오주아르 라 페리에르에서 출생한, 이건 상관없지, 그냥 넘어가자, 아래 서명한 나 베아트리스는 다음과 같이 약속한다. 첫째, 어떤 상황에서든 상기한 알베르 자르조를 절대 만나지 않는다, 여기까진 됐지, 좋아. 둘째, 성스러운 보편적 교회*의 법령에 의거, 가계를 꾸려가는 한 가정의 책임자로서, 그러니까 본 합의서에 의해, 영광스럽게도 자르조라는 성스러운 성을 가지게 되는 딸 마엘을 최상의 환경에서 양육할 것을 약속한다. 셋째, 서유럽을 영원히 떠나 자르조 성을 가진 사람과 절대 마주치지 않을 것을 약속한다. 이를 어길 경우, 육체적인 린치를 당해도 좋다, 여기선 세게 나갔어, 그 아이도 어기면 어떻게 되는지 알아먹어야 될 것 아니냐, 안 그래? 그 다음에 넷째, 마침표 찍고 줄 바꾸고, 그 대신, 우리 집안, 천민들에 의해 무참하게 살해당한 성왕 루이 16세의 결정으로 후작 칭호를 받은 우리 자르조 가(家)는, 본 합의서에 의거해, 당사자 베아트리스 상그르뱅 양에게 오래도록 평화와 안정을 보장해 주기 위해 도덕적으로 평판이 좋은 업종의 가게를 하나 마련해줄 것을 약속한다.

빌렌, 몇년 몇월 며칠. 빌렌, 너 어딘지 모르니, 알베르? 동쪽 지리

---

*개신교와 가톨릭으로 나뉘기 전의 교회.

는 빠삭하다며?

궁리도 참 어지간히 했구만! 구석에 처박힌 도시를 잘도 찾았네!
알베르의 대리인이 동쪽으로 파견되었다. 대리인은 이곳저곳을 둘
러보았다. 고깃간, 옷가게, 빵가게, 보석가게. 동쪽에서는 이 모든 가
게들이 조금씩은 슬퍼 보인다고 그는 생각했다. 좀더 즐겁고 환하게
해줄 것이 없을까? 이 모든 걸 튤립으로 치장한다면? 꽃가게?
우리의 베아트리스에게는 딱이야. 새벽에 일어나 허리 구부려 화
분을 손보고 물에 손을 담그고, 늘 하던 일 아냐!

알베르도 전적으로 찬성이다. 변호사가 베아트리스를 만나러 갈
것이다. 합의당사자와 그 딸이 아직도 살고 있는 '부인의 길'에서 만
나기로 약속이 정해졌다.
검은 소매의 악마가 약속장소에 도착했다. 베아트리스는 납처럼
창백하다. 그녀는 매달 1,000달러를 받게 될 것이다. 그리고 오래도
록 꽃가게를 꾸려가는 큰 즐거움도. 마엘에 대해서는 차차 결정할 것
이다.
변호사의 나이 서른, 그는 왠지 마음이 편치 않다. 하여튼 더러운
직업이야, 직업상 의뢰인을 변호해야 하지만 의뢰인이 저질러놓은
일이란 게 도통, 그는 일어나 어린 베아트리스에게 인사를 한다. 자
그럼, 아가씨, 제 연락처입니다. 필요하시면 언제든지, 우리는 아가
씨의 경제적, 정신적 상황을 잘 알고 있습니다. 그 점을 고려해 전적
으로 도와드리겠습니다. 의사가 필요하다거나, 아가씨나 아기에게
필요한 게 있으면 뭐든지, 망설이지 마세요.
변호사님, 말해주세요, 개인적인 메시지는 없었나요? 알베르는 아

무 말 않던가요?

자르조 씨요? 친애하는 자르조 씨의 아들요? 아뇨, 아무 말 없었습니다. 그분에게 전할 말이 있으세요?

베아트리스는 무너지듯 알베르의 침대 위에 주저앉는다, 마엘을 품에 안고, 짐작한 대로 눈물을 펑펑 쏟는다, 자르조고 돈이고 다 필요 없어요, 돈으로 날 사겠다는 말이지요, 아 가증스런 뒷거래, 그 사람이 날 잊게, 돈을 치르고 묘비를 세우려는 거죠, 버려지고 잊혀진 베아트리스, 너무나 어린 나이에 여기 잠들다, 말해보세요 까마귀 아저씨, 알베르가 정말, 그가 정말 이 모든 조항에 찬성했나요?

예 그럼요, 베아트리스, 당신이 잘 지낼 수 있게 모든 걸 그분이 정했어요. 공기 좋은 곳으로 가게 될 거예요, 아이를 키우기엔 이상적이죠, 그리고 아파트도 당신 명의로 했어요, 25만 달러나 들었어요. 선의의 표시이죠. 그리고 가게는, 꽃도 들여놓고 손님도 끌어야 하니까, 처음에는 자르조의 회계사가 당신을 도우러 주기적으로 들를 겁니다! 중요한 건, 이젠 몸을 팔지 않아도 된다는 거예요. 당신은 이제 자유로워요.

변호사 데슈눅스는 이제 가야 한다. 리무진이 빵빵거린다. 호텔 사람들이 넋을 잃고 바라본다. 베아트리스는 공기 맑은 동쪽으로 떠난다. 그녀는 알베르에게 사진 한 장을 보낸다. 마엘 자르조, 한 살, 1972년, 안녕.

마엘은 자신의 어린 시절에 대해 이야기하는 것을 좋아하지 않는다. 그래서 그것에 깊은 관심을 가지고, 코르넬리우스 자르조 월드와 이드 그리고 마엘의 슬픈 종말에 대해 여러분에게 말해줄 사람은 바로 나 조슬랭이다.

몇 달을 요양한 끝에 알베르는 최상의 컨디션을 되찾는다. 아직 몸상태가 완전하진 않지만 이 정도면! 베아트리스는 잊었다.

아버지 자르조는 잡념을 없애는 데에는 고된 막일만한 것이 없다고 생각한다. 사람들은 그걸 "손에 기름을 묻힌다"고 말한다. 루돌프 헤겔이 그의 유명한 『형이상학적 커넥션 입문』*에서 말하고자 한 것도 바로 그것이다. 물질과 씨름하는 노예가 있어야 주인의 왕조가 유지되는 법이다!

그래서 알베르는 오를레앙 공장의 부공장장으로 파견된다. 더러운 작업복을 자랑스러워하고, 어느 정도 술도 즐기며, 사람들을 대하는데 꾸밈이 없고, 이해심이 많은 알베르. 자르조 집안에 태어나면 노

---

* Introduktion à la connection métaphysique, 독일어, 프랑스어, 영어를 섞어 썼다.

예나 짐승 노릇을 해야만 한다!

사방에서 부글부글 끓어댄다. 식초증기가 하늘로 피어오른다. 알베르는 이런 왁자지껄함, 가솔린 냄새, 만들다 만 술통, 손수레, 사방으로 연결된 파이프들을 좋아한다.

게다가 이 모든 게 이젠 내 것이야.

물론 그가 그렇다고 떠벌리고 다니는 것은 아니다. 하지만 사람들은 알고 있다. 보물창고를 여는 주문, 열려라 참깨 같은 그 이름, 알베르 자르조를, 아가씨 철자를 불러줄게요, J.A.R.G.E.A.U, 뭐 떠오르는 것 없나요?

알베르는 여기저기 이름난 사교모임에 모습을 드러낸다. 그가 파리에서 저지른 일을 모르는 사람은 아무도 없다. 하지만 그는 자기 잘못을 뉘우쳤고 그 대가를 톡톡히 치렀다. 무슨 소리 하고 있는 거야 지금! 알베르는 모든 사람이 입맛을 다시는 표적이야, 파티에 분위기가 무르익고 거나하게들 취하면 그의 발에 입맞추는 사람이 한둘이 아니라고, The prince of the people, 여자들이 줄지어 치마끈을 푼다 이 말씀이야! 알베르는 그 지역의 모든 귀족 집안을 들락날락한다. 사람들은 그의 왕성한 원기를 칭송한다. 매력적인 아들 자르조, 바람둥이 자르조, 그래서 어떻게 됐는데?

알베르의 가슴은 차갑게 식어 있다. 그게 그의 실상이다. 그가 사랑하는 것은 신 냄새를 폴폴 풍기는 그의 식초뿐이다.

그는 사귀는 여자들에게 지하창고들을 보여준다. 미지근한 반응, 여자들은 겁을 집어먹는다. 뭔가 있어, 저치, 머리가 어떻게 된 거야.

곧 재난이 자르조 집안을 덮친다. 강이 범람한 어느 봄날, 물이 신나게 들이닥쳐 지하창고들을 삼키고, 식초병들을 모조리 깨뜨리고, 한세월 묵힌 식초들을 흔적도 없이 쓸어가버린다.

수백만 달러! 경매를 통해 전세계로 팔려나가던 것들이! 더이상 아무것도 남지 않았다! 1943년산 주문품들마저도! 맙소사! 중국 사람들은 뭐라고 할까? 카르파토* 사람들은?

이번에도 역시 우리를 살리는 것은 민중이다. 3달러짜리 식초를 사먹는 그 선량한 민중, 매년 수천 병씩, 친구들, 이대로 물러설 자르조가 아니다. 코르넬리우스라는 이름에 먹칠을 하지 말자. 온몸을 바쳐, 팔자, 이겨내자! 알베르는 전력을 다해 매진한다. 그에겐 전쟁이 필요했던 것일까?

하늘로 올라가시는 우리 아버지, 당신의 뜻이 땅 위에서 이루어지기를, 아버지, 우리에게 일용할 양식을 주옵시면, 당신의 죄를 사할 것이오니, 이처럼 시험에 드시기를. 온 오를레앙이 식초제조의 거장, 자르조 후작의 죽음을 애도한다. 그의 아들 알베르 만세!

먼 옛날 예언자가 이렇게 말했다.

하늘이 온통 이상한 연기로 뒤덮일 날을 살펴라.

어느 날 밤 누군가 알베르를 흔들어 깨운다. 그의 나이 서른이다. 자르조 씨, 사장님, 공장이 불타고 있어요! 뭐라고? 사이렌, 경적, 고함 소리들, 모두 주섬주섬 옷을 주워입는다. 밤이 매캐한 냄새를 뿜

---

* 알프스 산맥의 동쪽 연장부로, 슬로바키아, 폴란드, 헝가리, 루마니아, 우크라이나에 걸쳐 있다.

어댄다. 사람들이 모두 밖에 나와 있다. 인근의 소방수들이 모조리 출동한다, 호스에서 물이 뿜어져나오고 하늘은 온통 천둥 소리로 뒤덮인다. 날름거리는 불의 혓바닥들이 얼굴 없는 기사들을 덮친다. 죄인들이 무릎을 꿇고 사람들이 그들의 옆구리를 찌른다, 증오 없는 불길 하나가, 피투성이의 암늑대 한 마리가 그들의 얼굴을 핥는다, 더이상 그들의 모습을 알아볼 수가 없다, 알베르가 쓰러진다, 주님! 주님!

그는 일어서서 양동이를 집어든다, 사람들이 그를 말린다, 사장님, 소용없어요! 그만두세요! 자르조는 주저앉아 엉엉 울음을 터뜨린다, 연기가 되어 날아가고 있는 자르조 집안의 전재산, 구더기와 뒤엉켜 있는 아버지는 과연 뭐라고 할까? 애야, 우릴 사랑한다는 게 고작 이런 식이냐?

여러분, 식초가 독한 냄새를 뿜어낸다는 걸 알고 계십니까? 치명적인 가스를 뿜는다구요, 자 다들 돌아가세요, 방독면, 빨리, 헬리콥터들이 군중을 해산시킨다, 증류기들이 폭발하기 시작한다, 흑색경보!

뭐야, 유독성이라고, 자르조 식초가? 그럼 여태껏 그런 쓰레기로 우리 목을 축인 거야?

승리의 천사가 죽음의 날개를 펼친다. 소방수 두 명이 곤두박질친다, 지하창고가 무너진다, 식초는 땅속으로 스며들어, 물을 오염시키고 풀들을 먹어치운다.

머지않아 폐허로 변한 공장의 사진들을 발견한 베아트리스는 한 번도 답장해준 적이 없는 알베르에게 다시 편지를 쓴다. 내 사랑, 제가 모든 걸 포기할게요, 그러면 당신에게 도움이 될 테지요, 안 그래요? 그래도 그놈의 더러운 위자료는 매달 어김없이 그녀의 계좌로 들어온다.

베아트리스는 이젠 정말 더이상 그럴 필요가 없다고, 그를 만나 직접 이야기를 하고 싶다고 쓴다. 제발, 알베르! 그녀는 모든 걸 용서했다! 변호사, 꽃, 도주하듯 떠나야 했던 그날 밤, 드랑시! 또한 마엘에 대해 그에게 이야기해주고 싶다고도 했다. 의상에 대한 그녀의 정열, 가발에 대한 그녀의 취향, 그녀의 연극무대 데뷔, 총연습 때마저도 모습을 드러낸 적이 없는 아버지, 그녀의 기쁨, 그녀의 힘 그리고 나 조슬랭에 대해.

나는 안다. 알베르 자르조는 깊은 심연 속으로 사라진다. 마엘은 그를 찾는다, 하지만 그의 식초들은 이미 사라지고 없다. 아무것도. 주소조차도. 아니, 그가 죽은 것은 아니다. 단지 지워졌을 뿐이다. 우리가 더이상 보지 못할 드니즈처럼, 클레르처럼, 또한 롤라와 베티나의 부모처럼, 훗날까지 빌렌에 남아 있던 기나 머지않아 같은 운명에 처해질 마틸드처럼, 베베르와 그의 아들처럼, 나중에 마엘처럼, 흔적도 없이 사라진 모든 에너지, 얼굴들, 프랑시스, 조제핀, 리스트에 오른 모든 사람들, 알려진 사람들, 번호 매겨진 사람들처럼, 아무것도 없다.

그래, 그 사람들, 사랑하고 싶은 사람들, 화재를 당한 사람들 노예들, 말하자면 썩고 삼켜지고 변모된 사람들, 모두 어디로 가버렸을까? 어떤 천국으로?

극장 사람들이 모두 나를 찾는다. 나는 허겁지겁 빌렌을 뛰어다닌다. 무대장식을 해체하고, 여왕들에게 옷을 입힌다.

우리는 〈풀비아〉를 준비한다. 나는 무대 위에서 대사를 읊어보기도 하고 배경을 칠하기도 한다.

어디서건 날 모르는 사람이 없다. 난 내 이름 조슬랭, 왜냐하면 시마르는 더이상 존재하지 않으니까, 목에서부터 올라오는 그 음절들이 그렇게 자주 불리는 걸 일찍이 들어본 적이 없었다. 조슬랭이 온 세상을 돌아다닌다.

나를 피해다니던 마틸드조차도 내 얼굴 보기 힘들다고 불평을 늘어놓을 정도다.

베베르와 캉탱은 여전히 들른다. 안된 마음에 월요일마다 와서는, 물건은 괜찮은데 더 없어? 기껏 반 퀸탈*을 싣고 간다. 그들은 우리가 이제 끝났다고, 큰 거래에서는 밀려났다고 생각한다. 그들의 루트

---

* 무게 단위. 일반적으로 1퀸탈은 백 킬로그램. 하지만 미국에서는 백 파운드, 영국에서는 112파운드다.

에는 변화가 없다. 북쪽으로는 하노버, 검은 삼각지대. 또는 프라하, 괴테, 바다를 향한 경주.

나는 아예 손을 놓을 수는 없어 하루에 두 시간씩 고철에 매달린다. 생각 없는 그 물질들을 만지고 있으면 마음이 편해진다. 하지만 이젠 그걸로 뭘 할 수 있을 것이라곤 믿지 않는다. 나는 요즘 루르 지방에서 한창 진행중인 철거작업에, 온갖 종류의 벙커와 크레인들에 관심을 갖고 있다. 거대한 작업들! 리듬에 맞춰 망치를 두들겨대는 수천 명의 인부들, 네온 불빛 아래 밤낮없이, 지옥 같은 작업장에서, 한 시간에 백 개의 기둥들이 뽑혀나간다.

난 독일어를 배우기 시작한다. 조심, 난 결코 음성학의 차원을 넘어서지 않는다. 난 성녀나 다름없는 프랑스가 어느 기분 좋은 날 나에게 준 교재들을 사용한다.

Rolf wo ist meine Pfeife?

Deine Pfeife?

Jawohl, Bataillonskommandeur, meine Pfeife!*

오후 다섯시가 되면 나는 막시무스로 변신한다. 나는 뺨과 손을 비비고는 왕자처럼 차려입는다.

이 향수 저 향수 흠씬 뿌리고는 빌렌을 가로지른다. 작품에 푹 빠져 이 말 저 말 되새겨보지만 결국 남는 건 침묵이다. 그래 침묵으로 하지 뭐, 난 나의 성처녀에게 아무 말도 하지 않으리라.

나는 창고 가까이 앉는다. 요란스레 벨이 울린다. 할머니들이 제일 먼저 나와서는 똥차의 운전석에 쓰러지듯 앉는다. 나는 일어서서 문을

---

* 롤프 내 파이프 어디 있지? 당신 파이프요? 그럼요, 사령관님, 제 파이프요!

지옥 만세 275

살핀다. 저기 마엘이다. 피곤하고 긴장한 모습. 줄무늬가 새겨진 것처럼 힘줄이 툭툭 불거진 투명한 손. 나는 그녀를 힘껏 안아준다. 냄새가 좋네, 조슬랭. 그녀는 내 품을 파고든다. 나는 그녀를 우리집까지 데리고 간다. 지칠 대로 지친 신데렐라. 실로 꽉 졸라맨 떨리는 손가락들.

마틸드는 이제 집에 오지 않는다. 하지만 난 피로를 푸는 그녀의 비법을 알고 있다. 우유를 푼 뜨거운 물로 목욕을 하는 것. 동쪽의 트럭 운전사 마누라들은 다들 그렇게 한다. 그들의 사내들은 안전하지 못한 곳을 돌아다녔다. 씻지도 못하고 달리기만 했다. 집에 도착하면 아스팔트에 기진맥진한 그들은 풀썩 주저앉는다. 좋은 수가 있어요, 친구들, 미지근한 버터로 손들을 비벼요! 그래. 마엘은 뜨거운 물에 몸을 담근다. 곧 얼굴에 미소가 떠오르고 코르셋 짜는 일을 행복해한다. 이제 우리는 풀비아와 막시무스이다. 우리는 열중한다. 그녀 말이 맞다. 외우는 일은 내 전공이 아니다. 그래서 난 열심히 연습한다.

풀비아가 일어선다. 젖은 가냘픈 몸. 나는 목욕수건을 쓰지 않고 그녀의 등을 문질러준다. 내 손만으로도 충분하다. 까칠까칠하기는 마찬가지니까. 마엘이 돌아선다. 벌거벗은 채로 나를 향해. 나는 무릎을 꿇는다. 나는 정성을 다해 그녀의 긴 다리를 마사지한다. 아 더는 못 견디겠어. 그래도 계속 문지른다. 발갛게 익은 너의 발, 두려움이 어른거리는 너의 배, 나 가발 쓴 조슬랭!

이어 밤의 원무가 벌어진다. 긴 포옹의 시간들. 나는 그녀의 치마를 들춘다. 오 할머니의 예쁜 코르셋, 무엇으로 그렇게 네 몸을 휘감고 있는지 사나운 늑대에게 좀 보여주렴. 그래 키가 큰 엄마, 나 착한 늑대 기분좋게 해줄게, 이리 와, 경주가 시작된다, 층마다 코르셋 끈이 하나씩, 마엘은 생기발랄하고 가볍다. 나는 금방 지친다. 사나운 큰 늑대를 두려워하는 나는, 제기랄 이리 와, 후회하지 않게 해줄게!

아냐 마엘 난 이제 거짓말 안 해 너도 잘 알잖아, 자 내려와, 다락 방에서 뭐 하고 있는 거야, 마녀처럼. 그녀는 예전에 사랑했던 남자들의 이름을 하나씩 왼다. 아르노, 스테판, 필립. 그만 해! 입 닥쳐. 나는 그녀를 붙잡는다, 나는 그녀가 입고 있는 걸 모조리 풀어헤쳐 버린다, 볼썽사나운 코르셋, 빌어먹을 직물, 실들이 끊어진다, 마엘이 울부짖는다, 악 내 코르셋, 미쳤구나 조슬랭, 좀 점잖게 굴어봐, 자 이제 내 발을 핥아, 그렇게밖에 못 해, 이제 됐어 깨끗해. 뭔가에 취해 우리는 밖으로 나온다.

빌렌, 우리는 마니피카의 사무실에 잡동사니들을 마구 던져넣는다. 팸플릿과 연극에 관한 객담은 쓰레기통 속으로! 난 마엘을 내 트렁크 속에 가둔다. 내가 여섯 번 두드리자, 그녀는 도깨비처럼 불쑥 튀어나와 홀쩍 달아난다. 거기 서, 이 악마! 우리는 우당탕 쫓고 쫓기며 통로를 뛰어다닌다. 나는 몰래 숨어 노리다 2번 분장실에서 그녀를 붙잡는다, 어때 마엘?

내 가발로 우리는 고급창녀처럼 분장한다. 변장을 한 채 온 동네를 다 깨우고 다닌다. 퐁텐의 집 앞에서 난 고래고래 소리를 질러댄다,

엄마 잘 지내우? 자는 거유?

우리는 소방서에 다섯 번, 열 번 전화를 건다. 피에 불이 붙었어요!

그런데 이 친구들, 우리를 구하겠다니 도대체 자기들을 뭘로 알고 있는 거야? 두고 봐, 어린아이인 우리 역시 쇠를 내려오게 했다는 걸 그들도 보게 될 거야.

조심해, 조슬랭, 그녀가 내게 말한다, 조심하라고!

우리는 오늘 저녁 국경을 넘는다. 어딘지 알 수 없는 독일의 다리, 두 시간째 베아트리스의 차를 타고 달려왔다. 불안하다. 국경은 왠지 꺼림칙하다. 국경에서 몇 킬로미터 떨어진 곳에서 그녀와 나는 포옹을 한다. 이제 우리에겐 며칠 남지 않았기에.

국경이다. 세관. 장화를 신은 사내들, 킁킁거리며 냄새를 맡아대는 개들, 훈련받은 개야, 걱정하지 마, Don't worry baby, 말은 그렇게 해도 잘못 걸리면 수갑차고 유치장에서 이틀 밤이다.

우리는 얌전하게 증명서를 꺼낸다. 아이 사진들, 등록증명서, 동부 도청, 퍼펙트, 무슨 일로 독일에 가시는 거죠? 여기 근처, 슈링하펜에서 열리는 음악회, 유명한 아방가르드 음악회에 가는데요. 불안한 눈으로 내가 웅얼거린다. 사내의 빰이 실룩거린다. 저 친구 왜 잔뜩 겁을 집어먹었지, 좋아요, 통과!

마엘이 날 보고 웃는다. 우리는 슈링하펜까지 근 10킬로미터를 말 없이 달린다. 깜깜해져서야 행사장에 도착해 반듯하게 주차한다, 우리 대서양과 우랄산맥 사이의 모범 시민들은.

우리 의상은 보따리 속에 들어 있다. 우리는 도로 위에서 옷을 갈 아입는다. 마엘은 긴 첼시 스커트*, 나는 노란색과 녹색 옷. 알아둬야 할 게 있어, 아방가르드야 아냐?

잠시 후, 우린 군중 속에 파묻혀 티켓을 흔들어댄다. 완전히 전쟁 터로군, 제기랄, 이런 행사는 십 년에 한 번 있을까말까야, 이 친구 야. 나는 싸울 기세로 달려든다. 완전히 녹초가 된 다음에야 우리는 겨우 공연장으로 들어선다. 우리 좌석은 넷째 줄이다.

마르셀 고마워요, 우리에게 표를 줘서! 우리에게 그럴 만한 자격이 있다는 걸 밝혀두어야겠다. 나는 그의 짐승을, 낡고 변덕이 심한 가 축을 수리한다. 그것도 그럭저럭 잘해낸다. 마엘도 한몫을 한다. 코 르셋의 여왕, 하루에 일곱 벌을 예상했지만 열 벌을 짜낸다, 생산성 XL 사이즈다, 다들 그 얘기뿐이다, 코르셋이 다시 뜨고 있어요, 자 허리들 졸라매세요. 옛 시대의 여왕들이 우리 꼴을 본다면!

퐁텐은 한 벌이라도 더 짜라고 재촉한다. 하지만 오늘 저녁은 휴식 이다. 펭귄 같은 군중 속에 가장(假裝)한 건 우리뿐이다. 마엘과 나 는 입을 다문 채 불타고 있다. 그녀처럼 나도 그 몸짓들을, 독일의 밤 을 기다리고 있다.

하얀 남자 하나가 무대 위에 올랐을 때, 나는 뼈만 앙상하게 남은 자동차의 환영을 본다, 나는 동력전달축을 구부리고 철판의 주름을 편다, 하나하나씩, 그리고 그 모든 것을 땅에 팽개친다, 살육이 자행 된다, 자동차가 신음한다, 끔찍한 비명, 슈링하펜 사람들이 모두 달

---

* 골반에 걸치는 에이라인의 플레어 스커트.

려온다. 죄인은 그야, 조슬랭 시마르, 그는 고철장수야! 짙은 녹색 제복을 입은 경찰이 권총을 꺼낸다. 무릎 꿇어, 외알박이 안경들이 날 관찰한다, 베르사유에서 있던 일이 또다시 벌어질 거야, 난 그들이 내 피로 손수건을 적실 것이라는 걸 느낀다. 경찰이 총을 겨눈다, 내 목덜미를 향해, 내가 돌아선다, 그녀가 방아쇠를 당긴다, 나는 쓰러진다. 마엘이 나를 껴안는다,

마음에 들어, 조슬랭?

그럼, Of course. 나는 입을 다물고 가만히 있는다. 우리를 향해 쏟아지는 비, 씻겨진, 순수한 몸들, 노래들이 솟아오른다.

홀 안에 흐르는 놀라운 경건함, 미동도 없다, 안쪽에서 누군가 잔기침을 한다, 나는 좋아서 어쩔 줄을 모른다, 나는 머리에 쓰고 있는 모자를 공중으로 날려보낸다, 누군가 내 어깨를 툭툭 친다,

Können Sie nicht bitte in Ruhe bleiben?[*]

장면들이 이어진다, 도통 무슨 말인지 모를 언어, 단 한마디도, 하지만 난 감동으로 목이 멘다. 아 저 형상들, 무대 위에 쓰러져 있다가 장엄한 소리에 다시 일어서는 저 아가씨, 텅 빈 무대, 스물, 서른 명의 사내가 팔을 벌린 채 우리를 향해 걸어온다, 승리, 새로운 얼굴들, 꿈에 바치는 월계관.

나 조슬랭은 아무 기도도 기다리지 않는다, 한 무리의 몸들, 망루가 서 있는 벌판 자유로운 옷차림들 갑자기 모두 일어선다 하늘을 향해 손을 뻗은 채, 부인된 종말, 음악 우리의 손은 어디 있지 마엘 저기 우두머리야, 그는 신을 보았어, 하늘을 향한 시선 그의 얼굴에 강(江), 사람들이 광신적인 그의 여자들을 붙들고 있다, 오라 나의 여

---

[*] '좀 가만히 계실 수 없습니까?' 라는 뜻의 독일어.

인들이여, 눈먼 자가 여자들을 풀어놓는다, 이천 명의 군중이 서서 환호성을 지른다, inside in the dark, 합창으로, 하얀 하늘 우리는 남는다, 마엘과 나는.

밖으로 나오자 귀가 먹먹하다. 마엘도 그런 모양이다. 우리의 목소리가 아주 먼 곳에서 들려오는 것만 같다.

우리는 피로 물든 국경을 향해 달린다. 빌렌이다. 늦은 시각이다. 피곤에 전 우리는 발작을 하듯 움직인다. 마엘은 베아트리스의 가게 앞에 주차시킨다. 우리 연인들은 위층으로 뛰어올라간다. 더럽고 냄새나는 몸 그대로 잠자리에 든다. 격렬한 사랑, 뒤죽박죽이 된 옷들, 담배연기에 찌든 생기 없는 얼굴과 입.

누군가 문을 두드린다. 마엘을 깨우러 온 베아트리스다. 아침 여덟 시. 달리 어쩌겠는가? 내 제자, 그녀는 공장으로 달려간다. 그리고 나는 계속 잔다.

마엘은 검은 실을, 놓쳐버린 아마실을 찾으려 몸을 앞으로 숙인다. 미처 손쓸 틈도 없이 아찔할 정도로 칠흑 같은 머리카락이 작동중인 기계 속에 낀다. 처절한 비명, 기계가 멎는다. 쇠에 머리채를 붙들린, 아마와 자기가 짜는 직물 속에 갇힌 마엘.

살려줘! 살려주세요! 퐁텐이 제일 먼저 달려와 기계를 끈다. 마엘이 질식할 듯 컥컥댄다. 퐁텐이 그녀의 블라우스를 풀어헤친다, 빨리, 물 좀 가져와, 마엘에게 물을 뿌려준다, 이마, 목덜미, 입술에 물 먹은 스펀지를 갖다댄다. 얘야 정신차려!

그녀는 이제 죽어갈 것이다. 가장 사랑받던 여자가 아니던가. 이런 고전적인 고통은 얼마나 달콤한지! 괴물의 손아귀에서 숨을 거둔 미녀. 퐁텐은 그것이 마음에 들었을 것이다. 모든 것은 세기초에 이미 이루어졌다, 민중들이 지켜보는 가운데!

노파들이 안절부절 발을 동동 구른다. 어떡하죠 퐁텐씨, 참 그래, 그 이야기, 우리 엄마 얘긴데, 이름이 잔이었지, 못 찍어내는 절구에 손가락이 끼었지 뭐야! 장장 사흘 동안 피가 철철 흐르더니, 참 신통하기도 하지, 아무 일 없었다는 듯 상처가 아물더란 말이야, 그 일로 훈장을 받았어, 그후로도 엄만 죽을 때까지 못 찍어내는 일을 했어!

뭔 짓거리야, 입 닥쳐요! 다들 나가요!

마틸드다. 그녀는 사태를 금방 알아차린다. 그녀는 실 위에 무거운 젖가슴을 늘어뜨리고 미끈한 등을 구부린 채 끙끙대고 있는 상처입은 노예를, 보란 듯이 목덜미를 타고 흐르는 피를 보았다. 그녀는 달려들어 머리카락과 실을 가려낸다. 머리타래와 엉킨 모사(毛紗)는 두 가지다. 녹색과 황토색. 마엘이 신음한다, 난 몰라, 빨리 좀 빼내주세요.

퐁텐 역시 달려든다, 손가락이 그 기이한 실타래 위에서 분주히 움직인다. 벌써 삼십 분은 족히 흘렀다, 마엘은 쇠틀에 두 손을 짚은 채 버티고 있다, 허리가 점점 아파온다, 그녀는 울음을 터뜨린다, 오 나의 천사 너 없이 지낸 이 시간들을 나는 생각해, 난 자고 있었어, 난 아무것도 알지 못했어. 이번에는 퐁텐이 떨고 있는 할망구를 소리쳐 부른다, 붉은 피투성이가 된 손가락을 뻗어 그녀의 볼을 쿡쿡 찌른다.

이봐 할멈, 빨리, 의사를 불러!

전화기를 향한 종종걸음, 떨리는 가냘픈 목소리, 사장님이 화가 많이 났어요, 부상자요, 예, 빨리 오세요! 의사가 도착한다. 수많은 상처들을 만졌을 그 불길한 손을 마엘에게 갖다댄다, 진정하세요 아무 일도 없을 테니까, 그는 그녀의 맥박을 짚어본다, 약간 빠르군, 좋아, 고통이 없게 주사 한 대, 마엘이 소리를 빽빽 지른다, 야 이 나쁜 놈 주사 저리 안 치워! 날 빨리 꺼내줘 아님 내가 가만 안 둘 거야!

상처입은 여인이여, 실컷 울어라! 무용수와 꿈은 잊고 이번에야말로 정말 깨어나라! 해결책, 잘라버리자. 그들 세 명이 함께 그녀를 붙든다, 마틸드가 적어도 20센티미터는 족히 되는, 날카로운 주철로 된 작업용 가위를 집어든다, 머리에 바싹 대고, 싹둑, 마엘은 입을 다물고 있다, 세 사람은 그녀를 놓아준다, 그녀는 천천히 몸을 일으킨다, 한 손을 머리에 가져가보지만, 감히 만지질 못한다, 의사가 그녀에게 탈지면을 준다, 그녀는 그것을 집어, 화장실로 달려간다, 창피해 눈도 들지 못한 채.

엄마는 여전히 머리카락 뭉치를 풀어헤치고 있다. 다들 자리로 돌아가 다시 일을 시작하고 마틸드와 퐁텐만 남아 마엘을 기다린다. 기계들이 돌아가기 시작한다. 분당 천 번 회전, 곧 분당 만 번, 머리카락이 곤두설 정도의 비명, 마틸드와 퐁텐이 후닥닥 달려간다, 마엘이 거울을 바라보며 비명을 지르고 있다. 그녀는 두 손으로 얼굴을 가리고 있다. 가까이 오지 마, 더러운 연놈들!

그녀가 퐁텐을 친다, 안경, 이마, 피가 흐르는 콧잔등, 양처럼 순한 그가 방어한다, 마엘 진정해, 마엘 우리도 슬퍼, 하지만 여기 일은 네가 없으면 안 되잖아, 앞으로 잘해보자고! 퍽, 그녀가 한 방 먹인다, 나에게 한 수 배웠다고 믿어질 정도로 잽싸게.

마틸드가 그녀를 붙든다.

마엘! 나 역시 마음이 안됐어 하지만 이제 그만 해, 네 꼴을 좀 봐, 속살이 다 보이잖아! 옷 좀 고쳐 입어! 그리고 사장이 뭘 어쨌다고?

내 사랑은 입을 다문다. 피로 얼룩진 머리, 그녀는 옷을 고쳐 입는다, 퐁텐이 건네주는 줄무늬 손수건을 집는다, 오 예쁜 손수건, 그녀가 소리를 지른다, 저 여편네가 다려줬겠지, 브라보, 재주 한번 더럽게 좋군! 그녀는 사막의 여인들처럼 손수건을 머리에 둘러 묶고는 밖으로 나가려다 화장실 문턱에 멈추어 선다. 그녀는 기계 돌아가는 소리를 듣는다. 퐁텐을 향해 휙 돌아선다.

뭐야? 이래도 되는 거야? 이런 빌어먹을 놈 같으니, 내가 그 고생을 하며 두 시간을 보냈는데, 저 여편네 앞에서 내 엉덩이나 슬슬 만지고 있다가 저걸 벌써 다시 돌린단 말이야! 다 깨끗이 잊자 이거야? 머리 뽑힌 사람은 생각도 안 하고?

마엘은 할말을 찾는다, 입구 쪽으로 달려간다, 소화전 앞에 멈추어 선다, 그것을 연다, 도끼를 꺼내어 쥔다, 그걸 휘두른다, 다 부숴버릴 거야, 실패들을 쪼갠다, 작업장을 이리저리 뛰어다닌다, 한 기계 위에 도끼를 던져버린다, 기계가 덜커덕거리다 푸시시 김을 뿜으며 멈추고 만다, 사이렌, 경적. 마엘은 달아난다.

나에게 전화를 한 건 마틸드다, 나는 부리나케 달려간다, 온 가족이 다 모여 있다. 창백하게 질린 베아트리스, 형편없는 몰골의 나, 난 아무도 거들떠보지 않는다. 마엘은 어디 있어, 도대체 어디 있어요?

아무도 모른다. 난 베아트리스를 데리고 간다. 가요 그녀를 찾으러! 우리는 불안에 떨며 빌렌의 거리들을 이 잡듯이 뒤진다. 경찰서에 잠시 들른다, 별다른 사항 없음, 우리는 계속한다, 상점들, 동네 아줌마들, 아무도 그녀를 보지 못했단다. 베아트리스가 내 손을 잡는다, 용기를 내렴, 조슬랭, 난 그 아이를 잘 알아, 어딘가 숨어 있을 거야, 하지만 넌 그 아일 찾아내고 말 거야.

설마 국경을 넘은 건 아니겠지? 날 이대로 두고는 안 돼! 우리는 극장으로 달려간다. 그녀의 분장실은 텅 비어 있다.

난 베아트리스의 집에서 잠든다. 밤에도 수시로 퐁텐에게 전화를 건다. 그는 완전히 지쳤다.

베아트리스와 내가 두려워하는 건 단 한 가지다. 그녀가 예전의 친구들을 다시 만나기라도 한다면? 그애들은 무슨 짓이든 할 준비가 되어 있다! 우리는 신경을 곤두세우고 기다린다. 새벽 두시에 전화벨이 울렸을 때 먼저 수화기를 든 건 베아트리스였다. 여보세요, 여보세요, 마엘, 너니? 대답해! 그녀가 수화기를 나에게 건네준다, 들어봐 조슬랭, 무슨 소린지 알겠으면 말해줘, 난 떨면서 불안에 귀를 갖다댄다. 아무런 목소리도 들려오지 않는다, 베수비오 화산의 우르릉거림, 무너져내리는 들보들, 벌판 위를 가로지르는 바람 소리, 땅의 울음소리, 비가 되어 내리는 눈물, 그건 쇠 위에 타오르는 불이다.

베아트리스와 나는 공장 앞에서 만났다. 굳어버린 듯 서서 우리는 폐허를 바라본다. 도쿄 아름다운 네이팜탄, 붉은색이 예쁘기도 하지. 그리고 그 노란색, 베아트리스가 날 붙든다. 우리는 눈물을 흘린다. 대마(大麻) 타는 매캐한 연기가 눈을 찌른다.

그 일이 있은 후, 나 조슬랭 시마르는 우리 사랑이 시작된 그때처럼 삶을 불태워버리고는 어디론가 떠나버린다. 뭐라고? 불이 났는데도 빌렌을 활보하고 다니라고? 길을 가면 사람들이 손가락질을 해. 저 녀석이 마엘 자르조의 남자친구 시마르 2세야! 브라보 젊은 친구! 아름다운 사랑이야!

난 달아났다. 그리고 여긴 사람들이 죽어가는 옛 항구 런던이다. 세들스컴브 로드에서도 내 꿈은 여전하다. 인간들이 벌이는 피비린내 나는 경주, 결국에는 아무것도 남지 않으리.

꿈에 나타난 너의 그 적갈색 얼굴, 마엘, 정말 미안해 내 사랑, 세관의 포스터에 오른 너 방화도주범의 얼굴. 난 뜨거운 눈물을 쏟는다, 내 천사 왜 사라져버렸니.

벌써 수개월이 흘렀어. 가끔 네 엄마의 편지를 받지만 네 소식은 없구나. 어느 벙커에? 어떤 조직망 속에? 폴란드를 향해 떠났니? 말해줘 내 사랑, 도대체 어디로 가버린 거니?

네 엄만 나에게 모든 걸 제공했어. 그녀의 기쁨, 끙끙대며 그녀의 집에서 보낸 일주일, 출발계획, 그녀의 자동차, 옷들, 그녀 자신의 이야기. 난 예전에 아버지가 그랬듯이 가방에 단도 하나 넣고 북쪽을 향해 쉬지 않고 달렸어. 모터도 제대로 돌아가지 않는 고물 여객선을 타고 또 몇 시간을 보냈어.

여기 런던에서 난 금세 찾았다, 고철상을 크게 하는 카토비체 레체스터 집안을. 쓰레기를 모아 파는 사람들은 어디에나 있다. 난 서부 지역, 웨스트 몰시에 자릴 잡았다.

나는 거기서 슬픔을 마음껏 해소한다, 생활비도 벌고. 열여덟 살 청년, 조슬랭 시마르, 동쪽의 연극쟁이, 조르주의 아들, 비련의 사나이, 매일 열 시간씩 고철을 때려부수는 녀석. 물론 나는 임금을 달러로 받는다.

난 그걸로 한 달은 넉넉하게 먹고살 수 있다. 빌렌의 집처럼 벽돌로 지은 풀엄의 방 두 칸짜리 집. 진짜 숙녀가 날 본다면! 내 집은 퍼킹엄 펠리스*다. 체스터 산 가죽으로 만든 멋진 세간들, 손 하나 들어갈까말까 한 세면대, 물론 왼쪽은 얼음처럼 차가운 물, 오른쪽은 펄펄 끓는 물, 수요와 공급, 비웃지들 마세요! 타일이 흉하게 벗겨진 내 욕조는 한번 들어가면 옴짝달싹할 수 없을 만큼 좁다. 내 등뒤로 졸졸졸 떨어지는 미지근한 물, 나는 엄마 뱃속으로 되돌아간다.

---

* Fuckingham Palace, 버킹엄궁전(Buckingham Palace)을 빗대어 표현한 말.

거실은? 발 밑에는 양가죽, 천장에는 청동구슬, 창문에는 레이스. 나는 꽃으로, 치마로, 연극처럼 마엘과 관련된 것들로 집안을 장식한다, 너와의 추억을 내 입술이 닿는 곳에.

집주인은 아무 말도 하지 않았다. 내심 놀란 게 틀림없다. 막노동하는 녀석이 이 무슨 사치스러운 액세서리들이람, 돈 많은 과부라도 하나 물었나?

매일 아침, 나 고철의 군주는 웨스트 몰시를 향해 차를 몬다. 짙게 깔린 안개, 해머스미스, 윈저 궁, 왕들의 몸을 데우는 수많은 벽돌 굴뚝들.

뼈와 가죽만 앙상하게 남은 고철 사이에서 나는 숨을 쉴 수가 없다. 점퍼 주머니에 손을 집어넣는다. 나는 유리창을 문지르며 몸을 데운다. 낯선 동네의 길들에 점점 익숙해진다. 그래서 여유를 부리며 소리를 꽥꽥 질러댄다.

긴 여정! 한 시간이 채 못 되어 나는 내 레퍼토리를 거덜내고 만다. 노래, 하소연, 포크송, 장광설! 몸 푸는 데에는 이 짓거리가 최고다. 나는 왕자들의 거처, 교태를 흠씬 풍기는 여순경, 생선창고들을 스쳐 지나간다. 광활한 숲과 정원들을 지나친 다음에야 나는 변두리로 접어든다. 나는 빌렌에 두고 온 내 의상들을 생각한다.

여긴 폭력조직들이 고철업계를 꽉 잡고 있다. 내 구역에 도착하자 난 전형적인 슬라브 족의 낯짝에 군화를 신고 공기총을 든 경비원에게 인사한다. 나는 하루 종일 기계들을 분해한다. 어떤 기계들인지는 말하지 않겠다, 노다지라는 것밖엔. 잿빛 주검들 사이에, 케이블, 요것 봐라! 금덩어리! 출구에는 금속 탐지기가 설치되어 있다, 삑, 열쇠를 보여주면 무사통과, 보물은 자기를 띤 신발 밑창에 숨겼다. 멋진 인생.

나 기계를 부수는 자, 괴물들에게서 먼지를 털어내고, 펜치로 마술처럼 가죽을 벗긴다. 나머지는 쓰레기통 속으로, 이곳의 시마르들을 위해.

밀매는 간단하다. 상품을 잘 봉인해서 요크 행, 거기서 독일로 가는 화물선에 싣는다. 손을 써놓아 문제삼는 사람은 아무도 없다.

저녁이 되면 난 웨스트 몰시를 떠난다. 억수로 퍼붓는 비를 뚫고 여왕의 저수지를 따라 달린다. 비행기들이 뒤덮고 있는 런던의 노란 하늘, 오 나 천사장의 슬픔, 나는 집에 도착할 때까지 소리를 빽빽 질러댄다. 바보 같은 짓거리들, 하나의 꿈, 마엘.

그녀 없이 사는 것은 사는 게 아니다. 난 잠을 이루지 못한다. 여긴 내게 일거리를 줄 극장도 없다. 그래서 나는 도시를 쏘다닌다.

나는 '엠파이어' 뒤에 있는 한 술집에서 마피아들을 다시 만난다. 나는 한 무리의 여자들과 마주쳤다. 분을 칠한 과부들, 열다섯 살, 열여섯 살, 키가 크고 피부가 검은, 부츠, 가죽치마, 가죽띠로 조여맨 입술 My God.

나는 아무하고나 영문도 모른 채 건배를 한다. 여왕을 위해 건배, 라마르세예즈,* 아 나쁜 년 가서 밑이나 닦아, 영국 성공회 찬송가, God save the Gays,** 나는 나무 술통이다, 1리터, 2리터, 이어 10리터, 마구 퍼마신다, 나는 말없는 가죽부대다, my Joceleen how are you tonite, 사는 게 따분해서 술 좀 마셨어 형제, You see, 그가 내 양 어깨를 툭툭 친다, 내일이면 괜찮아질 거야.

레체스터 스퀘어, 난 관광객들, 쌀쌀맞은 부부들 사이를 비틀거리며 나아간다. 아가씨들은 춥지도 않은가봐, 나는 감히 어떻게 해보지

---

* 프랑스 국가(國歌). 소문자로 쓸 경우에는 '마르세유 여자'라는 뜻이다.
** 영국 국가인 〈God save the Queen(신이여 여왕을 보호하소서)〉의 패러디.

못하고 그들을 스쳐 지나간다. 그들이 길을 터준다. 그래 나 취했다.

세상을 돌아다니는 나 조슬랭, 엄마의 민들레, 턱이 깨진 목석 같은 사나이, 나는 축축이 젖은 판자울타리에 세게 머리를 박는다. 난 흐느적거리며 켄싱턴 쪽으로 걸어간다.

넘어진다. 다시 한 번 넘어진다. 오늘 밤 알약은 없다. 노 잭* 투나잇, 사우스 켄은 잘 사는 동네. 나는 광고지에 나온 집들을 알아본다. 여기 벽돌은 비싸고 예쁜 붉은색이다. 나는 말도 안 되는 소리를 빽빽 질러댄다. 창문들이 쾅쾅 닫힌다. 그리 늦은 시각은 아니다. 나는 대로를 따라 걷는다. 웨스트 브롬프턴 묘지, 여긴 내 집 근처잖아, 그래서 난 묘지 문을 연다. 프라하처럼 난잡한 잔디 위에 무덤들이 빽빽이 들어서 있다. 아 충동적인 죽음, 여기서 죽는 것, 그게 사는 거다. 납작한 육면체의 화강암, 이름 하나, 날짜들, 사치스런 이웃, 밤에도 열려 있는 철책들.

안쪽에서 고함 소리가 들려온다. 난 그리로 훌쩍 날아간다, 약간 취한 채. 벽 너머로 열렬한 갈채, 경기장이다. 묘지 발치에 모인 풀엄의 주민들, 기발한 아이디어! 묘지를 정말 사랑하는 사람들이군, 자 풀엄에서 생중계해드립니다, 술냄새를 풀풀 풍기며 고함을 질러대는 사람, 노래를 불러대는 사람, 노점, 죽은 자들 위에서 공을 다투며 춤을 추는 사내 그리고 그들의 여자들!

나는 결국 세들스컴브 로드에서 쓰러지고 만다.

보시다시피 난 박물관을 그리 즐겨 찾지 않는다. 기껏해야 베이즈

---

* Prozac, 프로잭, 우울증 치료제의 상품명.

워터로 달려가는 정도다. 카지노, 인디언 여자들, 별볼일 없는 사람들, 롤러 스케이트를 타고 춤추는 사람, 가구를 파는 사람도 있다. 난 그저 산책할 뿐이다. 아라비아 족장들은 변장을 하고 있다. 나 역시, 다른 사람들처럼 자유롭게, 줄무늬 바지를 입고 덕지덕지 기름때가 낀 긴 머리칼에, 둘둘 만 오렌지색 깃. 베이즈워터에는 아무것도 없다. 밤의 움직임이 있을 뿐. 나는 열기를 찾아 점점 안쪽으로 들어간다. 홀랜드파크의 주택들과 금세 누군가 차에 태우고 사라지는 창녀들, 공중전화박스와 우체국마다 사진이 나붙은 여자들, 그중 몇몇은 사라지기도 한다. 흔적도 없이, 은밀히 행해지는 인신매매.

사람들은 기념으로 사진을 교환한다. 칼라로 된 명함. 나도 그것들을 수집한다. 검은 양복을 입은 런던의 재력가들처럼. 그들의 가방은 서류, 전표들로 꽉 차 있다. 물론 그 사이에 '창녀들'의 사진첩, 구멍을 뚫어 묶어놓은 노란색, 녹색, 보라색 명함들, 진부한 문구들, 사디즘의 여왕 신디, 남색의 여신 수잔, 내 캐티 두 장하고 네 캐롤 여섯 장하고 바꿔, 뭔 소리야 이 친구, 조금 더 쓰셔, 내 건 흔치 않은 물건이라구, 금방 전화박스에서 가져온 따끈따끈한 거야!

신종 직업, 광고전단 붙이기. 뭐 어때, 가로 10에 세로 6센티미터, 위험도 제로, 하루 종일 창녀 한 명을 위해 도시를 온통 그녀의 몸으로 처바르는 직업, Fuck me NOW! 아무 일도 아닌 양 전화박스에 들어가서 다른 창녀들, 경쟁력 없고 못생긴데다 비싸기만 한 것들의 명함은 싹쓸이하고 전단을 붙인 다음, 휙! 곳곳에 뚜쟁이들, 저기! 저기도! 엉덩짝 버전의 루브르 박물관! 고마워 자기! 자, 10달러! 어디 가서 재미나 봐!

소름끼치는 짓거리. 난 마엘만을 꿈꾼다. 세 번의 침묵 후에 던진

말 한마디, 말없는 프랑스에서 사랑한 조슬랭의 이야기.

　매일 아침 난 두 시간쯤 눈을 붙인 다음 길을 나선다. 아버지가 옳았다, 고철장수의 아들, 고철장수! 세상은 무너지고야 말 것이다! 조그만 궁전, 철도!
　우리, 닥치는 대로 금속을 먹어치우는 사람들, 우리가 여기 있다. 불룩 나온 배, 무거운 팔, 깨진 턱, 사람들은 우리를 기다린다. 가끔 사장이 날 부른다. 조금 특별한 임무야, 있잖아 조슬랭, 저 사람, 이탈리아인인데, 저 사람 사업, 저 사람 차, 천 달러 줄 테니 오늘 밤에, 하겠어?
　스피터필드 근처, 난 쇠파이프를 외투 속에 감추고 동쪽의 어둠 속을 거닌다. 템스 강이 멀지 않다. 저기 그 리무진이 있다. 오 속도의 세상이여, 내가 너의 인형을 어떻게 만들어놓는지 잘 봐라, 순식간에 차는 박살난다. 정통으로 열 방, 앞유리가 와장창, 모터가 푸시시, 문짝, 손잡이, 축들, 최고급의 멋진 고철! 경보장치가 작동할 시간조차 주지 않는다. 기름탱크에 종이를 쑤셔넣고, 성냥으로 치익, 눈부시게 아름다운 화염, 난 달아난다, 스피터필드 바이 나이트.

　나는 당신들에게 아무것도 숨기지 않아요. 나도 내가 안 좋은 길로 들어서고 있다는 걸 알아요.
　나는 런던 시가 천 헥타르에 달하는 고철을 해체할 궁리를 하고 있다는 걸 알게 된다. 어마어마한 공사. 1933년부터 그들은 망설이고 있다. 이 발전소 이거 어떡하지? 나이트 클럽? 박물관? 놀이공원? 비용이 너무 들어. 우뚝 솟은 네 개의 하얀 굴뚝, 깨진 유리창들, 도시경관에 정말 안 좋아! 그래서 그들은 해체하기로 결정한다, 나사부

294

터 하나씩, 전 세기의 유물을.

그곳에 살고 있는 사람들이 아직 있다. 예술가들이 버려진 공터에 뿌리를 내렸다. 설치도 하고 그림도 그린다. 마피아들이 어떻게 손을 썼는지는 몰라도 은밀한 검사, 프로젝트를 평가할 사람으로 그들은 나, 무슨 일이든 하는 하녀 조슬랭 시마르를 선택했다.

일요일 아침 일곱시, 몸이 납처럼 무겁다. 그래도 난 습관대로 일어난다. 난 길을 살핀다. 낡은 트럭 한 대가 우유를 배달하고 있다. 피융! 옆에서 돌 하나가 갑자기 튀어올라 병 세 개가 박살난다. 베티나 빌더는 이런 식으로 죽는다.

종국엔, 그녀와 아버지가 가난 속을 헤매고 있을 무렵, 엄마가 은밀히 그들에게 돈을 부칠 무렵, 그 겨울 롤라는 바르샤바까지 걸어간다. 계란이나 생선 같은 식료품들이 거기서는 덜 비싸다. 그래서 그녀는 새벽에 길을 나선다. 아버지는 아직 자고 있다. 그는 내 꿈을 꾸고 있다. 배신자, 그리고 나는 런던에서 그를 잊고 지낸다.

롤라는 폴란드 식으로 몸을 감싼다. 목과 허리 그리고 꽁꽁 얼어 불쑥 나온 가슴을 신문지로 싼다. 그 위에 두터운 모직외투, 장갑 속에 또 신문지, 장화 속에는 난롯가에서 단잠을 잔 양말 세 켤레를 겹쳐 신는다.

레이스 달린 긴 속내의, 애무를 기다리는 살, 예쁜 시트, 바깥에 내걸린 깃발, 예전의 삶은 이제 모두 잊혀졌다. 꺼칠해지고 나이에 비

296

해 약간 살이 붙었지만 우리의 롤라는 여전히 아름답다. 혹한의 길 위를 헤매는, 볼이 붉은 괴짜 눈사람 같다.

그녀는 잘 알고 있다, 바르샤바에 이르는 이 길을. 변두리와 공장들을 가로질러 5킬로미터, 쌓인 눈 위를 걸어 5킬로미터, 그녀는 돋아놓은 흙더미에 걸려 비틀거린다.

노란 밤, 이어 핏빛 여명, 머나먼 곳에서 솟아오르는 파리한 태양. 가끔 클랙슨을 울리며 트럭을 세우고는 문을 열어주는 트럭 운전사들도 있다. 타요, 태워다줄 테니. 그녀로서는 못 할 일이 뭐가 있을까 싶지만, 그건 안 돼, 차라리 죽고 말지. 얼굴이 보이지 않는 차 문들, 먼길을 태워주는 대가로 널 주물러대다 말 피곤에 찌든 사내, 안 돼, 마리아 앞에서 언약한 우리 아버지 시마르 경의 순결한 신부 프롤라인* 베티나 빌더, 그녀는 거절한다. 절대로. 그녀는 찢어질 듯한 가난으로 속죄했다.

초원을 쓸고 지나가는 삭풍으로도, 눈을 가리고 꽁꽁 얼어 볼을 후려치는 머리카락을 걷어낼 방법이 없다. 롤라는 양팔을 뻣뻣하게 늘어뜨린 채 앞으로 나아간다. 겹쳐입은 무겁고 긴 치마들, 김을 내뿜으며 미지근하게 식어가는 살, 아름다운 롤라는 상점에 도착해서야 옷을 벗고, 잔돈을 세어 값을 치른 다음, 다시 머리를 리본으로 묶고, 즐겁게 야영지로 되돌아갈 것이다.

도로는 울퉁불퉁하다. 겨울이 구멍을 파놓기 때문이다. 가끔 깊이가 족히 20센티미터가 되는 것들도 있다. 지시가 떨어지면 헌병들이 돌을 채워 땜빵질을 하기도 한다. 그것도 아니면 각자 알아서 피해가

---

* Fräulein. 독일어로 '아가씨' 라는 뜻.

야 한다. 대부분의 트럭 운전사들은 모든 걸 운에 맡긴다. 그들은 절대 차를 세우지 않는다. 그들은 알고 있다, 구멍은 거기에 빠지는 사람들에게만 존재한다는 것을. 그래서 그 괴물들은 바르샤바를 눈앞에 두고 시속 120킬로미터로 달린다, 쏜살같이!

화물은 가지각색이다. 철도레일, 전봇대, 수도관, 케이블, 콘크리트 골조, 닭, 말, 간단히 말해, 모든 것이 그곳을 지나간다. 런던에서처럼 우유까지도, 3톤짜리 괴물이 전속력으로 질주한다, 흥망을 운에 맡기고.

눈으로 바르샤바를 확인한 당신 친구들 중 하나가 이제 더이상 멈출 수 없다는 걸 알고는 가속페달을 힘껏 밟았을 때, 나의 롤라는 그 끔찍한 소음으로부터 5킬로미터 떨어져 있었다.

그날 아침, 롤라는 평소 리듬대로 도로 오른편을 따라 걷고 있었다. 멀리서 들려오는 우르릉 하는 소리, 아마 우유일 것이다, 아니면 군납품 술이거나, 실한 고구마로 빚은 좋은 술. 쏜살같이 달려오던 그 짐승이 롤라의 등뒤에 이르자 펄쩍 뛰어오른다, 20센티미터짜리 구멍에 빠진 것이다. 급정거, 하늘을 찢어놓는 천둥 소리, 운전사는 앞 유리창에 부딪혀 박살이 난다.

롤라는 미처 돌아볼 새가 없다.

트럭에서 유리 조각들이 비가 되어 쏟아진다, 총살당하는 베타나, 허리에 어깨에 허벅지에, 장딴지에, 나의 검은 동정녀 나의 성녀, 타오르는 허파, 휙휙 바람이 새는 목구멍, 유리에 찢겨나간 젖가슴, 잘린 손, 당신의 등, 벌판을 향해 활짝 열린 두 눈, 회색의 바르샤바, 점점 붉게 물들어가는, 아 저 아름다운 백색의 태양, 등뒤에서 전해오는 펄펄 끓는 듯한 아픔, 구멍이 숭숭 뚫린 배, 아파요 구세주 그리스도여, 저의 죄를 용서해주세요, 왜 창녀 롤라에게 이 수많은 칼들을, 롤라는 결국 쓰러진다, 눈 속에 얼굴을 묻는다, 바르샤바 붉은 강이 흐른다, 십자가에 못박힌 롤라.

런던의 일요일은 정말 재미없어요, 그렇지 않아요?
아무것도 모르는 아버지는 자고 있다, 아마 코를 골고 있을지도 모른다, 코를 골며 자고 있는 홀아비, 맙소사, 그가 일어난다, 블랙 커피 생각이 간절하다, 생각나면 사오겠지, 아님 내일 내가 가지 뭐. 그는 냄비에 물을 받아 세수를 한다, 열시, 무슨 일이 있는 건 아닐까, 열한시, 그는 길을 나선다, 도대체 뭐 하느라고 이렇게 늦는 거야, 열두시, 3킬로미터는 족히 걸었다, 트럭들이 줄지어 서 있다, 지나가게 좀 비켜줘요, 아버지는 길에서 배운 폴란드어로 소리친다, 벌떡거리는 가슴을 안고 이제 그가 뛰기 시작한다, 으 저 피 좀 봐 5리터는 족히 되겠네, 속이 다 메슥거리는구먼, 잿빛 얼굴을 한 일단의 사내들, 겁쟁이들은 다시 길을 떠난다, 우유가 쏟아져 있는 곳을 지나친다, 오 저 고소한 아침우유, 여긴 더이상 아무것도 할 게 없어요, 우유도 다 박살났고, 비켜들 주세요, 마침내 사람들이 시신을 뒤집는다, 얼굴은 아무렇지도 않다, 그녀는 깨끗하다, 흙덩이가 묻었는지 약간의 얼룩이 있을 뿐, 얼굴을 감싸고 있는 예쁜 모직 천, 붉게 물든 땋은 머리, 아직도 온기가 남아 있는 얼굴, 사람들이 던진 돌에 맞아 영원히 잠든 가엾은 창녀 롤라, 이것 놔요, 아버지는 그녀 위에 쓰러진다, 그는 그녀의 부드러운 두 뺨에 입을 맞춘다, 벌판을 향해 외친다, 베티나 안 돼, 그녀가 대답할 것만 같다, 벌떡 일어나 무릎을 꿇고 그녀 역시 그에게 입맞출 것만 같다, 교회가 맺어준 그의 아내에겐 그가 유일한 사내다, 예수 그리스도여 도대체 왜, 그는 말을 잇지 못한다

부들부들 떨고 있다, 유리 조각에 얼굴을 받아 이가 깨진다 입에서 피가 흘러 못박혀 죽은 그녀 위로 떨어진다 내 사랑 대답 좀 해봐 당신 목소리 어서 걸어봐 들어봐 나의 롤라 난 자고 있었어 난 아무것도 느끼지 못했다구 당신을 사랑해.

상황이 이쯤 되자 건장한 사내 다섯이 그를 붙든다, 그가 몸부림친다, 그는 그녀와 함께 있으려 한다, 법 없이 폭풍설 속에서 죽어버리길 바란다, 사내들이 그의 목을 잡는다, 잘 잡아요, 그의 입에 붉은 시절의 화끈한 보드카를 부어넣는다, 1리터, 2리터, 이어 3리터, 그가 토한다, 비틀거린다, 취해서 운다, 탈진한 채 베티나 위에 쓰러진다, 사람들이 그를 바르샤바의 병원으로 싣고 간다.
그리고 나는 외출한다.

매일 아침 결코 멈추지 않는 이 물, 우리의 몸을 적시는, 부어지고 마셔지는 런던의 물, 하렘의 시녀 들고 있는 내 팔다리를 타고 흐르는 이 물, 기진맥진하여 곧 미지근해지고 마는 이 물, 이것들은 도대체 어디서 오는 거지?

런던의 상하수도관은 낡은 쇠파이프로 되어 있다고 한다. 보도 아래로 거미줄처럼 퍼져 있는 쇠파이프는 녹슬고 깨져, 거기서 새어나온 물로 쥐들이 목을 축인다. 그래서 흙이 많이 섞여 있고 맛이 텁텁한 거지, 분명해!

어떤 사람들은 수도관이 동파이프로 되어 있다고 주장하기도 한다. 그래서 물맛이 그렇게 씁쓸하다고, 입에 거품을 물게 하는 물, 골수를 납으로 중독시키는 물.

어린아이들처럼 그들은 우리 발 밑에서 파이프를 하나씩 교체한다. 그들은 페스트를 전파하는, 물이 방울져 뚝뚝 떨어지는 파이프들을 뽑아낸다. 그들은 밤에 일한다. 여기 사람들이 어떤 물로 자신의 몸을 씻는지 본다면! 샤워를 하며 그짓을 하는 일도 드물어질 것이다. 조금씩 새어 땅속으로 스며드는 생활하수, 시커멓게 흘러드는 폐수, 지하에 형성되는 역겨운 비누거품 막.

음울한 런던, 오염된 런던의 이 침묵.

나는 불안한 마음으로 샤워를 끝낸다. 빌렌에서와 같은 꿈. 나는 뭔가 누군가 있다고 느낀다. Is there anybody out there? 물론 그녀다. 어린아이처럼 차려입은 풀비아, 계집아이처럼 땋은 머리, 흰색 짧은 치마, 건드리지 마, 누가 보면 운다고 그러겠군 나의 조슬랭, 불말이야 정말 그러려고 했던 건 아냐, 얼떨결에 그렇게 되어버렸어, 하지만 마르셀, 네 엄마, 벌받아도 싸, 내가 그 지경이 되었는데도 기계를 다시 돌렸다고, 내가 으깨져 가루가 되었다 해도 그랬을 거야, 하루에 코르셋 열 벌, 일해 할망구들! 조슬랭 미안해, 내가 얼마나 정신없이 독일을 향해 달렸는지, 국경을 넘기 위해 도로를 따라 얼마나 걸었는지, 잠은 어디서 어떻게 잤는지, 내 사랑 조슬랭, 만약 네가 그걸 안다면!

마엘 난 널 믿어, 네가 흘린 눈물을 닦아줄게, 런던엔 비가 내려, 백색의 공포, 마엘 난 출발해, 병신 같은 민들레, 언제나 똑같은 길, 난 비행기들과 마주친다, 그것들은 지평선을 향해 내려오고 난 그곳으로, 배터시 발전소를 향해 올라간다. 앞쪽은 말하자면 내 구역, 뒤쪽은 아름다운 첼시 스커트, 나 검은 천사는 세들스컴브 로드에.

내 집 문 앞에 서 있는 마엘을 발견하고는 달려가 그녀를 내 품에 안는 것, 그건 끔찍이도 두려운 일이다. 그래서 나는 집으로 돌아가지 않는다. 나는 꿈을 잊는다. 나는 인파가 들끓는 거리 속으로 숨어든다. 나는 브릭스턴, 소호를 쏘다닌다.

열여덟 살인 나는 스물다섯 살 행세를 한다. 어디든 무엇이든 무사통과다. 포커, 바카라, 한량들이 재산을 탕진하는 카지노, 코흘리개들을 위한 허름한 나이트클럽, 경마, 코끼리싸움, 마약. 손짓만 하면 따라나서는 여자들, 그건 내가 사절한다. 창녀촌도. 하지만 내가 내 삶에 핀으로 살짝 꽂아둔 예쁜 사진, 루이즈를 만난 것은 바로 그곳이었다.

녹색 양탄자 암홍색 의자, 난 오른쪽에 앉는다. 맨가슴을 드러낸 아가씨 하나가 주문을 받는다. 뭘 드시겠어요, 아가씨 젖으로 꽉 채운 오렌지주스 한 잔. 그녀가 잠시 쉬고 있는 젖가슴을 내 테이블 위에 올려놓았기 때문에 나는 거기에 5달러를 슬며시 넣어준다.

어이 아가씨, 여기선 오백 달러면 뭘 할 수 있지? 조슬랭에게 나긋나긋하게들 구세요, 그 사람 손 좀 봐요, 자 아가씨 가까이 와요, 나 열여덟 살이에요, 아무 걱정 말고!

공연이 시작된다. 판토마임이다. 벌거벗은 아름다운 여인이 조용히 춤을 춘다. 이런 곳에서 추기엔 너무 우아한 춤이다. 세련된 작은 움직임, 손동작, 어깨놀림, 맙소사 사람들 눈에는 아무것도 보이지 않는다, 야유가 쏟아진다, 아웃, 그래도 그녀는 계속한다, 안쪽에 앉은 두 녀석이 소리를 질러댄다, 집어치워 아가씨, 그런 건 딴 데 가서 하라구, 여긴 로열 발레단이 아니라 소호란 말이야, 소호! 아님 저 밀실들은 뭐하러 만들어놓았겠어?

나는 엄지를 세워보인다, 나뿐이다, 그 요정 따윈 다들 이미 잊었다. 그녀는 미끄러지듯 내 테이블로 와서는 곁에 앉는다. 헬로 영맨, 담배, 서른다섯 살, 프랑스 여자잖아, 안녕 젊은 친구, 어디서 왔어, 아무렴 어때, 난 모든 걸 버리고 런던으로 왔다니까.

마피아, 트럭, 빌더 상사(商社), 내 얘기를 하다보니 머리가 복잡해진다. 늦은 시각이다. 그녀가 달콤하게 속삭인다.

우리 이제 자러 갈까?

놀라운 목소리! 밤새도록 5백 달러, 됐어? 너 참 화끈하구나, 좋아, 예쁜 얼굴, 기막히게 잘빠진 몸매, 내가 과연, 우리는 극장들이 모여 있는 구역을 가로지른다, 긴 첼시 스커트를 입은 그녀와 변장을 한 나는, 뭐야 풀엄이잖아, 난 여긴 한 번도 와본 적이 없어, 넌 이름이 뭐니?

조슬랭. 조슬랭 시마르.

나는 고분고분한 학생처럼 대답한다, 나는 막 태어나는 듯한 내 목소리를 듣는다, 난 감히 그녀의 이름을 묻지 못한다, 너 생기 넘치는 창녀들의 여주인, 네 이름은 뭐니, 난 아무 말도 못한다, 그녀는 마치 아내처럼 자신의 밤을 나에게 바친다 그녀가 나를 보고 미소를 짓는다, 무릎을 꿇는다, 변모, 그녀 검은 조각배들이 떠 있는 템스 강, 꿈꾸기 전에는 단순한 계집아이 그녀는 툭 뱉듯이 말한다, 난 루이즈야.

그녀와 나는 마지막 스펙터클을 향해 걸어갈 것이다, 꿈속엔 마엘을, 손에는 나의 루이즈를 붙들고. 난 항상 나이 든 여자들을 좋아했다. 서른두 살, 그녀가 털어놓는다. 나는 스물이 채 안 됐다. 아무렴 어때.

　　루이즈와 나는 잠시도 떨어지지 않는다. 서로 모든 걸 털어놓는다. 아, 그렇다고 내가 마엘을 잊었다고 생각하지는 마세요, 난 잉크처럼 선명한 기억력을 갖고 있으니까! 그리고 내 가족, 그 지옥의 길들, 내 패거리, 예전의 여자들에게서 내가 원하는 건 아무것도 없다.
　　파리의 모델, 루이즈는 런던에서 더 나은 무엇인가를 찾을 수 있을 것이다, 안 그래요? 그게 그녀의 프로젝트다. 파리는 끝났다. 이젠 '조그만 마을'에 불과하다. 루이즈는 모든 걸 팽개쳐버렸다. 안녕 꼭두각시들, 나 파리 몽마르트르, 아메리카에 모든 걸 바친다, 난쟁이들, 뭔가 거대한 걸 세우러 오세요, joyful Paris, 아흐 환상적인 몸매의 아가씨들, 나는 프랑스에 있는 내 남자를 잊는다, 해방된 파리의 여자, 이 몸은 물러갑니다.

루이즈는 완벽하다. 1미터는 족히 되는 다리, 떡벌어진 어깨, 성공은 따놓은 당상. 이런 몸매가 요즘 다시 뜨고 있다! The flesh is back. 사람들은 무릎을 꿇고 요염한 마돈나에게 기도를 올린다.

그녀는 두 달 전에 이곳에 왔다. 소호의 조그마한 스튜디오, 마당 쪽으로 난 창문, 몸을 파는 이웃여자들, 먹고살아야 하니까. 프랑스에 모든 걸 두고 왔기 때문에 루이즈는 클럽에서 춤을 춘다.

조심! 불명예스러운 짓은 결코 하지 않는다. 루이즈는 일류다. 완벽한 몸, 육감적인 입술, 천년 묵은 쇠로 된 두뇌, 가끔씩 난 걱정스럽다. 제 힘에 부쳐 소진되어버릴 듯한 그 완벽함이.

나 조슬랭은 때때로 그녀를 재워준다. 매일 밤 그런 것은 아니다. 아니다 난 여전히 자유롭다. 그리고 내 꿈, 가끔씩 전화하는 베아트리스, 어떻게 지내 조슬랭, 내가 그리로 갈까?

빌렌과 그 한물간 코르셋들만 아니라면 무엇이건. 그렇다, 런던 난 너를 사랑한다. 케로겐* 불빛에 잠겨 있는 조그만 가건물들, 각자 자신만의 콜호즈**, 파와 토마토. 이곳 정원들에 대해서 누가 내게 얘기 좀 해주지! 그래, 콘크리트로 둘러싸인 하이드 파크, 프랑스 여자들이 참 좋아하지, 시간당 차 2,500대, 2달러만 내면 숲속에서 그 짓을 할 수 있다!

여기, 당신은 셰익스피어 위에 드러누워 자고 있다. 그러면 카라코*** 차림의 여대생 둘이 당신을 등쳐먹으려고 다가온다.

너 프랑스 여자니? 그런데 너 『잃어버린 사랑의 괴로움』을 읽고

---

* 유기물의 일종으로 이것을 함유한 '오일 셰일'이라는 퇴적토는 연료로 쓰인다.
** 구소련의 집단농장.
*** 길이가 짧은 상의의 일종.

있니? Fucking Lost Maël? 아니, 『조슬랭 17세』, 잘 알려지지 않은 희곡이야, yes, 정말 불공평해, 나한텐 이게 전세계적으로 읽히는, 뭐가 뭔지 모를 익살극, 「오셀로」보다 훨씬 나은 데 말이야! 너 『서간집』도 읽어봤니? 거기 보면 그가 여자가 되고 싶어했다는 걸 알수 있어, 윌리!* 놀랍지! What's your name? 조슬린? 너 셰익스피어 많이 읽니? 나랑 산책하러 갈래? 내 방은 어때? 그런데 너 연극하니?

순식간에 구워삶아진다. 이게 바로 런던이다! 내가 뭘 발견하는지 보세요. 난 관찰한다. 이전의 내 삶이여 안녕!

루이즈는 이제 날 안아주지 않는다. 아이에게 그런 짓을 하는 게 두려운 모양이다. 나는 그녀에게 모든 것을 털어놓지는 않았다. 마엘과 나 코르셋의 천사들…… 하지만 쇠 그건 그녀의 관심을 끈다. 기계장치, 범죄들. 그녀는 나를 따라 웨스트 몰시에 가보고 싶어한다.

얼마 안 있어 내가 세기의 공사장을 방문한다는 걸 그녀도 알게 되었기 때문에, 우리는 어떻게 가장을 할까 함께 궁리한다. 발전소에서 춤을 주는 것, 그건 공 들일 만한 일이다, 안 그래요?

우리는 킹스 로드를 돌아다닌다. 루이즈가 점원이 웃음을 띠고 바라보고 있는 가운데 쇠사슬을 엮어 만든 드레스를 입어보고 있다. 나한테는 바지가 잘 어울린다, 라스타파리,** 이게 좋을까?

---

* 윌리엄의 애칭. 여기서는 셰익스피어를 지칭한다.
** rastafari. 에티오피아의 황제 하일레셀라시 1세의 본명인 라스타파리(Ras Tafari)에서 따온 옷이름. 라스타파리는 성서를 다르게 해석하여 예수 그리스도를 흑인으로 보고 자신을 재림한 예수라 하였다.

오늘 저녁, 소호의 스트립댄서와 몰시의 고물 장수가 예행연습을 한다. 우리는 손쉽게 배터시에 들어갈 만한 처지가 아니다. 덩치들이 문을 가로막고 있을 것이다. 분명하다, 당신 인, 당신 아웃, 절대 거절 당해선 안 된다. 거절당한다면 난 동쪽에나 어울리는 놈이다.

이 기회에 난 사흘간의 휴가를 얻는다. 새로운 눈, 맑은 정신, 나는 다른 시간대를 편력한다. 루이즈와 나는 유럽에서 가장 큰 클럽, '헤 븐'에 모습을 드러낸다.

'헤븐'에 들어갈 수 있다면 배터시도 문제없을 거야, 안 그래? 나 키 큰 여자 조슬랭, 화려한 색깔의 장갑, 털이란 털은 모조리 뽑은 상 반신, 옆이 터진 붉은색 바지, 북반구의 산티아고. 그녀 루이즈는, 안 전 유리 드레스, 노 슈즈 완전히 맨발, 다리엔 반짝이 장식, 왕관처럼 빛나는 유리 눈, 끝없는 무지개.

당신들, 들어가요!

오 런던 친구들의 미친 밤, 빽빽이 서서 몸을 비틀고 있는 이천 명 의 인간, 흔들리는 덩어리, 백 미터 전방에 무대, 울리는 바닥, 치켜든 머리, 손과 흉터들, 우리 일체가 된 여신들, 루이즈가 나를 안는다. 생 생한 그녀의 살, 모두 우릴 쳐다본다. 포옹 아래로 흐르는 피, 나 조슬 랭 새로운 교회, Ars est homo additus naturae,* 던져진 몸 증기 함 성들, 마엘 이번에야말로 우리는 숭고한 종말을 맞을 준비가 된 거야.

---

* '예술은 인간과 자연을 합한 것이다'라는 뜻의 라틴어.

여기 흙빛의 강 밤 금탑, 흘러간 나의 삶 리안,[*] 정화된 수많은 불빛들, 나는 앞으로 나아간다, 서풍 아스팔트.

배터시 파워 스테이션

예정대로 가장을 한 채 루이즈와 나는 앞으로 나아간다, 우리는 별 어려움 없이 거대한 큐브 안으로 들어간다, 메탈 그리스도의 본거지가 펼쳐진다.

미친 밤, 폴 포트, 땅-정령[**]으로 가장한 사람들 끝내주는 여자들 사방에 피가 고동치는 심장을 꿰뚫는 그 눈들.

가시철사들, 녹, 노랗고 푸른 빛이 도는 용암이 흐르는 4번 용광로에서 나는 완벽한 루이즈를 띄워보낸다, 저기 하늘을 꿰뚫는 미소들, 가시로 뒤덮인 솔라 러브(solar love) 우리 여기 지옥의 벼랑 앞에 섰다, 플랫폼, 추락, 벌거벗은 인간들의 머리카락, 나는 할말도 임무도

---

[*] 열대산 넝쿨식물.
[**] sol-génie, 땅-정령으로 번역했으나 바로 앞에 소문자로 나온 pol pot(폴 포트)와 맞물려 솔 제니친이 연상됨.

없다, 잠에 빠진 사람들이 몸을 일으킨다, 강변을 향해 걸어간다, 무거운 음료 진열대들.

베라, 기도, The very contemplation of things as they are is in itself more worthy than all the fruit of invention,* 나는 루이즈를, 다른 이들의 소유인 그녀의 손을 놓친다 너 역시, 목이 울린다, 숨이 막힌다 배를 치는 충격, 소음통, 땅 중심 핵, 우리 인간은 소리를 질러댄다, inside breaking system,** 침묵 벌어진 입, 아름다움의 웃음 런던.

나의 신이시여 손을 생명을 삼키소서, 상실의 인간들 하늘을 향해 뻗은 팔, 불쌍히 여기소서, 나의 실크해트 추락 첼시 스커트, 폭풍 템스, 오 숭고한 밤 잊혀진 빌렌, 시마르 루이즈와 시마르 마엘, 우리 왕자들에게 눈물을, 지난날의 터빈 즐기는 사람들 쾌활한 놋쇠, was soll es bedeuten, 사람들이 last train to trancentral***을 합창한다. 너에게 영광을 오 부활한 마엘 비둘기들 열린 하늘 다리, 너의 손에 말린 두루마리, 안녕 배터시의 루이즈, 핏빛 유리 눈, 대천사의 특별석이 빛을 가린다, 진짜 마엘 슬픈 내 사랑 돌아와, 나는 종종걸음을 쳐 한 남자를 향해 걸어간다, 한시, 열시, 아침, 비 나는 마신다 취한 조슬랭 tutto a te mi guida,**** 어린 사도 시마르의 찬사들, 나는 런던을 즐겁게 해준다 사람들이 춤춘다, 내 입술에 와 닿는 입술들, 둘이 되어 셋이 되어 난 넘어진다, 금속 엉덩이, 즐긴다 침묵, 벌어진

---

* 있는 그대로의 사물에 대한 참된 관조는 그 자체로 발명이 가져다준 온갖 결실보다 값지다.
** 무너지는 시스템 안에서.
*** 무아지경으로 가는 마지막 기차.
**** '모든 것이 나를 너에게로 인도한다'라는 뜻의 라틴어.

비인간적인 입들.

나의 몸 우리는 춤춘다, 나는 루이즈 마엘을 본다, 나는 잃어버린 너의 얼굴을 읽진 않아 어깨 숲 물에 잠긴 다리들 더러운 산업, 나는 다가간다 오 꿈이여 나는 달린다, 아무 쓸모 없는 친구들을 때린다.

그 무엇도 영혼을 능가하진 못해, 울어 조슬랭 울어, 한 손으로 내 손을 잡고, 거기에 입맞춰줘, 용서해 자 깨어나 나의 천사, 나야 마엘, 아니, 넌 자고 있는 게 아냐, 나 운명의 군단, 맑은 물을 퍼내는 우물이 있는 몸, 예순다섯 가지 죄악을 저지른 여자들, 마엘, 마엘.

그리고 나는 문에서 그르렁대는 목소리, 떨어지는 돌 바람에 날리는 꿈의 펄럭거리는 소리를 듣는다.

음악이 멈춘다. 몸들이 정지한다, 새벽, 방탄투구를 쓴 경찰들이 밀고 들어온다, 민들레를 잡으러 도대체 몇 명이 온 거야, This is an antidrug police operation*, 다들 목 뒤로 손을 올려, 진정들 하고 질서를 유지해, 그들은 책을 불질렀다. 그들은 언젠가 마엘을 화형시키려 들 것이다 그 와중에 우리는 서로 잃어버리고 만다 난 소리를 질러댄다, 그녀를 쫓아 안쪽으로 간다, 그녀는 적극적인 행동주의자들과 합류한다, 1번 플랜, 빨리, 각자 자신을 어디에든 묶어! 사람들을 가득 실은 후송차들이 그곳을 뜬다, 사이렌 소리, 번쩍거리는 경보등, 어디로 끌고 가는 거야, 나쁜 놈들, 다 조작극이야, 사방에 엑스터시, 코카인, 그들은 마침내 증거를 손에 넣은 거지, 공장은 철거되고 말 거야.

---

* 마약 단속 경찰입니다.

우리는 잽싸게 우리 자신을 묶는다. 누구는 터빈에, 누구는 쇠축에, 케이블에, 난간에, 기계에, 타인들의 피에 자신을 묶은 우리는 아직 천 명은 족히 된다, 배터시의 하얀 태양. 문들이 열린다. 난 죽음을 응시한다 그리고 난 비웃는다.

나는 알고 있다, 마엘은 멀지 않은 곳에 있다, 이런 곳에서 이런 순간에 멍청한 생각이 떠오른다, If you want to crush the president, throw your shoes up on the stage, 웃음이 픽 나온다. 경찰들은 특수복을 입고 있다, 연막탄, 가스 마스크, 오 광대들 안녕, 애들아 우리 여기 있어. 안쪽에! 우리 인간 송이들, 우리 노예가 된 원숭이들, Welcome in Battersea! 그들이 펜치를 빌린다 My lord, 착, 사슬에서 풀려난 너 나의 루이즈, 조슬랭! 조슬랭! 울부짖으며 네 명의 경찰에 끌려간다. 등록번호 도장 쾅, 하지만 중금속에 자신을 묶은, 쇠에 다리를 묶은 우리 해방된 노예 오백 명은?
며칠은 걸릴 것이다, 우리는 곳곳에, 항상, 실현되어 있으니까.

카메라들이다, 우리가 이겼다 죽음이여! 그들이 우리를 향해 달려온다, plans underground, 런던, 세계로 퍼져나가는 이미지, 배터시의 행동주의자들, 지하에서 벌어지는 밀거래 방탕, 우리는 소리를 질러댄다 언론을 이용한다, 우리를 석방하라 살인자들, 라파예트 우리가 여기에 있다, Habeas corpus de mon corpus,* 우리를 불태워라, 모조리 머릿가죽을 벗겨라, Fuck the queen, 우리는 거품을 문다, 땅 위에서 데굴데굴 구른다, 나는 내 타이탄 막대를 휘두른다, 그거

---

* '내 몸의 몸을 가져가라' 는 뜻. 라틴어와 프랑스어를 섞어 썼음.

312

좋네 한번 더 해봐 카메라들이 돌아간다, 런던에서 생중계해드립니다,
우리 중 둘이 사슬을 풀고 물안개 속으로 슬그머니 기어들어간다, 경
찰이 혼비백산한다, 사람들이 우르르 몰려간다, 소리를 질러댄다, 템
스 강에 BBC 카메라를 들이댄다, 마이크, 실패, 관음증 환자들!

그리고 우린, 뭐, 어떤 천국? 막을 내린다고? 벌써? 그들이 자신의
쇠에 묶인 마엘을 데려간다. 기다려 내 사랑! 내가 갈게! 막 내려, 그
래! 막 내려! 이젠 네가 이뤄놓은 것들을 내가 아니까. 내가 네 앞에
열린 문을 가져다놓았어, 그 어느 누구도 닫을 수 없는.

에필로그

내 아내 마글론이 임신중이었을 때, 나는 기력을 소진할 정도로 글을 써댔다. 안시 근처의 산이었고, 밤이었다. 나는 엄청난 양의 초콜릿을 먹어치우며 음악에 취해 밤새 썼다. 귀에 뭔가 씌어 있었고 멍했지만, 가슴만은 살아 있었다. 가슴이 떨려 잠을 잘 수가 없어서 나는 부드러운 매트리스 위를 뒹굴고 또 뒹굴었다.

　음악? 보통 나는 DJ Q의 〈Face the Music〉이나 모차르트의 〈레퀴엠〉을 듣는다.

　음악에 대해 아무것도 모르지만, 〈레퀴엠〉은 언제나 내게 마법처럼 느껴진다. 그렇다, 마법이다. 1956년도 녹음인 이 음반은 온통 지글거리며, 기침 소리가 나고, 악기가 실수를 하는 등 처음 몇 분간은 황홀하게도 실수투성이다. 나는 이런 실수, 사람을 불쾌하게 만들고, 한탄하고, 꿈처럼 돌진하는 소리를 듣는 일에 싫증을 느끼지 않는다.

　오늘, 내 음악가 친구 중 한 명이 같은 연주를 쉰 개의 마이크로 세 번이나 녹음한다. 그는 잘못된 부분을 지우고, 가장 잘된 부분만 골라 섞고 포장한다…… 그는 옛날 음반, 낡아빠지고 비현실적인 고물을 잊지 못한다. 그것은 마법이다.

　재활용하라, 재활용하라, 그것은 격언이다.

나는 금속을 좋아한다. 우리들의 철인(鐵人) 스탈린은 자동식 속사포*를 쓰지 않고도 지난 세기를 점령했다. 그리고 그 어여쁜 공장들 이후 우리에게 남겨진 이 모든 철들! 그것들로 무얼 하지? 멋진 유리집을 만들까? 영화관을 장식할까? 추억의 기계를 만들까? 광산의 흙을 내다버리는 장소의 장식을 만들까? 아름다운 금속은 껍질이 벗겨지고 불그죽죽하게 변해버렸다.

그것이 철기시대다.

나는 두 해 동안 런던에 살았다. 매일 아침 차를 몰고 윈저 성(城)과 라인 저수지 사이에 있는 서쪽 공장지대로 갔다. 슬픔의 연속이었다. 재고, 우울함, 수송대, 트럭들. 나는 어느 향수 회사에서 일했는데, 어리석게도 단편영화 한 편을 촬영할 꿈을 꾸고 있었다. 떨리고, 혁명적이며, 내 강철감옥의 우편번호 KT8 2RB를 제목으로 하는(영어로는 악취를 풍기는 제목이긴 하지만).

운전을 하면서 나는 그 고철을 생각했다. 어떻게 치워버리지? 어디에서 그것을 녹여버리지? 어떤 조건으로?

런던에서 지내면서, 나는 멀리서 배터시 발전소를 바라보곤 했다. 그것은 하얀 굴뚝이 비죽이 솟아오른, 용도폐기된 고대의 석관(石棺)이었다. 저렇게 아름다울 수가! 모호하게 불법 점거당한, 어느 용도로도 쓰이지 않는 수 헥타르에 달하는 땅, 그리고 그 심장부에 위치한 스윙잉 런던 발전소, 즉 런던 발전소. 런던 발전소는 1934년까지 가동되었다. 그것이 바로 배터시 발전소이다.

---

* 프랑스어로 '자동식 속사포'는 orgues de Staline이다. 작가는 이점에 착안하여 말장난을 하고 있다.

318

오늘날에는? 아무것도 없다. 부서진 아름다운 검은 상자, 기중기로 장식되고 전선으로 뒤덮였으며, 낮 동안은 산업용 스테인드글라스를 통해 빛이 들어오는 곳. 그곳에서 무엇을 더 한단 말인가? 춤을 출까? 타미즈 동쪽에 있는 다른 발전소들처럼 현대미술 전시를 할까?

학자인 내 오랜 친구 중 한 명은 괴로워한다. 라인 강 유역의 로만틱 가도(街道) 여행을 다녀온 후로, 나는 로렐라이에 열정을 품게 되었다. 나는 하이네와 "Ich weiss nicht, was soll es bedeuten…" 같은 가사를 잊을 수가 없다. 그것을 프랑스어로 옮기면 참으로 볼품없지만 말이다.

내가 열대여섯 살쯤이었던 1980년대, 별로 중요한 이야기는 아니지만, 독일 오플락*에 5년간 수용된 적이 있는 내 할아버지가 삼촌과 심하게 싸운 적이 있다. 그 사건을 기억하는 사람은 나밖에 없을 것이다. 삼촌은 독일어가 부드러운 언어라고 했다(그의 말이 맞다). 반면 할아버지는 'raus(바깥으로)'와 'schnell(빨리)', 그리고 그가 분노에 차서 말하곤 했던 당시의 고통을 용서할 수 없었다(그의 말도 맞다). 나는 로렐라이와 이 모순된 물물교환을 좋아하며, 내 기억으로는 클로델이 동쪽 말이라고 부르던 이 야만적이고 막연한 말을 좋아한다.

내 작품의 주인공 조슬랭 시마르는 모든 것이 빠르게 흘러가 사라지는 동쪽세계에 흥미를 가지고 있다. 그곳은 모든 위험과 목소리들이 오는 곳이며, 금속적이고, 회색이고, 광적이며 공포스러운 평원이

---

* 세계대전 당시의 장교 수용소.

잠든 곳이다.

　런던에서 지내던 1994년 어느 날 밤, 나는 한 친구 덕에 선술집에
두세 번 들를 일이 있었다. 우리들은 변장을 했다. 탁한 공기 속에서
우리는 수 킬로미터를 걸었다. 그리고 처음으로 멈춘 곳이 바로 '소
리의 내각(Ministry of Sound)' 이라는 곳이었다.
　하나의 이름 안에 누가 있는가? 나는 그곳에 없었다. 확실히 내
바지는 주황색이고, 내 티셔츠는 꼭 끼었으며, 우리는 추위 속에서
덜덜 떨고 있었다(네오나치 야경夜警이 몸을 데우는 불에 몸을 좀 녹이
긴 했지만). 왼손에는 장화를 끼고, 프랑스에서는 할 수 없는 화장을
했으며, 아니, 그런 건 아니지, 첼시의 젊은 미망인들처럼 짧은 가죽
치마를 입은 여자들과 손을 잡고 있었다 — 아름다운 검은 순수.
　야경들이 우리를 가로막는다. In? Out? No, 당신들은 들어가지
못해.
　우리는 북쪽을 향해 다시 떠난다. 우리는 걷고 또 걷는다. 새벽 세
시, 네시다. 피곤해서 아무 데도 갈 수가 없다.
　마침내 우리들은 천국(Heaven), 낙원에 떨어진다. 우리는 짝지어
들어간다. 황홀하다. 트라팔가 광장 밑의 천국은 거대한 동굴이며,
감지할 수 없는 육체가 어디서나 서로 얼싸안는 오래된 흙바위다. 스
트로보스코프*, 연기, 그리고 마음을 단련시키는 그의 숭고미 — 모
든 것은 빨리 진행되었으며, 모든 것은 느렸다. 두 명이 사라질 때 한
개의 몸짓, 반라(半裸)의 육체, 하늘로 쳐든 팔. 나는 춤춘다. 나는 사
람들 사이에서, 강철 아래서, 소란중에 귀가 먹어 하늘을 향해 손을

---

*시각 잔영(殘影)을 이용하여 급속히 회전, 진동하는 물체를 관찰, 연구하는 장치.

모으고 기도를 한다.

어떻게 이 모든 것을 이야기할 것인가? 이 기도? 신랄한 의미, 죽음? 나는 내 친구에게 텅 빈 입을 벌린 채 말했고, 수많은 우리가 아무 말 없이 춤추는 것 말고는 모든 것이 허무했다.

자, 보라. 잘못 녹음된 〈레퀴엠〉에 묻혀 산에서 지낸 백 일 밤 동안, 나는 작은 그리스도 조슬랭의 생을 이야기했다. 나는 내 책을 잊었고, 내 목구멍 안에서 이전의 원고들을 불태웠으며, 내 지옥을 잠재웠다. 이것은 소설에 관한, 이치에 관한, 금속에 관한, 한 남자에 관한, 그리고 그토록 부드러운 한 언어에 관한 바보 같은 이야기이다.

크리스토프 바타이유

옮긴이의 말

지옥 만세!

공쿠르 상 후보작에 올랐던 『지옥 만세』는 프랑스의 촉망받는 작가, 크리스토프 바타이유의 네번째 소설이다. 우리말로 이미 소개된 바 있는 그의 데뷔작 『다다를 수 없는 나라』와 『시간의 지배자』를 접한 독자들이라면 투명하고 절제된, 오래 여운이 남는 그의 인상적인 문체를 기억하고 있을 것이다. 하지만 『지옥 만세』의 문턱을 넘는 순간 그 기억은 일단 접어두시길! 전작(前作)들과 같은 작가가 쓴 작품이라고는 전혀 예상할 수 없는 새로운 스타일, 현란한 메타포의 잔치, 단어들의 '지옥'에 당혹감을 감출 수 없을 테니…… 오죽하면 『지옥 만세』가 출간되었을 당시 프랑스 언론이 "크리스토프 박사와 바타유 씨" 운운했으랴!

소설의 줄거리는 그리 복잡하지는 않다. 15세 소년 조슬랭 시마르는 낮에는 트럭에 고철을 싣고 동구로 떠난 아버지를 기다리며 엄마 마틸드와 함께 고철을 수집하고, 밤에는 금속의 세계를 벗어나 비단의 세계, 풋내기 배우들이 연극을 공연하는 극장으로 달려가 분장을 하고 연극의 시작을 알리는 역할을 한다. 그리고 거기서 그는 천사

같은 여인 마엘을 만나 미친 듯이 사랑한다. 한편 아버지는 여행중에 만난 창녀 롤라(또는 베티나)와 사랑에 빠져 그녀의 트레일러에 머물기로 결심하고, 남편의 배신에 분노한 마틸드는 조슬랭을 데리고 파리로 올라가 뒷골목을 전전한다. 다시 고철의 세계로 돌아온 조슬랭은 마엘과 함께 공장에서 일하게 되고, 작업중 사고를 당한 마엘은 공장에 불을 지르고는 잠적해버린다. 조슬랭은 마엘을 찾아 런던을 향해 떠나고, 거기서 지옥을 발견한다.

줄거리만 놓고 본다면 『지옥 만세』는 한 편의 평범한 멜로드라마로 보일 것이다. 하지만 이 소설의 독창성과 매력은 다른 곳에 있다. 말하자면 그 주술적인 언어에, 그 '지옥'의 문체에. 이는 지금까지 고전적인 문체로 세련된 작품을 써서 언론들의 찬사를 받아온 작가가 지금까지의 글쓰기 방식과 결별하여 전혀 새로운 방식의 소설을 써내기로, 말하자면 소설가로서의 제2의 자아를 발견하기 위해 자칫 매우 위험할 수도 있는 모험을 감행한 것이라 볼 수 있을 것이다. 이를 위해 그는 도시 변두리의 공장지대를 배경으로 트럭 운전사, 풋내기 배우, 창녀 등 우아하고 세련된 삶과는 거리가 먼, 소외된 삶을 살아가는 사람들을 등장인물로 내세웠다. 그리고 그에 걸맞게 가히 '단어들의 한판 카니발'이라 할 정도로 정신없고 소란스럽고 광기어린 바로크적 글쓰기를 구축해놓았다.

『지옥 만세』에서 작가가 들려주는 이야기는 앞서 언급한 『다다를 수 없는 나라』나 『시간의 지배자』에 비해 분명 아름답지는 않다. 그러나 그 재기 넘치는 언어의 유희와 메타포의 향연, 솜씨 좋게 엮어내는 경구들은 작품에 또다른 웅장한 힘을 불어넣는다. 똑똑하지 못하고 사회적으로 존경받지도 못하는 등장인물들이 추구하는 꿈같은 세계, 서정적인 폭력이 난무하는, 순수하지만 공격적인 세계는 어쩌면 작가 크리스토프 바타이유가, 또는 우리들 자신이 꿈꾸는 세계인지도 모른다. 소설가로서 제2의 작품세계를 구축하고자 하는 갈망으로 인해, 어찌 보면 무모할 수도 있는 언어의 실험에 몸과 마음을 온통 바친 탓인지 실제로 크리스토프 바타이유는 개인적으로 이 작품에 대한 각별한 애정을 토로하고 있다.

그러나 번역이라는 작업이 지니고 있는 어찌할 수 없는 한계 탓인지, 작품 자체의 탁월함과는 별개로 이 소설을 번역하면서 역자는 마치 언어 자체의 전복을 노리는 한 편의 거대한 패러디 속을, 한 편의 길고 긴 시(詩) 속을, 언어의 지옥 속을 헤매는 느낌이었다. 문장 하나가 제대로 구성되지 않는 경우가 비일비재하고, 낱말들이 아무런 논리적 연결 없이, 아무런 문법적 제약 없이 고삐 풀린 말처럼 메타포에서 메타포로 건너뛰며 마구 이어지기 때문이다.

부끄럽지만 이제 그 작업의 결과를 독자들 앞에 내놓게 되었다. 누군가 번역에 대해 질책을 가한다면 '번역이 불가능한 소설, 원문으로 읽어야 그 맛을 제대로 음미할 수 있는 소설'이라는 말이 입가에 맴돌겠지만, 그 질책을 겸허히 받아들이겠다.

끝으로 이 소설에 대한 역자의 고심을 함께 나누고, 더딘 작업을 끈질기게 기다려주신 문학동네 편집부에게 진정으로 감사드린다.

2003년 11월 초
옮긴이

옮긴이 **이상해**

전문번역가. 한국외국어대학교 대학원 불어과 졸업 후 프랑스 스트라스부르 대학, 릴 대학에서 박사과정을 수료했다. 『강간의 역사』 『이슬람의 현자 나스레딘』 『낭만적 영혼과 꿈』 『바둑 두는 여자』 『영혼의 산』 『베로니카, 죽기로 결심하다』 『되풀이』 『악마와 미스 프랭』을 우리말로 옮겼다.

문학동네 세계문학
지옥 만세

초판인쇄	2003년 11월 12일
초판발행	2003년 11월 19일

지 은 이	크리스토프 바타이유
옮 긴 이	이상해
책임편집	최정수 김지연
펴 낸 이	강병선
펴 낸 곳	(주)문학동네
출판등록	1993년 10월 22일 제22-188호

주 소	136-034 서울시 성북구 동소문동 4가 260번지 동소문빌딩 6층
전자우편	editor@munhak.com
전화번호	927-6790~5, 927-6751~2
팩 스	927-6753

ISBN 89-8281-762-X 03860

www.munhak.com

크리스토프 바타이유

1993년, 바타이유가 스물한 살의 나이로 『다다를 수 없는 나라』를 발표했을 때, 프랑스 문단은 처녀작 상과 되마고 상을 안겨줌으로써 이 젊은 천재에게 경의를 표했다. 그후 『압생트』 『시간의 지배자』를 발표하면서 정제된 언어와 고도로 계산된 문장 등 자신만의 독특한 문체를 구축하여 프랑스 순수문학의 전통을 이끌어갈 차세대 주자라는 명성을 얻는다. 1999년 『지옥 만세』를 분기점으로 바타이유는 그간의 글쓰기 방식과 결별을 선언하고 새로운 작품세계를 보여주고 있다. 속사포처럼 쏟아지는 말의 성찬, 현란한 메타포는 이제껏 어느 소설에서도 볼 수 없었던 독창적인 것으로, 고전적이고 전통적인 아름다움과는 사뭇 다른 매력적인 세계를 형상화하고 있다.

다다를 수 없는 나라 김화영 옮김
카뮈의 『이방인』 이후 50년 만에 던져진 충격적인 처녀작! 1993년 처녀작 상과 되마고 상을 수상했다. 죽음과 상실, 고독의 강 너머에 존재하는 운명의 불가해성과 사랑의 신비함을 전해준다. 활자와 여백의 숨결로 읽어야 하는 아름다운 책.

시간의 지배자 김정란 옮김
잊혀진 시간의 도시에 시간을 불어넣으려는 공작과 218개의 시계를 찾아나서는 시계공. 밤의 연무 속에서 펼쳐지는 인간들의 기묘한 교차와 엇갈림. 현실 저편에 존재하는 환상의 나라에서 사랑과 우정, 폭력과 죽음의 드라마가 펼쳐진다.

열대어 요시카 슈이치 | 김춘미 옮김

2002년 아쿠타가와 상과 야마모토 슈고로 상을 동시 수상하며 주목받는 신 예작가로 떠오른 슈이치의 수작! 존재들 사이의 거리가 우스꽝스럽지만 우울 하게, 때로는 아름답게 그려진다.

마르틴과 한나 카트린 클레망 | 정혜용 옮김

"신의 뜻대로, 난 죽고 난 후에 당신을 더욱 사랑할 거예요."

20세기 독일 실존철학의 거장 마르틴 하이데거와 그의 제자 한나 아렌트의 50여 년에 걸친 비밀스런 사랑! 고증을 바탕으로 한 탁월한 분석과 섬세한 묘 사로 다시 살아난 철학자의 열정.

디아볼루스 인 무지카 얀 아페리 | 신미경 옮김

프랑스의 젊은 작가 얀 아페리의 2000년 메디치 상 수상작. 청명한 이탈리아 의 햇살 아래 펼쳐지는 어둡고 격렬하면서도 찬란한 천재의 운명에 관한 독 특한 이야기. 이제 음악 속의 악마가 깨어나 우리를 집어삼킬 것이다!

속죄 이언 매큐언 | 한정아 옮김

부커 상 수상작가 이언 매큐언 최고의 걸작! 영화를 보는 듯한 탁월한 심리 묘 사, 섬세하면서도 장중한 문체, 예기치 않은 반전과 치밀한 구성으로 유수 언 론의 찬사를 이끌어냈으며, 전세계 독자들을 열광시키고 있다.

나 이뻐? 도리스 되리 | 박민수 옮김

영화 〈파니 핑크〉의 원작자 도리스 되리의 소설집. 인상적인 단편영화와도 같은 다채로운 작품들. 처음엔 우리의 '웃음'을 훔치고, 그 다음엔 우리의 '열망'에 상처를 낸다. 지금까지와는 '다른' 삶을 원하는 모든 이들에게 바 치는 책!